Aussi longtemps que les rivières couleront

James Bartleman

TRADUIT DE L'ANGLAIS PAR DIANE LAVOIE

Aussi longtemps que les rivières couleront

James Bartleman

TRADUIT DE L'ANGLAIS PAR DIANE LAVOIE

PLAINES
www.plaines.ca

Cette édition est publiée par entente avec Knopf Canada, une marque de Knopf Random Canada Publishing Group, qui est une division de Random House of Canada Limited.

Les Éditions des Plaines remercient le Conseil des Arts du Canada et le Conseil des Arts du Manitoba du soutien accordé dans le cadre des subventions globales aux éditeurs et reconnaissent l'aide financière du gouvernement du Canada par l'entremise du Fonds du livre du Canada et du ministère de la Culture, Patrimoine et Tourisme du Manitoba, pour leurs activités d'édition.

Nous remercions le gouvernement du Canada de son soutien financier pour nos activités de traduction dans le cadre du Programme national de traduction pour l'édition du livre.

Dépôt légal, 2014 :
Bibliothèque et Archives Canada,
Bibliothèque nationale du Québec et Bibliothèque provinciale du Manitoba.

PLAINES
www.plaines.ca

Éditions des Plaines
C.P. 123 Saint-Boniface (Manitoba) Canada R2H 3B4
Tel. : 204 235 0078 • admin@plaines.mb.ca • www.plaines.ca

Traduction : Diane Lavoie
Couverture et mise en page : Relish New Brand Experience
Photo de la couverture : © FollowTheRaven/Soulofautumn/Dreamstime.com
Édition : Joanne Therrien

TABLE DES MATIÈRES

À la mémoire des jeunes Autochtones qui se sont enlevé la vie par suite de l'expérience négative de leurs parents et des parents de leurs parents dans les pensionnats indiens.

Le monde de Martha

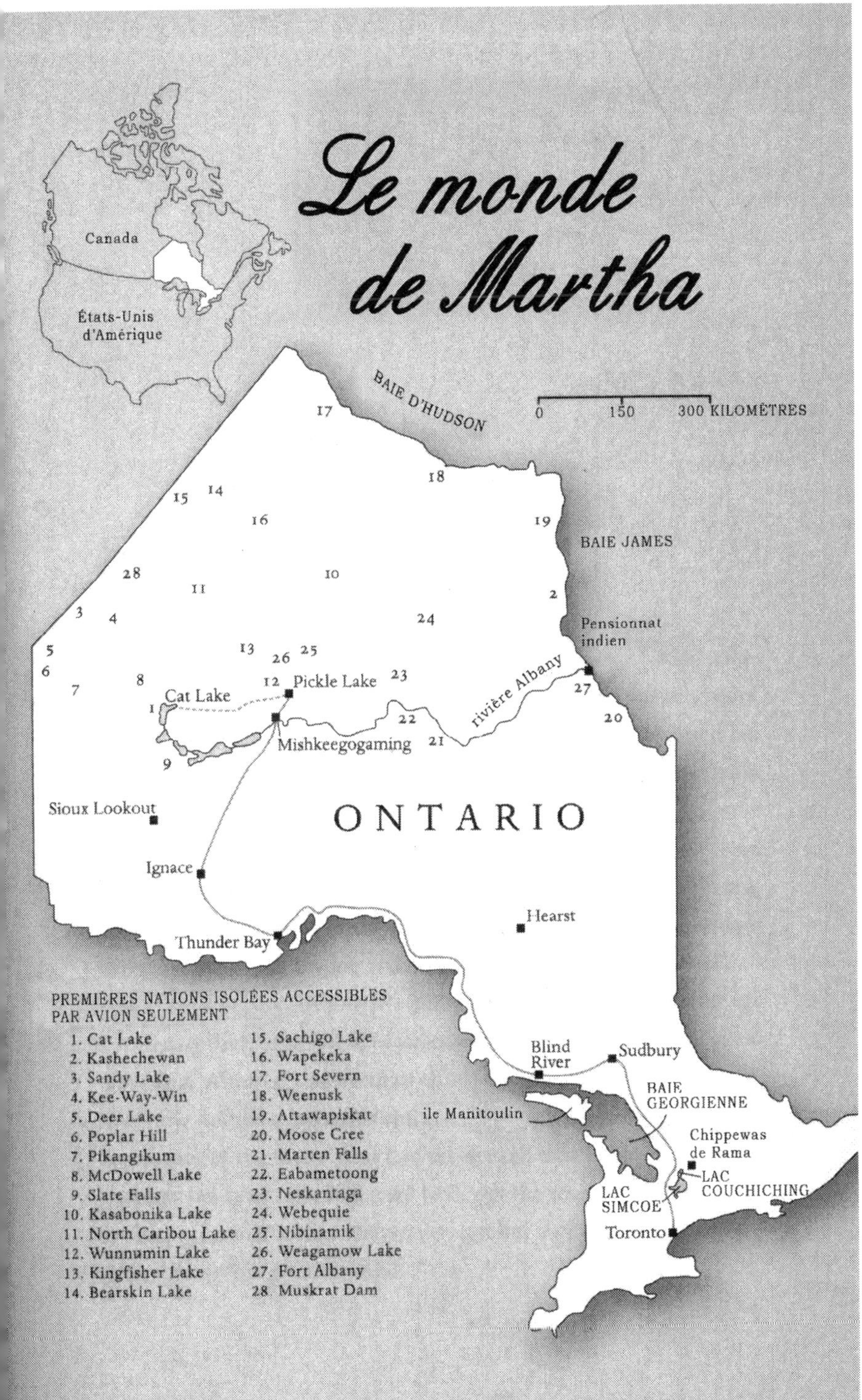

Prologue

EN PROIE À UN CAUCHEMAR, Martha est redevenue enfant et se trouve de nouveau au pensionnat indien de la baie James où elle a vécu pendant une décennie, de 6 à 16 ans. Le prêtre qui l'a convoquée à son bureau pour une « séance spéciale d'enseignement spirituel » est en train de l'agresser sexuellement.

Terrorisée, la petite fille qu'elle est dans son rêve essaie d'appeler à l'aide, mais aucun son ne sort de sa bouche. De plus, elle sait qu'elle est loin de chez elle et que même si ses cris étaient entendus, personne dans l'école confessionnelle ne viendrait à son secours.

— S'il vous plait, non, parvient elle à dire, avant de se réveiller.

Épuisée, Martha se demande si son angoisse finira par cesser. Bien que plus de trois décennies se soient écoulées depuis cette époque, bien qu'elle soit mère et ait franchi le cap de la quarantaine, elle est toujours prisonnière du prêtre qui lui disait qu'il l'aimait en abusant d'elle. Elle a cherché refuge dans l'alcool et dans l'extase de la religion, mais rien n'a pu effacer les traumatismes qu'elle a subis.

Pendant que Martha est tenue réveillée par les terreurs du passé, sa fille Raven émerge lentement d'un sommeil agité dans la chambre voisine. Sentant qu'elle n'est pas seule, elle ouvre les yeux. Trois spectres encerclent son lit, la fixant silencieusement avec une expression d'envie et de solitude si intense qu'elle doit détourner le regard. Elle sait qui ils sont : des compagnons de classe qui se sont récemment enlevé la vie. Six semaines auparavant, ils s'étaient tous engagés à mourir dès qu'ils auraient 13 ans. Les anniversaires, y compris le sien, se sont succédés, et elle est la seule toujours en vie.

Les apparitions se volatilisent, laissant Raven à ses tourments : chagrinée de la mort de ses amis, pleine de remords pour ne pas avoir respecté le pacte et incapable de décider si elle veut vivre ou mourir.

Au même moment, le jour se lève dans la ville de Québec. Le père Lionel Antoine, celui qui a agressé Martha lorsqu'elle était enfant, est seul dans une chapelle, se préparant à célébrer son premier office de la journée. Âgé de plus de 80 ans, il est en bonne santé, en paix avec lui même et content d'être de retour dans sa province natale. Vivant des jours tranquilles dans une résidence pour prêtres à la retraite et respecté par les membres de son ordre, il trouve réconfortant de participer à des actes liturgiques, de parler du bon vieux temps et de partager des repas avec des amis qui, comme lui, sont revenus de missions partout au Canada et à l'étranger et souhaitent passer leurs dernières années chez eux.

Le père Antoine pense souvent aux décennies qu'ils a passées dans un pensionnat indien du Nord de l'Ontario. Il s'est comporté incorrectement avec les petites filles confiées à ses soins, mais tout ça c'est bien loin. Il est convaincu que Dieu lui a pardonné et que les incidents en question ont été oubliés depuis longtemps par les personnes concernées. Ce qu'Il est important de se rappeler, se dit il, c'est que les fillettes qu'il a reçues dans son bureau à cette époque l'aimaient et avaient voulu qu'il leur montre son attachement comme il l'avait fait. Il s'était pris d'affection pour toutes, surtout celle qui avait été sa favorite, mais dont il a maintenant peine à se souvenir du nom.

PREMIÈRE PARTIE

Les premières années
1956-1991

1

Premiers souvenirs

— *IKWESENS, GEEYAWAAN! IKWESENS, GEEYA-WAAN!* C'est une fille! C'est une fille!

Lorsque la sage-femme l'a levé pour le montrer à sa mère rayonnante de joie, le bébé s'est mis à hurler. C'est le signal qu'attendait Isaac, mari de Mary Whiteduck, pour pousser la porte de l'habitation familiale et entrer après avoir passé la nuit dehors.

— Une enfant forte et en santé, a annoncé la sage femme.

Aimée de tous, l'Ainée anishinaabe s'occupait des naissances dans la communauté de la Première Nation de Cat Lake, dans le Nord de l'Ontario, depuis aussi longtemps que quiconque se le rappelait.

— Mary et toi avez maintenant quelqu'un qui prendra soin de vous quand vous aurez mon âge, a t elle ajouté.

Les nouvelles ont voyagé vite par ce beau matin du printemps de 1956, dans le petit peuplement situé sur la rive du lac Cat, à environ 240 kilomètres en amont de la rivière Albany. En quelques minutes, les proches, les amis et les voisins sont arrivés pour féliciter les parents. Les hommes se tenaient à l'extérieur, bavardant et fumant leur pipe, tandis que les femmes entraient pour offrir de modestes présents et admirer le bébé.

Ce soir là, pour célébrer l'arrivée d'un nouveau membre dans leur communauté, tous se sont réunis autour d'un feu de camp pour rire, raconter des histoires, boire du thé et manger de la nourriture du pays : du poisson, de la viande et des petits fruits sauvages. Plusieurs jours plus tard, un Aîné respecté et ami de longue date de la famille est venu. Au cours d'une cérémonie faisant une grande place à la méditation et à la prière, il a nommé le bébé Martha.

Quatre mois après, Mary et Isaac se préparaient à participer à l'exode des familles pour les territoires de piégeage tandis que les bernaches en route pour le sud remplissaient l'air de leurs cris. Après avoir réglé le vieux hors bord Johnson capricieux, Isaac a fait des réparations de dernière minute au canot de fret, une embarcation à l'arrière carré longue de 5,5 mètres. Il l'a chargé d'armes, de haches, de scies, de pièges, de vêtements et de provisions. L'homme et la femme ont ensuite fermé la cabane où ils passaient leurs étés et ont dit au revoir aux quelques personnes qui ne feraient pas le voyage. Il s'agissait pour la plupart de malades ou de vieillards qui ne survivraient pas à un dur hiver à l'intérieur des terres. Ils ont mis leur fille dans la poche de peau de chevreuil ornée de motifs perlés de son *tikinagan*, la planche porte-bébé qui lui servirait de landau et de berceau pour les deux premières années de sa vie. Puis, ils lui ont fait faire sa première traversée du lac Cat avant de descendre jusqu'au petit lac et à la cabane de piégeage que la famille de Isaac occupait depuis des générations.

Les premières années de Martha n'étaient que des impressions floues. La première chose dont elle se souvenait distinctement était d'être en train de jouer sur la rive en face du camp forestier de sa famille quand elle avait cinq ans. Le vent avait soudainement changé de direction, le ciel était devenu noir et de terribles sons de craquement suivis d'éclats de lumière saisissants sortaient des nuages. Elle a éclaté en sanglots. Sa mère est accourue en riant, l'a prise dans ses bras et l'a emmenée à l'intérieur juste au moment où la tempête s'abattait et que des gouttes géantes venaient les tremper.

— N'aie pas peur ma fille, a dit sa mère en lui enlevant ses vêtements mouillés et en l'essuyant. C'est seulement l'Oiseau

Tonnerre qui bat des ailes et lance des éclairs avec ses yeux. Il fait ça quand il se bat avec son ennemi, le Serpent d'Eau géant. N'oublie jamais qu'il est l'ami des Anishinaabeg, car il fournit à boire à Mère Terre et à toutes ses créatures.

— Maintenant je vais te raconter une histoire à propos de Nanabush, a-t-elle ajouté, pour égayer la petite.

Martha a immédiatement cessé de pleurer, car sa mère lui avait déjà raconté les exploits de cet être mi-homme, mi-esprit, fils du Vent de l'Ouest et petit fils du Grand Manitou, et qu'elle adorait ces récits. Si certains étaient sérieux, comme celui dans lequel il avait aidé le peuple anishinaabe en créant les animaux et les plantes pour qu'il puisse se nourrir, d'autres la faisaient rire. Martha préférait les histoires comiques, et sa mère s'est lancée dans le long récit captivant de la fois où il avait invité les animaux à un festin sans les prévenir qu'ils étaient le festin!

La fillette n'était pas certaine s'il s'agissait d'une histoire drôle, surtout pour les animaux, mais elle a quand même ri.

Au cours d'une visite qui resterait gravée dans sa mémoire, des amis de ses parents sont venus leur rendre visite pendant la Grande Lune, lorsque soufflent les vents d'hiver les plus froids et les plus violents. Après avoir traversé en raquettes la forêt et les lacs gelés séparant leur demeure et territoire de piégeage de chez Martha, ils ont poussé la porte et sont entrés, affichant de grands sourires.

— *Bojo! Bojo!* On a décidé de venir vous voir, car on s'ennuyait chez nous! Les enfants sont au pensionnat et ça fait des lunes qu'on n'a pas vu personne, il y a de quoi devenir fous!

— *Ahaaw! Ahaaw!* a répondu Mary en les accueillant. Quelle belle surprise! Déposez vos affaires et asseyez vous. Je vais vous servir un bon thé chaud.

Les visiteurs ont enlevé leurs parkas, délacé et ôté leurs bottes, et se sont installés sur le lit pour se reposer. Isaac a sorti sa boite de tabac à pipe Old Chum et peu après, les deux couples étaient en train de bavarder devant une tasse de thé en fumant.

Dès qu'elle a pu, Mary s'est levée en s'excusant pour aller préparer le souper.

—Vous êtes chanceux, j'ai un ragout de lapin qui réchauffe sur le poêle. On va le manger avec du bannock et du poisson frit.

Son foulard tenant sa chevelure en place, elle s'est mise à mélanger avec entrain la farine Robin Hood, le lard Maple Leaf Tenderflake, la poudre à pâte Royal, le sel Sifto et de l'eau glacée du lac dans un bol en fer blanc pour ensuite faire frire du bannock dans une lourde poêle en fonte noircie. Le premier mets prêt, elle l'a servi aussitôt, encourageant ses hôtes à en manger pendant que c'était chaud et graisseux, et elle a commencé à apprêter un gros brochet bien frais qu'elle avait attrapé le matin même en pêchant sur la glace.

—Je peux t'aider? a demandé la visiteuse. Ce n'est pas juste que tu fasses tout le travail.

— Non, pas question, tu es mon invitée. Je ne peux pas te dire combien je suis contente que vous soyez ici. L'hiver est tellement long, et on ne voit jamais personne!

Mary a écaillé, vidé et nettoyé le poisson avant de lever des filets qu'elle a fait frire dans le lard bouillant, réutilisant la même poêle. Lorsqu'ils ont été bien dorés et croustillants, elle a invité tout le monde à prendre place autour de la table rustique, et a servi un repas que Martha n'oublierait jamais : du ragout de lapin, du poisson frit et encore du bannock dans des assiettes en fer blanc, le tout accompagné de thé sucré et de lait évaporé Carnation. La pièce était éclairée par la douce lumière jaunâtre d'une lampe au kérosène, et elle sentait les peaux fraichement écharnées en train de sécher, la fumée de bois et le tabac à pipe.

Le moment des bavardages sérieux allait commencer. Martha est montée sur les cuisses toujours confortables et accueillantes de son père pour ne rien perdre des propos des grands.

Ils ont commencé par parler de ce qui les intéressait le plus : le piégeage. Les hommes se vantaient discrètement du nombre de castors, de martres, de visons et de rats musqués qu'ils avaient capturés au cours de l'hiver. La conversation s'est ensuite engagée sur le sujet des blizzards qu'ils avaient affrontés lorsqu'ils étaient loin de chez eux, des abris qu'ils avaient dû assembler en vitesse pour se protéger et des efforts qu'ils avaient enfin dû déployer à leur réveil pour s'extirper de leur cache et revoir le soleil étincelant. Les trappeurs ont aussi parlé des féroces carcajous — à poids égal les animaux les plus puissants de la forêt — qui avaient perturbé leurs activités de piégeage, dérobant les appâts et déclenchant les pièges sans jamais se faire prendre.

— Cela dit, a affirmé Isaac, aussi difficile que la situation puisse l'être pour nous, c'était bien pire pour nos ancêtres avant l'arrivée de la Compagnie de la Baie d'Hudson. Ils n'avaient pas de débouchés pour leurs fourrures et ne possédaient ni fusils, ni haches, ni aucune des choses qu'on tient pour acquis de nos jours. Le meilleur moment de l'année était sans doute l'été, quand tout le monde était réuni, parce qu'il y avait du poisson pour toute la communauté du lac Cat. Mais je me demande comment les familles arrivaient à survivre l'hiver, dans le bois, isolées comme elles l'étaient. Ici, dans le nord, on n'avait pas de riz sauvage ou de sucre d'érable comme nos cousins les Anishinaabeg du sud. Ça ne devait pas être facile pour les chasseurs de tuer assez d'orignaux et de chevreuils à la lance et à l'arc dans la neige pour nourrir leurs familles. Ils devaient se rabattre sur les lapins, les castors, les écureuils et les autres petits animaux qu'ils pouvaient trouver. Ce n'est pas surprenant que peu de gens vivaient plus de 30 hivers dans ce temps là.

Les femmes se sont tues pendant un moment, puis ont demandé aux hommes s'ils croyaient que l'argent qu'ils recevraient du commerçant pour leurs peaux suffirait à rembourser leurs dettes et s'équiper pour l'année suivante. Les hommes l'ignoraient et ont donc orienté la conversation sur le thème de la chasse.

— J'ai tué deux chevreuils l'automne passé, a dit Isaac. Ils étaient plutôt maigres, ce qui fait qu'il ne reste plus beaucoup de viande dans notre cache. Il faudra nous contenter de lapins et de poisson. Ça pourrait être difficile de nous nourrir jusqu'au retour à la maison.

— Ça va pour moi cette année, a répondu l'autre trappeur. J'ai abattu un gros original mâle il y a un bout de temps et j'ai encore beaucoup de viande en réserve. Ce n'est pas comme l'année passée. Je n'avais pas réussi à tuer de gros gibier et ce n'était pas une bonne année pour les lapins. Quand la fonte est arrivée, on n'avait plus de viande, et je ne pouvais pas pêcher parce que la glace était fragile et dangereuse. Heureusement, je suis tombé sur un ours en hibernation et j'ai pu le tuer facilement. Sans ça, la famille aurait eu faim ou pire. J'ai fait un sacrifice de tabac et une prière à son esprit pour ne pas l'offenser.

Isaac a pris le temps de réfléchir à ce qui venait d'être dit et, en tirant de longues bouffées de sa pipe, a raconté ce qui était arrivé à un membre de la communauté qui avait omis de suivre les rituels prescrits lorsqu'on tuait un animal pour se nourrir. L'esprit de l'animal s'était fâché et avait jeté un sort au chasseur, le rendant incapable de capturer d'autres animaux. La famille de ce dernier avait souffert de la faim.

— Les vieux avaient raison, a ajouté le visiteur, quand ils disaient qu'il y avait deux mondes, celui dans lequel on vit et le Monde céleste, celui qu'on ne peut pas voir. C'est là que vit Nanabush avec les esprits des morts.

— Je sais que, de nos jours, a t il poursuivi, certains Anishinaabeg rejettent les croyances d'autrefois. À mon avis, ce sont surtout des gens qui passent trop de temps avec les Blancs et qui croient tout ce que les missionnaires racontent.

— Ceux qui, comme nous, vivent sur les terres sont plus sages, a répondu Isaac. Il se passe des choses ici que les gens de l'extérieur ne comprendront jamais. Je ne me sens jamais seul parce que le Grand Manitou est partout dans Mère Terre, Père

Ciel, Grand père Soleil, Grand mère Lune, les étoiles, les arbres, les plantes, la pluie, la neige, les ruisseaux, les lacs et les pierres.

— Ce n'est pas tout, a t il ajouté. J'ai toujours cru que les Ainés avaient raison quand ils disaient que les Anishinaabeg étaient apparentés aux animaux.

— Je me demande comment c'est, le Monde céleste, a dit le visiteur.

— Tu le sauras bien assez vite!

— J'aimerais le voir maintenant, pendant que je suis encore en vie!

Isaac a tiré plusieurs bouffées de pire avant de répondre.

— Seuls les chamans sont capables d'aller dans le Monde céleste et d'en revenir en vie, mais les missionnaires les ont chassés depuis longtemps. C'est dommage, parce qu'ils aidaient les gens. Si tu étais malade, du corps ou de la tête, ils voyageaient dans l'autre monde pour trouver le moyen de te guérir.

— On m'a dit ça, a acquiescé le visiteur. Savais-tu que les Oiseaux Tonnerre, les poissons et les animaux qu'on voit sur la paroi rocheuse de l'autre côté du lac Cat avaient été peints par des chamans? Personne n'en parle, mais certaines de ces images ont un grand pouvoir. Il y en a une, je pense que tu sais de quoi je parle, qui donne le frisson : une peinture brun-roux qui représente des Anciens dans un canot.

— Je la connais, a répondu Isaac, et je te crois. Je me suis déjà retrouvé là la nuit et j'aurais pu jurer entendre des sons de tambours venant de l'intérieur de la paroi. C'est dérangeant. Pour éviter les problèmes, je mets du tabac dans une fissure sous le canot et je fais une prière au Grand Manitou à chaque fois que je passe par là. Ça aide aussi à faire bonne pêche.

Plusieurs longs mois plus tard, la glace du lac en face de la cabane était pourrie, et le ciel était parsemé de formations de bernaches criardes en route vers le nord. Une nuit, tandis qu'elle était couchée entre ses parents, Martha a entendu le vent du sud souffler dans les épinettes noires et son père murmurer à sa femme :

— Ce ne sera plus bien long.

Le lendemain, au réveil, la glace noire était partie, et des vagues grises et froides déferlaient sur la rive. Le temps était venu de retourner dans la communauté. Leur fille les aidant autant qu'elle le pouvait, les parents de Martha ont poussé le canot à l'eau, l'ont chargé de fourrures, d'ustensiles et d'autres choses qui leur seraient utiles à Cat Lake et ont fixé le vieux hors bord à l'arrière de l'embarcation. Martha a pris place en avant, sa position préférée, sa mère s'est installée au centre et son père s'est assis près du moteur, son fusil chargé à ses côtés au cas où il apercevrait du gibier. Comme à chaque fois qu'ils partaient pour la réserve au printemps, ils n'ont pas verrouillé la porte de la cabane et y ont laissé des provisions pour d'éventuels chasseurs égarés en quête d'un abri.

Deux jours plus tard, après avoir navigué à contre courant en direction de Cat Lake, ils ont enfin aperçu la collectivité. Quand ils ont été proches de la rive, les parents et amis qui étaient déjà revenus de leur séjour hivernal en forêt sont sortis de leurs cabanes pour venir les accueillir.

— Bienvenue chez vous!

— Vous ramenez beaucoup de peaux?

— Il manque encore quelques familles.

— Tu as bien grandi, Martha!

— Venez nous voir quand vous serez installés.

Après avoir déchargé le canot et porté leurs pénates dans leur habitation d'été, Martha et ses parents se sont rendus au magasin de la Compagnie de la Baie d'Hudson pour vendre leurs fourrures. Martha a observé le commerçant, un Blanc, évaluer les prises de l'hiver. Il a inscrit un nombre dans un grand livre noir et a fait un clin d'œil à la fillette.

— On dirait que ton père s'est bien débrouillé cet hiver! a-t il dit, dans un anishinaabemowin hésitant. Il va peut être t'acheter une gâterie!

Martha a hoché solennellement la tête en réponse au commerçant. Elle le connaissait bien, car il vivait dans la petite communauté depuis longtemps, aussi longtemps qu'elle s'en souvenait, et avait épousé une femme du coin. Même s'il pouvait se montrer bourru par moments, tout le monde l'aimait parce qu'il avait pris la peine d'apprendre l'anishinaabemowin et qu'il traitait bien sa femme et ses enfants.

— Une autre saison comme celle là, a t il dit en se tournant vers son père, et tu n'auras plus de dette! Pendant que tu es ici, regarde autour de toi. J'ai plein de nouveaux articles. Comme d'habitude, j'ai des pièges, des fusils, des munitions, de l'équipement de pêche, des haches, des vêtements et de la nourriture. Mais j'ai aussi quelque chose qui pourrait t'intéresser : des nouveaux moteurs hors bord Johnson, qui viennent juste d'arriver. Il t'en faudrait un. Un de ces jours, le bout de ferraille que tu utilises va te laisser tomber et tu vas te retrouver coincé quelque part ou pire : il pourrait rendre l'âme pendant que tu descends les rapides, et tu pourrais te tuer! Qu'est-ce que t'en penses?

— Peut-être une autre année, a dit Isaac. Quand j'aurai fini de payer toutes mes factures.

— Regarde-moi ces beaux raisins sultana et ces fruits secs, a continué l'homme en ignorant les commentaires de Isaac. Ma femme m'a dit que c'est vraiment bon dans le bannock. Tu ferais bien d'en acheter avant qu'il n'y en ait plus. Prends tout ce que tu veux, je n'ai aucun problème à te faire crédit.

Isaac a fureté pendant un moment dans le petit bâtiment qui sentait les fourrures, le kérosène et le tabac à chiquer avant de prendre un petit sac de bonbons durs.

— C'est pour toi, a t il dit à sa fille. Nous reviendrons plus tard faire provision de nourriture et acheter le nécessaire pour l'hiver.

Le printemps a fait place à l'été, le dernier été d'innocence pour Martha puisqu'elle irait ensuite au pensionnat indien. Elle a profité à plein de la pure joie qu'elle éprouvait à crier et à rire avec les autres enfants qu'elle n'avait pas vus depuis l'automne précédent. Chaque jour, ils couraient, s'amusaient à se poursuivre et passaient des heures dans l'eau à nager et à s'arroser. Parfois, elle allait en canot avec ses amis, et, de temps en temps, un adulte l'emmenait à la pêche. Elle n'était jamais rentrée avant la tombée de la nuit, mais ses parents ne s'inquiétaient jamais.

Puis est arrivé le temps de la visite annuelle de l'agent des Indiens. Plus d'un demi siècle auparavant, une flottille de canots arborant l'Union Jack était arrivée au campement d'été de la nation du lac Cat. Les embarcations étaient remplies d'agents de la Royale Gendarmerie à cheval du Nord-Ouest en tenue de cérémonie et de dignitaires blancs suffisants portant le casque colonial et enveloppés de filet antimoustiques comme pour une expédition au cœur de l'Afrique.

— Votre père, Sa Majesté le roi Édouard VII, ont ils déclaré, s'inquiète du bien être de ses enfants autochtones qui vivent en milieu sauvage ici dans le nord. Dans son immense compassion, il nous a demandé de venir ici signer avec vous un traité qui vous protégera à jamais. En échange de vos droits sur ces terres, chaque homme, femme et enfant recevra immédiatement un paiement au comptant, et un territoire sera affecté à votre usage exclusif.

— Tout ce que vous avez à faire, ont ils dit à leurs interlocuteurs qui ne savaient ni lire ni écrire et ne connaissaient rien en matière de droits et de propriété telle qu'interprétée par les commissaires, c'est de faire une marque sur ce document. Par après, un représentant de la Couronne viendra chaque année vous rendre visite et vous donner plus d'argent.

Les Autochtones ont signé, autorisant sans s'en rendre compte des étrangers à prendre les ressources minérales et forestières de leurs terres, et les gardes-chasses à pénétrer dans leurs territoires traditionnels et s'ingérer dans le piégeage et la chasse, fondement de leur mode de vie. Chaque année depuis, les habitants de Cat Lake organisaient une fête pour célébrer l'anniversaire du traité et la visite de l'agent venu leur remettre les sommes prévues en vertu du traité.

Les préparatifs des festivités de 1962 ont commencé par l'installation de draps de toile sur un assemblage de jeunes bouleaux. On a ainsi obtenu une tente assez grande pour accueillir tout le monde. Les hommes y ont ensuite mis des poêles et des tables. Les enfants ont ramassé du bois pour faire du feu et ont cueilli des bleuets et des framboises pour la confection de tartes. Les femmes se sont mises à l'œuvre, préparant d'avance des repas communautaires composés de viande d'orignal bouillie et coupée en lanières, de ragout de gibier, de poisson frit, de petites baies, de bannock et de thé ainsi que des spécialités locales telles que de la tripe de roche bouillie, mets gluant fort apprécié fait de lichen noir mélangé à des baies et à du poisson bien cuit puis pulvérisé, le tout généreusement arrosé d'huile de poisson.

Le matin du grand jour, les enfants se sont regroupés sur la rive les yeux au ciel pour guetter l'arrivée de l'hydravion transportant leurs invités. Tout à coup, l'un d'eux a aperçu un point noir à l'horizon.

— C'est eux! Les *zhaagnaash* arrivent! Les hommes blancs arrivent!

Au fur et à mesure que l'hydravion s'approchait du lac, l'agent des Indiens, assis à côté du pilote, s'efforçait de distinguer à travers la dense végétation de la rive le groupe de cabanes en rondins qui formaient le peuplement. C'était un bureaucrate roux d'apparence soignée dans la quarantaine et de petite taille. Il arborait une moustache aux pointes relevées et avait des yeux nerveux bleu pâle.

Artisan de sa fortune, l'agent avait quitté l'école et la maison paternelle au plus fort de la Grande Crise lorsque son père avait perdu son emploi dans une usine et s'était retrouvé incapable de nourrir sa famille. Après des années passées à voyager en train à la recherche de travail et à vivre d'expédients, il s'était engagé dans l'armée quand la guerre avait éclaté en 1939. Là, il avait découvert qu'il était doué pour diriger des hommes et avait progressé dans les rangs des sous officiers. Ayant été affecté au poste de sergent instructeur à Camp Ipperwash, base d'entrainement de recrues nouvellement construite sur la rive du lac Huron dans le sud ouest de l'Ontario, il avait pris plaisir à transformer des groupes d'ouvriers d'usine et de garçons de ferme gauches en soldats accomplis et bien entrainés qui répondaient comme des marionnettes aux commandements qu'il criait sur les terrains d'exercice.

Ce n'était pas sa faute s'il n'avait jamais participé aux combats outre mer. Il s'était porté volontaire, mais son supérieur, qui l'avait remarqué et appréciait ses qualités, avait bloqué toutes les tentatives visant à l'envoyer se battre, craignant de ne pas pouvoir trouver quelqu'un d'aussi compétent pour le remplacer. À la fin de la guerre, le même officier, qui était entré au ministère responsable des affaires autochtones après sa démobilisation, s'était souvenu de lui et l'avait informé que son employeur engageait d'anciens militaires pour agir à titre d'agents chargés d'administrer des Premières Nations partout au pays.

— Tu ne sais probablement rien sur les Autochtones, a t il dit, mais ce n'est pas grave. Tu n'as même pas besoin d'avoir fait des études secondaires pour avoir le poste. On donne la préférence aux anciens combattants et on cherche des administrateurs disciplinés pour s'occuper de personnes naïves comme des enfants, qui vivent au jour le jour et ont besoin d'aide pour passer à l'ère moderne.

— Procure toi les formulaires nécessaires, a t il ajouté. Remplis les et donne mon nom comme référence, je vais m'arranger pour qu'on te prenne.

L'ex sergent avait saisi sans tarder cette occasion de monter dans l'échelle sociale et de devenir fonctionnaire, ce qui lui garantissait la sécurité d'emploi et une bonne pension. Ce n'était pas vrai qu'il ne savait rien à propos des Autochtones. Il en avait rencontré beaucoup dans les refuges de vagabonds, camps de bucherons et champs de tabac lorsqu'il avait parcouru le pays dans les années 1930.

À cette époque, il avait trouvé injuste que les Autochtones, même les anciens combattants, n'aient le droit ni d'acheter de la bière, de l'alcool et du vin dans les points de vente gouvernementaux ni de boire dans les tavernes et bars comme les Canadiens de race blanche. Par conséquent, quand il avait un peu d'argent, il lui arrivait de se livrer au commerce illicite de l'alcool, achetant quelques bouteilles de vin bon marché dans un magasin gouvernemental pour les revendre à ses connaissances autochtones à prix fort, question d'être compensé pour son temps, ses efforts et les risques encourus. Parfois, pour montrer qu'il n'était pas raciste, il acceptait même de boire avec eux.

Un jour, il avait même pris la défense des Autochtones, même si aucun d'entre eux ne l'avait su. Comme tous les hommes de la base, il était vaguement au courant que Camp Ipperwash avait été construit sur des terres saisies au début de la guerre. Il n'était pas contre; après tout, tout le monde devait faire des sacrifices en temps de guerre, et les Autochtones se faisaient tout le temps enlever leurs terres de toute façon. Cependant, lorsqu'il avait surpris des recrues à se servir des pierres tombales et des croix d'un cimetière autochtone abandonné comme cibles de tir d'exercice, il était devenu furieux.

— C'est peut-être juste des Autochtones qui sont enterrés là, leur a t il dit, mais comment vous sentiriez vous si des étrangers venaient tirer sur les tombes de vos familles?

Arrivé aux Affaires indiennes, le nouveau bureaucrate avait été heureux de constater que la culture hiérarchique de son milieu de travail était semblable à celle de sa chère armée. La seule différence était que, au lieu de faire exécuter des manœuvres militaires sur des terrains d'exercice à des soldats en herbe, il donnait maintenant des ordres dans des réserves. Comme les recrues, les Autochtones ne pouvaient rien changer à leur situation. Ils avaient peu de droits, ne pouvant voter aux élections fédérales ni même éduquer leurs propres enfants chez eux. En tant qu'agent des Indiens, il avait le pouvoir de décider si les personnes dont il avait la charge pouvaient quitter leur réserve, posséder des biens, fréquenter l'université, vendre leur bétail ou même s'organiser en groupe politique. Même s'il sentait que cette situation de fait avait quelque chose d'indécent, il aimait régner sur tant de gens.

Maintenant, au moment où l'avion amerrissait, il avait hâte de célébrer un autre Jour anniversaire du traité. Derrière lui prenaient place un agent de la Gendarmerie royale paré d'une tunique écarlate parsemée d'insignes, d'une culotte rayée et de bottes hautes munies d'éperons, ainsi qu'un commis qui gardait une main sur une boite remplie d'argent.

Une fois descendu de l'avion, l'agent des Indiens a serré la main du chef et présenté ses compagnons de voyage. Le chef a, à son tour, présenté les conseillers de la bande, puis le groupe s'est rendu jusqu'à une table qui avait été placée devant le magasin de la Baie d'Hudson par le commerçant.

— Comment vont votre femme et vos enfants? a demandé l'agent des Indiens, entamant la conversation avec des mondanités.

— Ça va.

— On m'a dit que l'hiver en haut n'avait pas été trop mal. Comment ça s'est passé pour vous? Avez vous ramassé beaucoup de fourrures?

— On s'est tous assez bien débrouillés, je pense.

Le commis s'activait, ouvrant ses grands livres et vérifiant le contenu de la caisse d'argent pendant que l'agent demandait au chef si le niveau de l'eau avait été élevé au printemps, si la pêche était bonne, si les ainés recevaient leur chèque de pension de vieillesse à temps et s'il y avait eu beaucoup de naissances depuis sa dernière visite. Le chef, qui avait rencontré l'agent des Indiens à l'occasion de nombreux anniversaires du traité et qui ne l'aimait pas, continuait de répondre par monosyllabes.

Quand tout a été prêt, les deux fonctionnaires blancs se sont assis, et le gendarme s'est placé derrière la table au garde-à-vous, immobile quand il ne chassait pas les moustiques et les mouches noires, essayant de son mieux de conférer un caractère officiel à l'évènement. Les habitants de la réserve, habillés de vêtements achetés (robes de calicot à fleurs pour les femmes, chemises blanches et pantalons retenus par des bretelles pour les hommes), attendaient patiemment que le commis raye leur nom de la liste et leur remette leur argent : quatre billets neufs d'un dollar à chaque membre de la bande.

Après la distribution, le chef a demandé à toutes les personnes présentes de se rassembler et, comme il le faisait chaque année, il a souhaité officiellement la bienvenue aux visiteurs. Il parlait en anishinaabemowin, pour les siens, et le commerçant traduisait ses paroles en anglais pour la délégation.

— Je remercie ceux qui sont venus de si loin aujourd'hui pour célébrer avec nous le traité signé par nos grands parents il y a tant d'années. Nous sommes heureux de recevoir les sommes prévues en vertu du traité. Toutefois, ce qui compte le plus, ce n'est pas l'argent, mais l'occasion qui nous est donnée de célébrer le traité lui même. Il ne faut jamais oublier la promesse faite à nos grands parents par l'homme blanc, à savoir que le traité durera tant et aussi longtemps que les rivières couleront, que le soleil brillera et que l'herbe poussera.

— Le traité, a t il ajouté, n'est malheureusement pas respecté. Nous sommes un peuple patient, mais les compagnies minières et forestières prennent les minéraux et le bois de nos terres traditionnelles sans rien nous donner en retour, même pas des emplois. Nous vous demandons à vous, notre ami, de dire au grand chef en poste à Ottawa de nous venir en aide.

Pendant que le chef parlait, l'agent des Indiens se tenait bien droit, les mains jointes derrière le dos, regardant au loin comme s'il était sur un terrain de parade en train d'écouter le rapport d'un de ses caporaux. Une fois le discours terminé et le travail de l'interprète accompli, il s'est tourné vers le chef et a prononcé sa réplique d'un ton grave.

— Vous savez que je dis les choses comme elles sont, que je n'ai pas peur des mots. Je vais transmettre votre message en haut de la chaine de commandement, comme je l'ai fait par le passé, mais je dois vous dire, moi votre ami, que personne ne va y donner suite. Pour commencer, vous devriez lire toutes les clauses du traité avant de vous plaindre. Vous verriez que vous n'avez pas autant de droits que ce que vous croyez.

— Une autre chose, a t il poursuivi, dont vous devez vous rendre compte, c'est que le monde a évolué depuis la signature du traité. Deux guerres mondiales, la Grande Crise et l'apparition de l'automobile, des avions, et beaucoup d'autres choses. Seulement cette année, le gouvernement a envoyé un satellite dans l'espace pour explorer le ciel et a asphalté l'autoroute qui traverse le Canada de l'Atlantique jusqu'au Pacifique.

— Personne ne peut empêcher le progrès, même ici dans le fin fond des bois, a t il conclu. Ça va peut-être vous surprendre, mais il n'y a plus personne à Ottawa qui croit encore à ces vieux traités, et le jour viendra où il n'y aura plus de réserves et où vous serez comme les Italiens, les Hollandais et les Chinois : ni mieux ni pire que les autres.

Pendant que l'assistance applaudissait mollement, le chef a remis des présents à chacun des visiteurs : des mocassins en peau de chevreuil doublés de fourrure de lapin, des mitaines en cuir d'original garnies de perles avec une bordure en peau de castor et des boites à aiguilles faites en écorce de bouleau et décorées avec des broderies d'aiguilles de porc épic et de foin d'odeur.

— Vous nous feriez un grand honneur si vous restiez célébrer le Jour du traité avec nous ce soir, a dit le chef.

— J'en serais ravi, a répondu l'agent, mais je suis un homme occupé, car j'ai beaucoup d'autres réserves à visiter. Nous avons juste le temps de manger un morceau.

Conduits par le chef, les visiteurs sont allés dans la grande tente et, ignorant la tripe de roche, ont engouffré de généreuses portions de brochet frit, de bannock et de ragout de gibier. Après quelques gorgées de thé brulant, ils ont rapidement regagné leur avion en promettant de passer plus de temps dans la communauté l'année suivante.

Le premier soir, les gens se sont rassemblés dans la tente pour manger, boire tasse de thé sur tasse de thé, parler et rire, comme ils le faisaient chaque année après le départ des Blancs d'Ottawa. Une fois le festin englouti et la vaisselle rangée, tous sont venus donner un coup de main pour enlever les tables et préparer la tente pour la danse et les chants. Deux hommes ont sorti leur violon et ont commencé à jouer et à taper du pied au son de la musique country. Rayonnants de joie, des hommes, des femmes et des enfants ont envahi la piste de danse, chantant les paroles des pièces, giguant et formant des groupes de huit pour exécuter des danses carrées.

La nuit tombée, le groupe s'est dirigé vers la plage et a formé un cercle autour d'un grand feu de camp pour écouter les histoires anciennes. Ne voulant pas manquer un mot, Martha s'est frayé un passage dans la foule et s'est installée au pied des Ainés occupant la place d'honneur, sur des buches près du feu. Elle est restée assise, fascinée, pendant que les conteurs retraçaient les grands mythes du peuple anishinaabe : comment Rat musqué avait créé le monde, comment Grenouille avait eu l'idée des saisons, comment Chien était devenu l'ami des hommes, comment l'Oiseau Tonnerre faisait trembler les cieux, comment Nanabush était devenu le messager du Grand Manitou et jouait des tours aux humains et aux animaux, et bien d'autres.

Le second soir, on avait prévu une célébration traditionnelle et l'atmosphère était solennelle. Après le festin, tout le monde s'est mis debout, en silence, dans la tente pendant que le chef battait un tambour à eau d'un rythme régulier. C'était un baril à clous métallique vide qu'on avait coiffé d'une peau d'original mouillée fermement tendue et qu'on avait à demi rempli d'eau. Le son obsédant retentissait sur des kilomètres, par delà le lac, conviant les ancêtres à se joindre à la célébration. D'autres ont emboité le pas au chef, frappant de petits tambours de leurs mains et agitant des instruments faits de vieilles boites de lait Carnation remplies de petits cailloux. Quelqu'un a déclaré que les esprits étaient arrivés; les gens ont entamé les chants traditionnels et, en file, ils ont circulé solennellement à l'intérieur de la tente, en longeant les côtés.

Un peu plus tard, autour du feu, un vieil homme chargé de raconter les histoires ce soir là a invité les enfants à s'asseoir par terre, en face de lui, et a promis de leur dire des choses qu'ils n'oublieraient jamais.

— Hier soir, a t il commencé après s'être assis, vous avez entendu des histoires à propos du Grand Manitou, l'Esprit suprême, et de ses disciples, ainsi que des bonnes choses qu'ils font pour le peuple anishinaabe. Ce soir, je vais vous raconter des choses normalement trop terribles pour les oreilles des enfants. Des histoires de monstres et d'êtres malfaisants. Ceux et celles qui ne veulent pas les entendre devraient partir tout de suite.

Évidemment, personne n'est parti. Le vieil homme s'est penché vers l'avant et, avec un air sérieux, a chuchoté aux enfants qu'un esprit maléfique, presque aussi puissant que le Grand Manitou, était à ce moment même caché dans l'ombre déguisé en crapaud et écoutait secrètement ce qui était dit.

— Cet esprit s'appelle Matchi Manitou, a poursuivi le conteur, et il a de nombreux disciples, notamment le Serpent d'Eau qui chasse les poissons et renverse les canots des pêcheurs, les noyant, pendant les tempêtes. Il est aussi le maitre des ours métamorphes, ces sorciers qui arrivent dans une boule de feu et prennent possession de l'âme et du corps des humains. Tout le monde en a peur parce qu'ils jettent des sorts à ceux qu'ils n'aiment pas et font tomber les cheveux et les dents. Ils causent même les maladies et la mort. On peut facilement les reconnaitre, car ils s'habillent en noir, sont très vieux et sont toujours de mauvaise humeur.

— Matchi Manitou, a t il poursuivi, est aussi le maitre du Wendigo, le monstre dont je vais maintenant vous parler. Et vous êtes mieux de m'écouter et de ne pas me mettre en colère parce que je pourrais bien être un ours métamorphe! Après tout, je suis vieux, je m'habille en noir, je me fâche facilement, surtout avec les petits enfants, et je sais tout à propos de Matchi Manitou.

— Le Wendigo, a t il annoncé, est un monstre mi homme, mi démon, au moins dix fois plus grand qu'un homme et dont l'haleine sent la chair humaine pourrie.

— Vous avez tous déjà senti l'odeur d'animaux morts depuis longtemps dans le bois ou dans le lac. Et bien, le Wendigo sent encore plus mauvais que ça, et il n'est pourtant pas mort! Sa nourriture préférée est la chair humaine fraiche et vivante. Au printemps, à la fonte des neiges, la chasse à l'homme est excellente. La neige est épaisse et mouillée, et ça rend les déplacements difficiles. Les orignaux et les chevreuils peuvent manger des branches de cèdre dans les marécages en attendant que la neige fonde. Mais les réserves de nourriture faites à l'automne par les trappeurs sont presque épuisées à ce moment de l'année, et parfois leurs familles n'ont plus rien à manger.

Le vieil homme s'est brusquement levé et a bondi vers les enfants comme s'il était le Wendigo, grinçant des dents et grondant férocement en se frappant la poitrine. Pendant que les enfants, hurlant de terreur, s'enfuyaient en trébuchant au delà du cercle lumineux formé par le feu de camp, il leur a crié :

— Attention au crapaud! Attention au crapaud!

Ayant peine à contenir leur rire, les parents sont allés chercher leur marmaille, affirmant que le vieillard plaisantait.

— Oh non, pas du tout, a t il dit en jetant un rameau de pruche dans le feu. Une explosion d'étincelles est montée au ciel et un nuage de fumée a fait tousser les gens se trouvant dans la direction du vent.

— Imaginez la scène, chers enfants, a t il continué, s'adressant directement aux enfants dont les yeux terrifiés reflétaient les flammes. Imaginez, a t il répété, se penchant de nouveau vers eux, d'une voix presque inaudible.

— Le pauvre trappeur avance avec peine dans la neige. Chaque pas le met à l'agonie, car la neige mouillée colle à ses raquettes, et elles sont de plus en plus difficiles à soulever. Son fusil et son sac se font de plus en plus lourds, et il s'affaiblit de minute en minute, au point de pouvoir à peine bouger.

— Tout à coup, il sent une odeur si horrible qu'elle est impossible à décrire. Un sifflement et un mugissement viennent rompre le silence de l'hiver, et son sang se glace. Il sent le sol trembler sous ses pieds.

— Qu'est ce que c'est? C'est le Wendigo qui fonce sur lui, avançant facilement dans la forêt, martelant le sol enneigé de ses pieds immenses et lançant des arbres dans les airs.

— Le trappeur vise et vide sa carabine sur le Wendigo.

— Bang! Bang! Bang! Les balles d'acier de .303 lui traversent le corps, lui infligeant des blessures béantes et projetant des morceaux de chair et du sang dans la neige. Mais les plaies se referment aussitôt et le monstre continue à avancer.

— Le trappeur peut maintenant apercevoir ses affreux crocs géants et la bave répugnante qui coule de sa bouche. L'odeur est insoutenable.

— Il n'a pas le temps de recharger son arme. Il la laisse tomber, puis saisit sa hache et la projette de toutes ses forces sur le Wendigo; la lame tranchante s'enfonce dans la poitrine poilue. Le monstre s'arrête un instant, puis il arrache la hache de son corps et la lance au loin.

— S'emparant finalement du malchanceux trappeur, la bête lui arrache les bras et les jambes. Exactement comme vous, les enfants, quand vous arrachez les ailes et les pattes des mouches à chevreuil! Puis, sous le regard de sa victime, sans défense et souffrant horriblement, le Wendigo le dévore sur place, sans même l'assaisonner de sel et de poivre!

— Habituellement, le trappeur meurt et le drame s'arrête là. Mais si, malgré ses terribles blessures, il réussit à s'échapper et à retourner chez lui, les choses s'aggravent encore.

— N'oubliez jamais, les enfants, que toute personne mordue par un wendigo se transforme elle même en wendigo mangeur de chair humaine fraiche. Si les membres de sa famille ne parviennent pas à se sauver à temps, le nouveau wendigo les avalera crus au souper!

Après avoir fait une pause pour laisser aux enfants le temps de se régaler du conte macabre du vieil homme, les autres adultes sont intervenus, échangeant des histoires de famines transmises au fil des ans et racontant que leurs parents ou grands parents avaient connu des gens qui étaient des wendigos. Finalement, avant d'aller trop loin, ils ont dit à leurs enfants qu'il était temps d'aller au lit, les avertissant que s'ils n'obéissaient pas, le Wendigo viendrait les chercher!

Martha et les autres en avaient, de toute façon, assez entendu. Suffisamment électrisés, ils sont rentrés chez eux faire des cauchemars à propos de monstres mangeurs d'hommes jusqu'à l'aube.

2

Le pensionnat indien

UN SOIR VERS LA FIN D'AOUT, Mary a pris sa fille sur ses genoux et, avec le ton doucement cadencé de l'anishinaabemowin, lui a demandé d'écouter attentivement ce qu'elle allait lui dire. *Ndi kwesencisim gda dwenmin chi bsindman wha wiindmo naan wewenah.*

— Tu es une grande fille de six ans maintenant. C'est le temps que tu partes. Demain, un hydravion viendra te chercher pour t'emmener loin d'ici dans un endroit où des Blancs vont t'enseigner à lire et à écrire. Tu seras la seule à partir, car les plus grands y sont déjà.

— Étant donné que je ne suis jamais allée à l'école, a t elle poursuivi, je ne peux pas vraiment te décrire comment ce sera. Ma famille vivait tellement loin dans la forêt que les gendarmes ne nous ont jamais trouvés. Dis toi que tu auras des amis et de la famille là bas, donc tu ne devrais pas te sentir seule. Tu es une bonne fille et je veux que tu fasses de ton mieux pour t'entendre avec les autres. Ton père et moi, nous te reverrons l'été prochain à notre retour du piégeage.

Mary a enlacé Martha en tremblant et s'est mise à pleurer.

Martha n'était qu'une toute petite fille aux grands yeux noirs brillants, aux cheveux bleu noir, aux énormes pommettes brun foncé et aux mains potelées. Pas très grande, elle n'arrivait même pas à la taille de sa mère.

C'était quoi au juste l'école? se demandait elle. Apparemment, elle devait y aller, mais elle n'avait qu'une vague idée de ce que c'était. Le peu qu'elle en savait lui venait de conversations entre enfants plus âgés qu'elle avait entendues par hasard. Personne n'aimait ça. Est ce que ça voulait dire que c'était un endroit où on envoyait les enfants pour les punir? Si c'était le cas, pourquoi elle? Elle était une bonne fille, sa mère venait juste de le lui dire.

Affectueuse, confiante et prête à sourire, Martha a jeté à sa mère un regard interrogateur sans dire un mot. La personne qui l'aimait le plus au monde plaisantait sans doute quand elle avait dit qu'elle devait partir loin de la maison pour si longtemps!

Malheureusement, le matin suivant, Mary a commencé les préparatifs de départ de sa fille. Elle l'a habillée d'une robe de calicot neuve, a tressé ses cheveux, l'a aidée à mettre les longs bas qu'elle portait chaque jour pour éviter les piqures de moustiques et de mouches noires et l'a chaussée de mocassins à motifs de fleurs en perles rouges et bleues qu'elle avait faits pour l'occasion. Isaac a serré Martha longuement sans rien dire, puis Mary l'a emmenée sur la plage.

Peu de temps après, un hydravion est apparu dans le ciel. Il a décrit un cercle au dessus du lac avant d'amerrir et d'avancer jusqu'en face de la communauté. Le pilote a coupé le moteur, a grimpé sur un flotteur et a lancé une corde au commerçant qui s'était frayé un passage parmi le groupe de curieux et s'était posté en avant.

Le commerçant a attaché la corde à un arbre avant d'aller retrouver Mary et Martha.

— C'est toujours difficile quand les enfants quittent la maison pour aller au pensionnat, a t il dit à Mary. Surtout la première fois. Plus vite ça ira, mieux ce sera pour tout le monde.

Ne voulant pas partir, la petite fille s'est cachée derrière sa mère. Toutefois, à sa grande surprise, celle ci a laissé le commerçant lui prendre la main et la conduire au pilote.

Comme l'agent des Indiens, le pilote avait servi dans les forces pendant la guerre. Cependant, il s'était engagé dans l'aviation plutôt que dans l'armée de terre, et avait été déployé outre mer immédiatement après avoir été entrainé à piloter des avions Spitfire dans l'ARC. À la fin des combats, il était venu dans le Nord à la recherche d'un emploi, arrivant juste au moment où la région commençait à être explorée. Des pilotes de brousse au volant de monomoteurs Havilland Beaver se posaient sur les lacs et les rivières innombrables du bouclier précambrien, utilisant des flotteurs en été et des skis en hiver. Il s'était acheté un Beaver d'occasion et avait lancé sa propre petite entreprise, transportant, dans la bonne humeur, toutes sortes de clients : des prospecteurs travaillant pour des sociétés minières à la recherche de gisements d'or, d'argent et de nickel dans des coins isolés; des médecins et des infirmières visitant les malades dans des communautés autochtones; des gendarmes menant des enquêtes à la suite de crimes commis dans des contrées sauvages; des pêcheurs de grandes villes du sud à la recherche de poissons trophées.

Le travail que lui avait confié le gouvernement canadien l'enthousiasmait moins même s'il était bien rémunéré. Il s'agissait de transporter des enfants autochtones à des pensionnats et de les en ramener. Le pilote avait marié une Métisse peu après son arrivée dans le Nord, et ils avaient six enfants qui fréquentaient une école locale dans une communauté blanche. Il ne pouvait imaginer ce que serait sa vie sans la présence constante de sa famille nombreuse bien aimée. Il estimait qu'il était fondamentalement mal de séparer les enfants de leurs parents, mais il devait gagner sa vie et il avait signé un contrat. S'il avait refusé de faire ce travail, quelqu'un d'autre s'en serait chargé. Heureusement que les verres de ses lunettes d'aviateur étaient teintés, ce qui cachait son malaise à la fillette…

Le pilote a emmené Martha dans l'avion. Il l'a installée dans un siège à l'arrière de l'appareil et a attaché sa ceinture.

— N'aie pas peur, petite fille, a t il dit à l'enfant qui ne comprenait pas ce qui arrivait. Tout se passera bien. On va faire un beau tour en avion. Quand on sera dans les airs, on va voler plus haut que les oiseaux. Le ciel est clair, tu auras une vue imprenable.

Il a verrouillé la portière et a pris place aux commandes pendant que le commerçant dénouait l'amarre et poussait l'appareil loin de la rive. Après avoir mis ses écouteurs, il a agité sa main en signe d'adieu aux spectateurs, a souri à Martha pour la réconforter et a mis le contact.

En entendant le rugissement du moteur et en voyant les pales de l'hélice fendre l'air, la fillette a été prise de panique et a appelé sa mère en hurlant. Mais celle ci, ignorant ce qui se passait, est restée sur la rive, plissant les yeux à cause du soleil, sa robe de calicot s'agitant derrière elle sous l'effet du vent créé par la rotation de l'hélice, ses mains sur la tête pour empêcher son foulard de s'envoler.

Concentré sur la tâche à accomplir, le pilote n'a pas porté attention à Martha. Il a fait avancer son appareil sur l'eau, a effectué un virage pour qu'il soit face au vent et a fait gronder le moteur. Les flotteurs heurtaient violemment les vagues qui venaient en sens inverse. Finalement, l'avion agité de secousses s'est élevé laborieusement dans les airs. D'une main, le pilote a ajusté les commandes, et de l'autre, il a actionné le manche à balai de façon à contourner la paroi rocheuse où se trouvaient les pictogrammes des ancêtres, à l'autre extrémité du lac. Après avoir survolé la réserve, il a mis le cap sur le pensionnat indien situé à l'embouchure de la rivière Albany, à 965 kilomètres de là, direction nord est, sur les rives de la baie James.

Plus tôt dans la semaine, Martha avait vu le même appareil arriver et repartir avec des enfants à la mine triste pour les emmener au pensionnat. Chaque fois, elle s'était demandé quelle sensation on éprouvait à voler dans le ciel. Cependant, dès que l'avion devenait hors de vue, elle n'y pensait plus. Maintenant qu'elle se trouvait au milieu des nuages, elle n'aimait pas l'expérience. Il y a une minute, elle était avec sa mère sur la rive, bien habillée et en sécurité dans un cadre familier, et l'instant d'après, elle se faisait emporter contre son gré dans un endroit où aucun des autres enfants ne voulait aller.

Le ronronnement de l'avion la rendant somnolente, elle a sombré dans un sommeil agité, rêvant que l'homme aux yeux invisibles qui la conduisait était un wendigo. Elle a ensuite rêvé qu'elle faisait un cauchemar. Oui, c'était surement cela. Il s'agissait simplement d'un cauchemar semblable à ceux qu'elle faisait depuis que le vieillard avait raconté des histoires effrayantes autour du feu plus tôt cet été là.

En fait, elle était dans son lit à la maison, se réveillerait bientôt et irait vite raconter à sa mère son rêve affreux. Celle ci la serrerait fort et lui dirait de ne pas s'inquiéter. Elle lui promettrait de lui fabriquer un capteur de rêves et de l'accrocher au mur au dessus du lit pour qu'il attrape les cauchemars avant qu'ils ne l'effraient.

L'appareil a commencé à faire des soubresauts en traversant des masses d'air chaud montant des lacs et des rivières par ce chaud matin d'aout. Secouée dans tous les sens, Martha s'est brusquement réveillée, mais elle a cru qu'elle était encore plongée dans son cauchemar. Convaincue que le wendigo avait décidé de l'emmener dans sa caverne pour la manger, elle a laissé échapper un cri, le suppliant de la ramener auprès de sa mère. Mais le pilote l'a ignorée, et l'avion a continué à avancer implacablement dans le ciel d'un bleu trompeur, plongeant, cahotant et remontant brusquement, mais tenant bon.

Après ce qui a semblé une éternité à la fillette effrayée, l'avion a commencé à descendre. Les flotteurs ont touché la surface de l'eau, puis l'appareil a rebondi avant de se reposer sur l'eau et de se laisser porter par son élan. Le pilote a ensuite procédé à des manœuvres d'hydroplanage pour faire glisser l'avion jusqu'au quai où une personne habillée en noir attendait. Après avoir immobilisé l'appareil, il s'est tourné vers sa passagère, qui était maintenant en pleurs.

— Allons, allons, n'aie pas peur. Nous sommes arrivés.

Martha ne comprenait pas ce qu'il disait, mais elle a su, d'après le ton de sa voix, qu'il n'était pas un wendigo.

Le pilote a débouclé la ceinture de la fillette, l'a sortie de l'hydravion et l'a déposée sur le quai.

— Tiens, le comité d'accueil s'en vient, a t il dit, tandis qu'une créature austère aux yeux froids vêtue d'une robe noire descendant jusqu'au sol et portant un objet noir et blanc sur la tête s'approchait.

Martha a lancé un cri et a essayé de se cacher derrière le pilote au moment où l'apparition, qui semblait flotter plus que marcher, s'est avancée vers elle. Une grosse croix se balançait au bout d'une corde nouée à sa taille et un collier de billes en bois muni d'une plus petite croix pendait à son cou. Ça, s'est dit Martha, si ce n'est pas un wendigo, ça doit être un ours métamorphe, car les ours métamorphes sont censés avoir l'air méchant et être habillés en noir.

Le pilote lui a ébouriffé les cheveux en lui disant de ne pas s'inquiéter puis l'a gentiment poussée vers la religieuse.

— Une autre petite sauvage du fond des bois à ce que je peux voir, a dit la religieuse. On va l'apprivoiser en un rien de temps!

Elle a saisi Martha par les épaules et l'a secouée.

— Tiens toi bien ou je te donnerai une bonne raison de pleurer.

Hystérique et maintenant convaincue qu'elle était bel et bien entre les mains d'un ours métamorphe, Martha s'est mise à crier encore plus. La religieuse a haussé les épaules, lui a pris la main et l'a trainée tout au long du chemin en pente qui menait au pensionnat. C'était un bâtiment de trois étages couvert de bardeaux, incroyablement gigantesque, qui a rempli Martha d'appréhension. Après avoir tiré la fillette jusqu'en haut de l'escalier, elle lui a fait brusquement franchir le seuil de la porte et l'a entrainée jusqu'au sous sol. Martha s'est débattue tout au long du trajet.

La religieuse essayait de la raisonner, la secouait et criait après elle sans succès : Martha a continué de hurler, tentant encore plus frénétiquement de s'évader lorsque la religieuse a essayé de lui enlever ses vêtements et de lui faire prendre une douche.

Une autre nonne est venue prêter main-forte à sa consœur. Elle même autochtone, elle s'appelait sœur Angelica, était grande, avait les épaules et les cuisses larges et des yeux noirs opaques. Comme Martha, elle avait passé les hivers de son enfance dans le territoire de piégeage de sa famille et ses étés dans sa communauté natale. Comme Martha, elle avait été perplexe et craintive quand on l'avait emmenée au même pensionnat à l'âge de six ans. Toutefois, contrairement à Martha, elle n'avait pas fait d'histoires en arrivant.

En fait, l'idée de désobéir aux religieuses ne lui aurait jamais traversé l'esprit. Avant d'arriver au pensionnat, elle avait appris l'obéissance de ses parents, qui l'affamaient et la battaient à la moindre infraction. Parfois, lorsqu'ils rentraient ivres à la maison, ils la frappaient à coups de poing et la jetaient sur le plancher de leur taudis sans aucune raison, si ce n'est qu'elle osait exister. Lorsqu'elle était arrivée au pensionnat et que les religieuses l'avaient vue nue, elles avaient été choquées en apercevant les fractures mal guéries, les marques de brulures et le nombre incroyable de bleus sur son petit corps.

— Quelle bande de sauvages, avaient elles dit. Seuls les êtres les plus primitifs peuvent faire de telles choses à leurs propres enfants!

Un soir, au début de l'hiver, ses parents avaient décidé de passer sur un lac dont la glace était mince pour rentrer chez eux au plus vite en revenant d'une visite chez le trafiquant d'alcool. La glace avait cédé, et ils s'étaient noyés. En annonçant la nouvelle à leur fille, les religieuses lui avaient dit que Dieu les avait punis pour l'avoir maltraitée. Avec le temps, étant donné que la fillette était calme et obéissante et qu'elle donnait des signes indiscutables de dévotion, elles l'avaient préparée de manière à ce qu'elle suive leurs traces.

— Dans l'histoire de l'Église, lui avaient elles dit quand elle avait été assez vieille pour comprendre, bon nombre d'Autochtones ont accepté l'appel de Dieu et sont devenues religieuses.

Elles lui avaient raconté l'histoire de Kateri Tekakwitha, une Algonquine ayant vécu aux débuts de la Nouvelle France et qui, malgré la persécution de sa famille et de sa communauté, avait fait preuve de tant de piété et de dévouement qu'elle était devenue un objet de vénération pour les croyants. C'était son devoir, avaient elles ajouté, de se faire religieuse et de se vouer à l'éducation des jeunes Autochtones.

Elle avait exaucé leur souhait. À 18 ans, elle était devenue novice dans un couvent de la ville de Québec et elle en était ressortie cinq années plus tard sous le nom de sœur Angelica. Quand, en temps voulu, elle avait été envoyée à son ancienne école pour enseigner aux plus jeunes, elle s'était donné comme mission de dénicher d'autres religieuses potentielles parmi les enfants autochtones.

Sœur Angelica a giflé Martha pour attirer son attention et l'a regardée droit dans les yeux avant de lui murmurer d'un ton urgent un message dans sa langue maternelle.

— Dieu t'a envoyée ici pour une raison. Fais ce qu'on te demande et tu seras heureuse.

C'était la dernière fois que sœur Angelica lui parlerait en anishinaabemowin. Toutefois, dans sa confusion, Martha n'a pas compris ce que la religieuse lui disait, même si elle reconnaissait les mots qu'elle avait prononcés. Sœur Angelica, qui s'efforçait de prouver aux autres religieuses qu'elle était parfaitement assimilée et civilisée en battant les enfants qui lui étaient confiés, a frappé la fillette une autre fois.

Les deux religieuses en sont venues à bout, lui retirant fermement ses vêtements, jetant sa robe de calicot, ses bas et ses mocassins dans une poubelle, la poussant dans la douche et, pendant qu'elle gisait sur le plancher, faisant tomber un mur d'eau sur elle. Elles l'ont ensuite sortie, enveloppée dans une serviette et assise sur une chaise. Pendant que sa collègue la maintenait immobile, sœur Angelica a saisi une paire de ciseaux et a coupé ses tresses. Elle a ensuite taillé le reste des cheveux à la Robin des Bois, et a enduit son cuir chevelu de kérosène nauséabond qui piquait « pour tuer les poux ». Les religieuses ont enfin conduit la fillette en pleurs au dortoir des filles où elles lui ont mis les vêtements fournis par l'État — blouse blanche, jupe grise, bas noirs et chaussures noires — la rendant ainsi semblable à toutes les autres écolières.

Après leur départ, des proches, des amies et d'autres filles l'ont entourée pour la consoler et lui ont assuré que les religieuses n'étaient ni des ours métamorphes, ni des wendigos. Martha, dans l'état d'agitation et de rébellion où elle se trouvait, ne les a pas crues.

Après qu'elle a refusé de manger au souper et pleuré tout au long des prières du soir, sœur Angelica lui a administré une correction au moyen d'une courroie — elle lui a « donné la strappe ». Ce faisant, elle a dit à la petite fille que toutes les élèves devaient obéir à la loi du silence.

Ce soir là, Martha a pleuré jusqu'à ce qu'elle s'endorme. Le lendemain, elle a pleuré pendant les prières, pendant le petit déjeuner et en classe, recevant à chaque fois des coups de sœur Angelica. À la fin de la journée, épuisée physiquement et psychologiquement, les paumes des mains rouges et enflées, elle s'est finalement ralliée à l'opinion des autres filles et a admis que les religieuses n'étaient pas des ours métamorphes. Il s'agissait simplement d'horribles femmes vêtues de robes noires qui trainaient jusqu'au sol.

Martha a remarqué qu'elle n'était pas la seule à se faire punir. Le même jour, elle avait vu des religieuses frapper des enfants avec une ceinture de cuir, la main ou une baguette, et même en forcer à manger leur vomi après qu'ils ont régurgité dans leur assiette.

Les religieuses auraient été surprises si on les avait accusées d'être cruelles. Elles venaient toutes de familles d'agriculteurs nombreuses du Québec, des familles tricotées serré où elles avaient reçu des tonnes de baisers et d'amour de la part de leurs parents, leurs oncles, leurs tantes et leurs grands parents. Toutefois, au cours des séances préparatoires auxquelles elles avaient assisté avant de partir travailler dans les pensionnats indiens, leurs supérieurs leur avaient dit que l'Église avait appris, des centaines d'années auparavant, que la meilleure façon de sauver les âmes des Autochtones était de soustraire les enfants à l'influence néfaste de leurs parents et de les éduquer avec fermeté.

— Votre tâche sera difficile, leur avait on dit. Les enfants autochtones sont comme des petits animaux et ont besoin d'une discipline rigoureuse. Vous devrez parfois être sévères, mais ce sera pour leur bien.

Par conséquent, pendant qu'elles brutalisaient leurs petites victimes, les religieuses leur assuraient d'un air d'abnégation morose qu'elles les réprimandaient pour leur propre bien et pour l'amour de Dieu. Elles croyaient en toute sincérité qu'elles agissaient comme il le fallait.

Martha a appris à obéir aux religieuses sans poser de questions et les châtiments ont cessé. Elle s'ennuyait toutefois encore de sa mère et se sentait désespérément seule. Un soir, en fermant les yeux, elle a prétendu qu'elle était chez elle, dans son lit, respirant à plein nez l'odeur du matelas d'aiguilles de sapin, emmitouflée dans une douce peau d'ours entre ses parents. Le matin venu, elle a poussé la porte, et des images d'avant son départ qu'elle croyait oubliées à jamais lui sont apparues : les épinettes noires saupoudrées de la première neige, les corneilles, corbeaux, aigles et pélicans profilant leurs ailes déployées sur un ciel d'automne, le lac si calme qu'on le croirait en verre, et la glace nouvellement formée sur ses rives.

La vision se poursuivait. Il y avait son père qui, selon son habitude en revenant de vérifier ses filets tôt le matin, était sur la plage en train de vider des brochets, des poissons blancs et des dorés et de lancer les déchets aux goélands volant en cercles au dessus de lui. Elle allait le retrouver en courant et il la prenait dans ses bras, la serrait fort et lui disait qu'il ne laisserait personne l'emmener loin de lui.

Elle a souri et elle s'est endormie, heureuse d'être de retour chez elle, même si ce n'était que dans son imagination.

Parfois, Martha recréait dans sa tête les soirées de narration de contes auxquelles elle avait assisté l'été précédent dans sa communauté, autour du feu. Elle se revoyait s'approchant du feu pendant que la lueur des flammes dansait allégrement sur le visage d'un Ainé racontant joyeusement, assis sur une buche, les légendes de son peuple. Elle se représentait le gentil vieillard en train de siroter du thé noir et se lever pour montrer comment Rat musqué avait plongé dans l'eau pour aller chercher une poignée de boue avec laquelle le monde, que les Anishinaabeg appelaient l'Île de la Tortue, avait été créé. Elle l'écoutait, émerveillée, décrire comment le premier homme et la première femme avaient émergé de la dépouille d'un animal pour peupler l'Île de la Tortue. Elle contemplait le ciel, captivée, tandis qu'il pointait la Voie lactée et expliquait qu'il s'agissait en fait de l'anse d'un seau contenant l'Île de la Tortue et d'un pont que les âmes des défunts empruntaient pour rejoindre le Monde céleste. Elle riait pendant qu'il décrivait comment Nanabush avait changé les pierres en papillons pour faire plaisir aux enfants malheureux, comme elle. Elle s'endormait le sourire aux lèvres en l'écoutant lui dire que les Anishinaabeg avaient vécu en harmonie avec la nature depuis le début des temps, et qu'elle ne devait jamais oublier que le Grand Manitou était l'Esprit suprême.

Martha a ensuite découvert la joie de fabriquer ses propres histoires et de se créer des amis imaginaires. Allongée dans son petit lit dans le dortoir du pensionnat dont le silence n'était brisé que par les sons des autres enfants esseulés dormant autour d'elle, elle imaginait qu'elle était de retour dans son lit à la maison.

C'était le milieu de la nuit, et elle pouvait entendre au loin le hurlement rassurant d'un loup lui offrant une sérénade amicale. Plus près, un hibou se mettait à hululer, lui disant qu'il veillerait sur la demeure de sa famille pendant la nuit.

Mais, quel était ce bruit? Pourrait il s'agir d'un petit animal perdu s'ennuyant de sa mère en train de pleurnicher à la porte de la cabane? Elle se dégageait des couvertures et se glissait hors du lit, faisant bien attention pour ne pas troubler le sommeil de ses parents. Elle marchait sur la pointe des pieds jusqu'à la porte et sortait. Là, assis dans la lumière accueillante de la lune, elle apercevait un bébé ours.

L'ourson lui disait s'appeler Makwa. Ses parents l'avaient envoyé dans un pensionnat pour ours loin de sa maison. Se sentant seul et ayant été maltraité, il avait réussi à se sauver. Toutefois, de retour chez lui, il avait découvert que ses parents étaient morts. Il était donc triste et avait besoin d'une nouvelle famille.

— En bien, tu peux joindre ma famille et devenir mon ami, lui disait Martha.

Elle emportait l'ourson dans la maison et le présentait à ses parents qui l'accueillaient comme s'il était un des leurs. À partir de ce moment, Martha avait toujours un ami et ne se sentait jamais seule. Les deux camarades rencontraient ensuite un petit corbeau nommé Kagagi qui était tombé de son nid, et ils l'invitaient à intégrer leur famille à son tour. Les trois complices devenaient des compagnons de jeu inséparables et vivaient ensemble de nombreuses aventures.

Au cours de l'une de ces aventures, ils avaient rencontré le castor qui vivait dans un marais non loin de là. Son nom était Monsieur Amick, et il s'affairait à couper des bouleaux et des peupliers pour réparer son barrage et à stocker de la nourriture pour nourrir sa famille pendant l'hiver. À son invitation, les trois amis avaient visité sa demeure au milieu de l'étang, prenant de grandes respirations avant de plonger jusqu'à l'entrée située sous l'eau. Par magie, ils ne s'étaient pas mouillés. Une fois à l'intérieur de la confortable pièce, ils avaient rencontré plusieurs membres de la famille Amick et avaient passé l'après midi à boire du thé sucré et à manger du bannock aux raisins frit bien chaud en discutant de toutes sortes de choses intéressantes.

En peu de temps, Martha s'est mise à recréer en plein jour le monde qu'elle avait imaginé pour se consoler la nuit. Elle se levait avant que les autres filles ne se réveillent et laissait son imagination vagabonder librement à la recherche d'une aventure pour commencer la journée. Une fois, elle avait pensé à des monstres mangeurs de chair et s'était rendue en esprit dans l'habitation familiale. Là, elle avait constaté que c'était la fin de l'hiver et qu'il n'y avait rien à manger. Comme si ça ne suffisait pas, un gigantesque wendigo rôdait à l'extérieur, se cachant dans un arbre en attendant de pouvoir manger quiconque franchirait la porte de la cabane.

Une religieuse a alors sonné la cloche enjoignant les pensionnaires à se lever et à aller à la salle de bains. Martha a mis son histoire en suspens pendant qu'elle se lavait et s'habillait, mais elle s'y est replongée tout de suite après, durant les prières du matin. Pendant qu'elle récitait un rosaire avec les autres enfants, elle a vu, derrière ses paupières closes, son père faire les cent pas dans la cabane, réfléchissant à ce qu'il devait faire. Elle le suppliait de ne pas sortir, car il se condamnerait ainsi à une mort horrible. Mais son père, l'ignorant, se préparait à sortir, lui disant que même s'il courait un risque important, il devait chasser pour nourrir sa famille. De plus, il n'avait pas peur d'un quelconque wendigo. S'il osait s'en prendre à lui, il l'abattrait avec son fusil.

Au moment où Martha mangeait son petit déjeuner, son père avait franchi le seuil de la porte et, chaussé de raquettes, avançait avec difficulté dans la neige. Il avait sa carabine prête à faire feu en main, et scrutait anxieusement les alentours afin de ne pas se laisser surprendre par le wendigo en cherchant du gibier. Un caribou surgissait devant lui. Il levait son arme, visait, appuyait sur la gâchette, et l'animal tombait. Après avoir offert une prière au

Grand Manitou, il sortait son couteau de chasse et commençait à dépecer la bête. Puis, soudainement, il apercevait le wendigo assis sur une branche de mélèze, se léchant les babines en s'apprêtant à se jeter sur lui et à le démembrer.

À l'instant même où la tension atteignait son paroxysme, la cloche a sonné une autre fois, ordonnant aux enfants de se rendre en classe. Une fois de plus, Martha a été obligée de mettre son histoire de côté et de redescendre sur terre pendant les leçons. Toutefois, pendant qu'elle exécutait les corvées qui lui étaient imposées, soit la vaisselle et le balayage, elle est retournée dans son monde imaginaire.

Heureusement, Kagagi avait suivi le drame du haut d'un pin. Pressé de prévenir Martha, le petit corbeau avait volé aussi vite que possible jusqu'à la cabane et était venu cogner à la fenêtre, tout excité, avec son bec.

— Viens vite! Viens vite! a t il dit à Martha. Ton père court un grand danger!

Martha était montée sur Kagagi, qui était devenu aussi grand que la cabane, et les deux amis étaient partis au secours du père, l'arrachant juste à temps des griffes du wendigo.

Martha et Kagagi étaient ensuite venus se placer en face du wendigo en colère. Kagagi s'était remis à grossir. Lorsqu'il avait atteint la taille d'une montagne, il s'était adressé au monstre d'une voix tonitruante.

— Prends ça, méchant wendigo!

Puis, il l'avait piétiné à mort.

Kagagi, Martha et son père étaient retournés à la cabane avec une bonne provision de viande de caribou ainsi qu'un sac de farine qu'ils avaient trouvé par hasard dans le sentier. Ils avaient échappé au danger et n'allaient ni mourir de faim ni être dévorés par le wendigo.

Lorsqu'une aventure se terminait, Martha en commençait une autre, et une autre, et une autre, masquant la monotonie des journées à l'école jusqu'à ce qu'il soit temps d'aller au lit et qu'elle puisse s'évader dans son monde imaginaire nocturne.

Ne se doutant pas que la fillette habitait un univers parallèle, sœur Angelica prenait le comportement serein de la fillette pour de la piété naturelle et elle se permettait de rêver. Peut être Martha deviendrait elle novice au couvent de la ville de Québec où elle avait prononcé ses vœux? Peut être en sortirait elle un jour religieuse et choisirait elle la carrière d'enseignante? Ce serait si merveilleux si une autre Autochtone de l'école s'élevait au dessus de sa condition, devenait son amie et se consacrait à servir l'Église!

3

Le père Lionel Antoine

Peu après Noël, le père Lionel Antoine, guide spirituel des enfants et des religieuses, s'est mis à s'intéresser à Martha. Perdue dans son monde, la petite fille ne lui avait pas beaucoup prêté attention. À ses yeux, il était l'adulte gras aux cheveux clairsemés et habillé entièrement de noir qui venait constamment dans sa classe regarder les filles, leur sourire et les mettre mal à l'aise. Il était aussi le prêtre qui dirigeait les prières le matin et le soir à la chapelle et qui disait les longues messes du dimanche. Il était aussi, avait elle remarqué, la seule personne que les religieuses traitaient avec une déférence constante, et quelqu'un dont se moquaient en cachette les élèves plus âgés.

Ce que Martha et les autres ignoraient, c'est que le père Antoine était un homme solitaire profondément troublé. Ça n'avait pas toujours été le cas. Lorsqu'il était enfant et adolescent, ses parents, morts depuis longtemps, l'avaient comblé d'amour et d'éloges. Dans son village, on l'aimait bien et on le connaissait comme quelqu'un qui avait un bon sens de l'humour et était un partisan passionné des Canadiens de Montréal et de ses joueurs vedettes, Howie Morenz et Sylvio Mantha.

Aux soirées qui se tenaient tous les vendredis soirs dans le sous sol de l'église, il avait été l'un des favoris des femmes plus âgées qu'il n'oubliait jamais d'inviter à danser. Il était toujours l'un des premiers à offrir ses services aux soupers et bingos organisés par l'Église pour financer les missions à l'étranger. Lecteur avide amoureux des livres, il avait hanté la bibliothèque de son village, ayant développé un vif intérêt pour l'histoire de l'Église, la musique médiévale, la vie des villageois en Nouvelle France et les romans français du 19e siècle. Il s'était même constitué une bibliothèque personnelle impressionnante qu'il ne se lassait jamais de montrer à ses amis et à ses proches.

Enfin et surtout, il avait été pieux toute sa vie. La foi lui procurait du réconfort, et chanter dans la chorale le remplissait de joie. Il aimait la beauté, le mystère et le cérémonial de la liturgie en latin, l'harmonie et l'équilibre des paroles saintes chantées par le prêtre, l'odeur de l'encens et la lumière vacillante des bougies votives. Le jour de sa confirmation, à l'âge de 13 ans, il avait été submergé par la présence du Saint Esprit et avait vécu une expérience religieuse qui avait changé sa vie. Il avait su qu'il était destiné à devenir prêtre et à servir Dieu dans une petite paroisse rurale comme celle dans laquelle il avait grandi.

Lorsqu'il avait annoncé la nouvelle au curé du village, à ses parents, à ses amis et à ses proches, tous s'étaient réjouis avec lui. Le curé avait fait de lui l'objet de faveurs particulières. Il l'avait choisi comme enfant de chœur, lui avait obtenu une bourse pour qu'il puisse être pensionnaire au collège classique pour garçons d'une ville voisine, avait usé de son influence dans l'Église pour qu'il soit accepté dans un séminaire de la ville de Québec.

Sa joie et son sentiment d'épanouissement auraient été complets s'il n'y avait pas eu cette obsession qui le troublait grandement. Aussi loin que sa mémoire remontait, il avait été attiré par les filles prépubères. Adolescent, au collège classique, il n'avait pas trouvé ses sentiments anormaux. Il avait ri avec ses amis des histoires salées que ceux ci racontaient après les avoir apprises de leurs frères ainés lorsqu'ils allaient chez eux les fins de semaine.

Toutefois, rendu au séminaire, au début de la vingtaine, il s'était aperçu qu'il ne pouvait s'empêcher d'avoir des fantasmes au sujet des petites filles, rien que des petites filles. Sentant que ses sentiments étaient anormaux, il avait demandé conseil à un prêtre plus âgé, son confesseur.

— Mon fils, le prêtre lui avait il demandé, as tu déjà fait un acte répréhensible avec une petite fille?

— Bien sûr que non, mon père.

— Alors je ne m'inquièterais pas trop. Il s'agit probablement d'une phase qui va passer. Tu devrais prier pour avoir la force de vaincre ta faiblesse, et rappelle toi de ne jamais, au grand jamais réaliser tes fantasmes.

Toutefois, malgré de ferventes prières, l'obsession du séminariste avait augmenté, et des incidents, tous rapidement étouffés, étaient arrivés. Une fois en particulier, les parents d'une fillette de huit ans l'avaient surpris en train de caresser leur fille dans la sacristie de l'église. La fillette, à demi vêtue, était assise sur ses genoux.

La mère avait saisi sa fille, et le père avait roué le séminariste de coups de poing et de pied pendant qu'il filait en vitesse.

— Espèce de maudit salaud ! Ce n'est pas parce que tu fais partie de l'Église que tu peux faire des choses pareilles à une petite fille! Je m'en vais directement à la police. Tabarouette!

Les policiers, cependant, avaient hésité à porter des accusations contre un futur membre du clergé et avaient demandé à l'évêque de régler l'affaire en douce.

L'évêque avait reçu les parents en colère à sa résidence officielle.

— Je vous ai demandé de venir ici ce matin, a t il commencé, parce que je veux exprimer les regrets de l'Église pour les gestes du jeune homme. Je comprends votre colère et j'avoue que je serais dans le même état si j'étais à votre place. Cependant, je suis évêque et je dois penser au bien de l'Église. Si vous portez des accusations, sa réputation sera entachée. En tant que bons catholiques, ce n'est pas ce que vous souhaitez, n'est ce pas?

Lorsque les parents avaient acquiescé, à contrecœur, l'évêque leur avait tout de suite dit qu'il fallait condamner le péché et prier pour le pécheur.

— Laissez moi m'occuper de l'affaire, avait il ajouté. Je vous promets que ce jeune homme ne refera jamais rien de tel. Soyez assurés que c'est ainsi que le Bon Dieu voudrait que ça se passe.

Les parents avaient nerveusement jeté un coup d'œil au pape Pie XI qui leur adressait un sourire bienveillant sur une photographie encadrée suspendue au mur. Ils avaient ensuite quitté les lieux sans faire d'histoires.

Étant donné que le séminariste avait tellement lu, qu'il avait une foi si ardente, qu'il manifestait tant de passion pour l'Église, sa musique et son histoire, et qu'il excellait dans tous les autres domaines, l'évêque avait consenti à son ordination lorsque le temps était venu. Toutefois, pour éviter qu'il ne cause d'autres scandales, on l'avait envoyé dans un pensionnat indien du Nord de l'Ontario où il ne pourrait vraisemblablement faire aucun mal, pour répondre aux besoins spirituels et moraux des enfants et du personnel enseignant, composé entièrement de religieuses.

Le père Antoine était si content de ne pas avoir été arrêté et d'avoir été autorisé à suivre sa vocation qu'il avait embrassé ses nouvelles fonctions avec une grande énergie, du moins pendant un certain temps. Il était appelé quotidiennement à célébrer la sainte Eucharistie, diriger les prières, prononcer des sermons, écouter les confessions et enseigner le catéchisme aux enfants, les préparant à leur première communion puis à leur confirmation. Dans ses temps libres, il lisait les livres de sa bibliothèque qu'il avait apportés de chez lui.

Chaque samedi, seul dans sa chambre, il écoutait l'émission *La Soirée du hockey* diffusée par le Service du Nord de Radio-Canada depuis le Forum de Montréal où l'équipe locale — composée de la nouvelle génération de grandes vedettes telles que Maurice « Rocket » Richard, Toe Blake et Elmer Lach — jouait contre d'autres formations.

Toutefois, au fur et à mesure que les années passaient, la décennie 1940 cédant sa place aux années 1950, son enthousiasme était allé en diminuant. Certains soirs, il mettait de côté le livre qu'il était en train de lire pour penser à la vie qu'il aurait menée comme prêtre d'un petit village du Québec s'il n'avait pas été découvert. Il se voyait frapper à la porte d'une maison de ferme par une fraiche et sombre soirée d'automne. Le souper terminé, la famille de 12 enfants ne serait pas encore au lit. Les enfants joueraient aux cartes sur la table de la cuisine, la mère et sa fille ainée seraient en train d'essuyer la vaisselle, et le père écouterait les dernières nouvelles agricoles à la radio.

Un des enfants ouvrirait la porte et crierait de joie en le voyant.

— Maman, papa, c'est monsieur le curé! Venez vite! Venez vite!

Le père et la mère se précipiteraient à la porte pour l'accueillir.

— Entrez, s'il vous plait, entrez! Quel plaisir de vous voir! Quel honneur vous nous faites de votre visite!

Une fois qu'ils l'auraient fait entrer dans leur modeste demeure, répétant plusieurs fois comment ils étaient honorés de sa visite, la mère l'inviterait à passer au salon, mais il refuserait.

— Non, non, non, je préfère rester avec la famille dans la cuisine. N'oubliez pas, je suis un fils d'agriculteur, et je sais que c'est la meilleure place dans une maison de ferme!

Il entrerait dans la cuisine et s'assiérait à la table. On enlèverait vite les cartes et on fermerait la radio, après quoi la mère de famille lui servirait une tasse de café frais et une pointe de tarte au sucre maison. Il ferait des plaisanteries, rirait, bavarderait et donnerait de sages conseils tout au long de la soirée pendant qu'un feu brulerait dans le poêle à bois, que le grand père fumerait sa pipe et ricanerait dans sa chaise berçante et que le chien s'étirerait confortablement à ses pieds.

La scène changeait soudainement, et le père Antoine se voyait en train de célébrer la messe de minuit la veille de Noël dans l'église bondée de fidèles ayant bravé la température arctique et la poudrerie. L'atmosphère serait joviale et passionnément spirituelle, car Jésus Christ, le Sauveur, serait né à minuit. Les villageois se seraient assemblés, missel et chapelet en main, comme on le faisait depuis des siècles en France et au Québec, pour recevoir la Sainte Communion, prier et chanter les cantiques traditionnels.

Fermant ses yeux, le père Antoine entendait encore les paroles du *Noël huron*, chant composé par le grand missionnaire jésuite et martyr Saint-Jean-de-Brébeuf, brulé vif au poteau de torture par les Iroquois, un collier de haches chauffées à blanc autour du cou aux débuts de la Nouvelle France. C'était son hymne favori, et il ne manquait jamais d'être inspiré par l'appel fait aux chrétiens de se réjouir parce que « Du malin les ouvrages à jamais sont ruinés. »

Chrétiens, prenez courage,
Jésus Sauveur est né!
Jésus est né, Jésus est né,
In excelsis gloria!

Dehors, devant la porte de l'église, s'élèverait un sapin de Noël décoré de houx, de guirlandes et de lumières colorées. À l'intérieur, il y aurait une scène de la Nativité représentant un village miniature de la Palestine ancienne, avec Marie, Joseph et l'Enfant Jésus entourés des trois Rois mages et de bergers avec leurs moutons et agneaux. Une douce odeur d'encens et de fleurs flotterait dans l'église, des rangées de bougies allumées brilleraient de chaque côté du sanctuaire et les cloches sonneraient.

Et lui, le père Lionel Antoine, berger bien aimé de la paroisse, serait là, veillant sur ses ouailles à l'occasion d'une des plus importantes et joyeuses célébrations du calendrier religieux des Canadiens français.

Puis, le bruit désolant du vent venu d'on ne sait où et soufflant nuit et jour sur les vasières d'eau salée nauséabondes séparant le pensionnat de la baie James le ramenait sur terre. La solitude s'emparait de lui et il posait son livre, se levait de sa chaise et se mettait à déambuler sans but dans les couloirs déserts. En passant devant les dortoirs, il lui arrivait d'entendre les sanglots étouffés d'un élève s'ennuyant de sa famille et il ressentait alors un sentiment de solidarité mêlé d'envie. Lui et moi sommes, se disait il, des prisonniers en exil purgeant des peines sévères. Toutefois, alors que l'enfant serait libéré au bout de 10 ou 12 ans, lui, le prêtre, était condamné à rester en prison jusqu'à sa retraite.

Au fil des ans, le père Antoine était devenu amer, et il avait commencé à s'enfermer dans sa chambre et le bureau attenant, n'en sortant que pour dire la messe et enseigner le catéchisme. Il prêtait peu d'attention à son apparence, se lavait rarement, laissait sa barbe hirsute envahir son visage et portait les mêmes vêtements pendant des semaines d'affilée. Il ne lisait plus et avait même cessé d'écouter *La Soirée du hockey* à la radio, même si les Canadiens de Montréal gagnaient maintenant la Coupe Stanley année après année.

Ces changements avaient été remarqués par les religieuses. Dans le but de lui remonter le moral, elles avaient puisé dans le budget affecté à l'alimentation des enfants pour se procurer des viandes chères de bonne qualité, du beurre et des légumes. Bientôt, elles lui préparaient et allaient anxieusement lui porter, à son bureau, des plats alléchants : rôti de bœuf arrosé de sauce riche, tourtières à la sauce tomate, pain maison enduit de beurre, pommes de terre en purée, au four ou frites, fèves au bacon, rôties chaudes généreusement beurrées, tarte aux pommes garnie de crème fouettée, poulet rôti et bernache du Canada braisée.

Évidemment, nourri si grassement, le bon père a pris du poids. Ceci lui donnait mauvaise conscience, car il savait qu'aux yeux de l'Église, la gloutonnerie était un péché. Péché véniel, mais tout de même quelque chose de honteux. Il s'est senti encore plus mal lorsqu'il est allé un soir dans la salle où les enfants prenaient leur souper. Quelle puanteur! Quelle abondance de mouches et de coquerelles! Quelles portions minuscules! Et des mets si peu appétissants : purée de pommes de terre grumeleuse, pain graissé, crème à la fécule de maïs et lait en poudre. Cette nourriture était impropre à la consommation humaine.

Pendant quelques instants, il a été pris de remords. Ce que les religieuses lui donnaient était tellement mieux! Cependant, son malaise s'est vite dissipé lorsqu'il s'est souvenu que, chez eux, les enfants étaient condamnés à une diète de gibier, de lard, de bannock et de thé —aliments bien inférieurs, à son avis, à ce qu'ils recevaient au pensionnat.

Ça devait arriver. Un jour, il n'a pas pu se maitriser et a donc molesté une petite fille. Au début, il a eu peur, parce qu'elle s'était sauvée de son bureau en courant, en pleine hystérie, et était allée dire aux religieuses qu'il lui avait fait mal. Quand personne ne l'a crue, il s'est rendu compte qu'il était libre d'agir à sa guise sans risque de sanction. Les fillettes autochtones étaient sous son autorité, et les religieuses, même s'il advenait qu'elles accordent crédit à la parole d'un enfant plutôt qu'à la sienne, ne penseraient jamais à appeler la police ou à le dénoncer à ses supérieurs. Il était, après tout, un prêtre, et elles avaient été formées à obéir aux prêtres sans discussion. De toute façon, le pensionnat était loin de Québec et si jamais ses supérieurs avaient vent de la chose, le pire qu'il pourrait lui arriver serait d'être transféré dans un autre pensionnat où il pourrait reprendre ses activités.

Il a donc informé les religieuses que lorsqu'il était enfant, le curé de son village avait joué un grand rôle dans l'approfondissement et l'enrichissement de sa sensibilité religieuse. Il voulait dorénavant faire la même chose pour un groupe choisi de fillettes autochtones parce que, selon lui, il fallait faire plus pour favoriser la vocation religieuse chez les femmes.

— Je vais les choisir moi même, a t il dit. Tout ce que vous devez faire, c'est de les emmener dans mon bureau. Je leur donnerai des séances particulières d'orientation spirituelle.

Heureuses de constater qu'il montrait de l'intérêt pour son travail, les religieuses avaient suivi ses instructions à la lettre et, au fil des ans, avaient envoyé à son bureau un flot régulier de petites filles triées sur le volet. Là, après leur avoir professé passionnément et sincèrement son amour paternel, il les agressait sexuellement. Cependant, se disait il, ses gestes ne constituaient pas réellement un assaut, car il était toujours doux. Il n'était pas, avait il réussi à se convaincre, un ogre, même s'il arrivait que ses petites visiteuses pleurent. Il n'était certainement pas, non plus, pédophile, puisque, dans son esprit, les pédophiles s'attaquaient aux petits garçons, pas aux petites filles.

À la grande joie des religieuses, le père Antoine s'est remis de sa dépression et a retrouvé le sourire. Il s'était, ont elles conclu, finalement ajusté à la vie au pensionnat et avait trouvé une raison de vivre.

Un jour, au début de la nouvelle année, sœur Angelica a dit à Martha que le père Antoine souhaitait la voir. La religieuse savait pourquoi, parce qu'elle avait été l'une des petites filles qu'il avait fait venir à son bureau lorsqu'elle était pensionnaire. À l'époque, elle avait accepté passivement la chose et, étant crédule de nature, l'avait cru quand il lui avait dit qu'il l'aimait. Même si le prêtre l'avait laissé tomber lorsqu'elle avait atteint l'adolescence, elle lui était restée farouchement loyale et continuait de lui être passionnément attachée. Elle n'avait jamais raconté, même pas aux religieuses plus âgées, ce qui se passait derrière sa porte close.

Selon elle, le père Antoine ne lui avait pas causé de préjudice durable. Par conséquent, elle n'avait pas l'intention d'avertir Martha de ce qui l'attendait. De plus, croyait elle, les attentions du prêtre constituaient en quelque sorte une épreuve ou un rite de passage par lequel il fallait passer pour pouvoir réaliser de grandes choses dans la vie. Elle se demandait toutefois si Martha serait à la hauteur.

Ignorant ce qui l'attendait, Martha s'est rendue respectueusement au bureau du père Antoine. Un long corridor aux murs recouverts de reproductions de tableaux de Jésus souffrant sur la croix y menait. Arrivée à destination, elle a frappé à la porte.

— Entrez!

Martha a tourné la poignée et ouvert la porte. À l'intérieur se trouvait un bureau si énorme qu'elle ne pouvait pas voir derrière. Sur un côté, il y avait une petite table sur laquelle étaient déposés un verre à moitié rempli d'un liquide rouge, plusieurs tranches de pain généreusement beurrées et une assiette à demi pleine contenant de la viande et des pommes de terre. Sur le mur, derrière le bureau, était accrochée une photo en noir et blanc grand format sur laquelle on apercevait un groupe de personnes devant une grande maison. En plein centre se trouvait un jeune prêtre souriant. Des étagères pleines de livres couvraient les autres murs. Finalement, assis à la table, se trouvait le père Antoine lui même, en train de manger son souper.

Le prêtre a posé sa fourchette et son couteau, s'est essuyé la bouche avec le dos de la main et a examiné la petite fille soigneusement de la tête aux pieds. Souriant gentiment, il lui a fait signe de fermer la porte et de s'approcher.

— Ma petite fille, tu es si timide! Rassure toi, tu n'es pas ici parce que tu as fait quelque chose de mal. Tu ne seras pas punie. Je t'observe depuis ton arrivée et je sais que c'était difficile pour toi au début. Tu t'es bien adaptée et tu sembles avoir la fibre religieuse. J'ai parlé à sœur Angelica et elle m'a confirmé avoir remarqué la même chose. Je veux passer du temps avec toi et t'aider dans ta croissance spirituelle.

— Viens, assieds-toi avec moi.

Martha s'est approchée, et le prêtre, après avoir poussé la table pour faire de la place, l'a mise sur ses genoux, tout contre lui.

—Savais tu, petite Marthe, lui a t il chuchoté à l'oreille, que tu portes le nom d'une femme pieuse et célèbre de la bible?

Même si Martha avait fait de gros progrès en anglais, elle ne comprenait pas ce que disait le prêtre, et si elle avait compris ses paroles, elle n'y aurait accordé aucune importance.

Tout ce qu'elle savait, c'est qu'elle avait été installée contre son gré sur les cuisses de quelqu'un qui sentait le lait sur et avait mauvaise haleine; l'homme avait aussi les dents sales, des miettes de pain sur son menton non rasé et des poils qui lui sortaient du nez et des oreilles.

— Marthe, Marthe, disait le prêtre avec insistance. Je n'ai pas d'ami ici, comme toi. Tu es si mignonne et innocente, nous pourrions nous rendre si heureux l'un l'autre.

Martha s'est mise à se tortiller, voulant s'échapper. Elle a eu peur et s'est sentie mal à l'aise quand il a passé ses mains sous ses vêtements et, avec un sourire forcé, lui a fait des choses qu'elle savait ne pas être correctes.

— À présent, ma petite Marthe, a t il dit par la suite, comme si elle était sa complice plutôt que sa victime, tu ne dois pas raconter ce qui se passe entre nous. Je t'ai demandé de t'asseoir sur mes genoux parce que je voulais te montrer comment je t'aime.

Il a reposé la fillette silencieuse par terre, a ouvert un tiroir de son bureau et en a extrait un bonbon qu'il lui a donné.

— J'en ai toujours une provision, lui a t il dit, et je t'en donnerai un à chaque fois que tu viendras me voir.

Retournant s'asseoir sur sa chaise, il a continué de manger son repas.

Martha est sortie de la pièce, restant immobile un instant pendant que la porte se refermait derrière elle. Puis, elle a jeté le bonbon par terre, a éclaté en larmes et s'est rendue au dortoir en pleurant. Elle s'est jetée sur son lit et s'est enfoui la tête dans son oreiller.

— Eh bien, Martha, que penses tu du père Antoine? a demandé sœur Angelica lorsqu'elle est venue la voir peu de temps après. Il est gentil, n'est-ce pas? Est ce qu'il t'a parlé de l'amour de Dieu? Est-ce qu'il t'a donné un bonbon? Il t'a demandé de revenir? Tu es tellement chanceuse!

Martha a détourné son visage et a refusé de répondre.

Ce soir là, incapable de comprendre ce qui s'était réellement passé, elle s'est sentie sale. De plus, malgré tous ses efforts, elle n'a pas été capable de s'échapper, en imagination, de la réalité de la vie au pensionnat.

La semaine suivante, lorsque sœur Angelica lui a annoncé après la classe que le père Antoine voulait la voir de nouveau, Martha s'est mise à pleurer.

— Je ne veux pas y aller. Il m'a fait des choses que je n'aime pas. Il me fait peur.

Sœur Angelica a essayé de la raisonner.

— Il n'y a pas de quoi avoir peur. Le père Antoine est un saint homme qui passe ses nuits à prier. Il a à cœur les intérêts des petites filles qu'il demande à voir!

Devant l'air sceptique de Martha, la religieuse l'a prise par la main et l'a conduite, gémissante, au bureau du prêtre. Elle en a ouvert la porte et l'a poussée à l'intérieur. Au cours des semaines et des mois à suivre, Martha, qui avait conclu que personne ne pouvait la protéger au pensionnat, s'est rendue seule et sans pleurer rencontrer le prêtre à chaque fois qu'il la convoquait.

À la fin du mois de juin, lorsque Martha est retournée chez elle pour passer l'été avec ses parents, elle avait hâte de dire à sa mère que les gens, à l'école, traitaient les enfants méchamment et que c'était un endroit épouvantable. Sa mère, toutefois, malgré les paroles rassurantes qu'elle avait adressées à sa fille en aout de l'année précédente, savait très bien que les enfants n'étaient pas bien traités au pensionnat. Sa façon de composer avec les questions douloureuses était de prétendre qu'elles n'existaient pas. Elle ne voulait absolument pas endurer l'angoisse psychique que lui causerait le fait d'entendre sa fille lui parler de ses souffrances. Elle ne pouvait rien y faire de toute façon. Il n'y avait aucune issue.

Par conséquent, elle évitait de parler du pensionnat, et quand Martha a essayé de lui dire que le père Antoine la déshabillait et la touchait là où il ne fallait pas, elle a refusé d'écouter.

— Tais toi! Tu racontes n'importe quoi! Je ne veux pas le savoir. Les prêtres ne font pas ces choses là! Tu essaies de te trouver une excuse pour ne pas y retourner à la fin de l'été en inventant des histoires.

Saisissant le bras de sa fille, elle l'a serré fort avant de poursuivre.

— Qu'est ce qui te prend? Tu te comportais si bien avant. Maintenant, tu te fiches de ta famille!

Martha a été saisie de peur. La mère aimante d'autrefois, d'avant le pensionnat, avait été remplacée par une femme colérique qui lui faisait mal.

— Tu l'ignores peut être, mais que le gouvernement nous envoie de l'argent chaque mois parce que tu es au pensionnat. Nous sommes pauvres, et l'argent va continuer à arriver jusqu'à ce que tu aies 16 ans. Tu devrais comprendre, nous avons une dette au magasin de la Compagnie de la Baie d'Hudson, et ça paie pour la farine, la poudre à pâte et le lard. Tu ferais mieux de te faire à l'idée, parce que tu iras au pensionnat pendant encore bien des années!

Trop craintive pour répliquer, Martha a hoché la tête pour dire qu'elle ferait ce qu'on attendait d'elle. Elle avait cru que sa mère s'opposerait à ce qu'elle retourne au pensionnat quand elle apprendrait comment c'était un endroit horrible. Maintenant, on lui reprochait de se plaindre et elle devrait passer des années à la merci du père Antoine.

Alors qu'elle croyait avoir vécu le pire, sa tante l'a prise à l'écart pour lui parler.

— P'tit Joe, mon fils, vient d'avoir six ans et doit donc aller au pensionnat à l'automne. Nous savons toutes les deux que les enfants ne sont pas toujours bien traités là bas. Ils se sentent seuls et peuvent se faire intimider par des plus vieux et battre par les religieuses. Je ne veux pas qu'il y aille, mais je n'ai pas le choix. Le commerçant m'a avertie que la police viendra le chercher si j'essaie de le cacher. Je sais que c'est beaucoup te demander, mais pourrais tu veiller sur lui et le protéger à ma place? Arrange toi pour qu'il ne se sente pas seul. Il est si petit pour son âge et tellement attaché à moi, il ne pourra pas tenir le coup sans ton aide.

Martha venait juste d'avoir sept ans et savait qu'elle ne pouvait pas faire grand chose pour aider son cousin. Elle ne pouvait même pas se défendre elle même! Toutefois, troublée par le regard angoissé de sa tante et comme elle était compatissante de nature, elle a promis de veiller à ce que rien de mal n'arrive à P'tit Joe.

Sa tante, soulagée, l'a enlacée.

— Je suis si contente. Tu as toujours été douce et gentille. Maintenant que je sais que tu t'occuperas de lui, je sais que tout va bien se passer.

Une année vraiment terrible a commencé pour Martha et P'tit Joe. Sous le regard de sa mère et de sa tante, Martha est montée avec son cousin dans l'hydravion venu les chercher à la fin d'aout. Cette fois, elle savait que le pilote n'était pas un wendigo et elle a pu assurer à P'tit Joe que tout se passerait bien pendant le vol. C'était malheureusement la dernière chose qu'elle a pu faire pour l'aider.

Au quai, ils ont été accueillis par la religieuse qui était venue à la rencontre de Martha l'année d'avant. Sans dire un mot, elle a pris P'tit Joe par la main et l'a guidé jusqu'au pensionnat en haut de la colline, faisant signe à Martha de les suivre. Sœur Angelica attendait à la porte, prête à aider sa collègue à préparer le garçon à sa nouvelle vie. Quand Martha a offert de les aider, sœur Angelica l'a ignorée.

Bientôt, Martha a entendu P'tit Joe crier pendant que les religieuses le déshabillaient, le poussaient dans la douche, coupaient ses tresses et lui versaient du kérosène sur la tête. Elle a couvert ses oreilles lorsqu'elle a entendu des cris, des bruits de gifles, à nouveau des hurlements, puis plus rien. Peu de temps après, sœur Angelica, arborant une mine sombre, l'a conduit à la salle à manger. Il sentait le kérosène, avait la tête rasée, portait les vêtements réglementaires et avait le visage marqué et enflé à force d'avoir pleuré.

P'tit Joe s'est précipité vers Martha, mais sœur Angelica est allé le chercher et lui a dit, en anglais, qu'il ne devait plus jamais s'approcher de la fillette.

Le garçon, qui ne comprenait pas l'anglais, s'est mis à parler en anishinaabemowin.

— Mais Martha est ma cousine, et elle est censée s'occuper de moi!

— Fais ce qu'elle te dit, est intervenue Martha dans la même langue, sinon elle va te frapper très fort.

Sœur Angelica, qui avait compris ce que Martha avait dit et n'appréciait pas le commentaire, s'est alors retournée contre elle.

— Ne te mêle pas de ça! Je n'ai pas besoin de ton aide pour venir à bout de ce morveux. Je te rappelle qu'il est interdit de parler votre langue païenne ici, au pensionnat. Et puis, pour qui te prends tu au juste pour parler à un garçon et t'ingérer dans le travail d'une religieuse?

Elle a giflé Martha. Du sang a jailli de son nez, coulant à flots sur sa blouse. La religieuse a ensuite ordonné à P'tit Joe d'aller en avant de la salle. Là, elle s'est mise à le frapper avec une courroie sur les mains et les poignets.

Pendant que les autres enfants regardaient, fascinés et horrifiés, Martha s'est levée de sa chaise, a marché lentement et délibérément en avant, a saisi la courroie et a essayé d'arrêter la punition.

— Ce n'est qu'un petit garçon, a t elle dit à la religieuse. Ma tante m'a demandé de le protéger.

— Le protéger? Sa mère devrait nous être reconnaissante de ce qu'on fait pour lui!

Aidée d'une autre religieuse, sœur Angelica a traîné Martha brutalement à l'extérieur de la salle puis au sous sol. Là, elle lui a lié les mains et les a attachées à l'aide d'une corde à une conduite d'eau chaude suspendue. Les deux femmes ont ensuite levé sa robe et l'ont flagellée avec des fils électriques jusqu'à ce que ses intestins se relâchent et qu'elle fasse dans sa culotte. Elles l'ont ensuite détachée, puis poussée dans la cave à charbon dont elles ont verrouillé la porte.

— Sale petite sauvage, n'interviens plus jamais dans notre travail! Que ça te serve de leçon.

Le lendemain matin, elles ont sorti Martha du réduit non éclairé et l'ont forcée à se mettre debout, sale et puante, devant l'ensemble des élèves et à demander pardon aux religieuses.

— Que ceci vous serve tous de leçon. Désobéissez et vous subirez le même sort.

Le lendemain, sœur Angelica l'a arrêtée à la sortie de la classe pour lui dire que le père Antoine avait entendu parler de sa mauvaise conduite et qu'il voulait la voir immédiatement.

Martha a éclaté en sanglots et a dit qu'elle ne voulait pas y aller.

— Petite ingrate! Tu déranges toute l'école puis promets d'être sage, mais ensuite tu refuses de voir le père Antoine quand il demande à te parler. Et dire que j'ai déjà pensé que tu avais un avenir dans l'Église! À partir de maintenant, je t'aurai à l'œil, et tu vas payer cher toute désobéissance.

Elle a pris Martha par la main, et l'a trainée de force jusqu'au bureau du père Antoine. Elle a frappé à la porte. Quand le prêtre les a invitées à entrer, elle a poussé Martha à l'intérieur et est repartie.

Le père Antoine s'est levé et avancé vers elle et l'a serrée dans ses bras.

— Allons Marthe, ma petite. Je sais que tu as vécu des moments difficiles. Tu as dû t'ennuyer de moi cet été. Tu m'as aussi manqué, c'était si long. Ce n'est pas étonnant que tu aies eu des ennuis avec les religieuses. Maintenant que nous sommes réunis, je peux t'aider. Tu sais que tu es ma favorite.

Il a conduit la petite fille en pleurs jusqu'à sa chaise, derrière le bureau, et l'a prise sur ses genoux. Cette fois là, il est allé plus loin que jamais auparavant.

— Je fais ça parce que je t'aime, lui a t il susurré. Je vais dire aux religieuses de te laisser tranquille. Par contre, tu dois arrêter de protéger le garçon et garder le secret sur nos activités. Si quelqu'un apprenait ce que nous faisons, tu aurais de gros problèmes.

Il a lâché la fillette en sanglots. Elle est partie à toute vitesse au dortoir.

P'tit Joe ne s'est jamais adapté à la vie au pensionnat. Il avait compris, dès le premier jour, que Martha était impuissante à le protéger. Chaque soir, il s'endormait en pleurant et mouillait son lit. Si le fait de s'endormir en pleurant n'était pas un délit punissable aux yeux des religieuses, le fait de mouiller son lit l'était. Selon elles, l'incontinence constituait un comportement antisocial, un acte de révolte qu'il fallait éradiquer par les châtiments corporels et l'humiliation publique.

Les punitions, évidemment, n'ont pas porté fruit puisque P'tit Joe ne pouvait pas contrôler sa vessie. Par conséquent, chaque nuit, il mouillait son lit, et chaque matin, il se faisait battre par les religieuses. Elles le forçaient également à se tenir debout, la tête recouverte de son drap souillé, devant les autres enfants pendant le déjeuner. Parfois, il était accompagné d'autres filles ou garçons, également enveloppés de draps mouillés et nauséabonds, mais la plupart du temps, il était seul, pleurant doucement.

Forcée à se soumettre par suite de son intervention et démoralisée par les agressions continuelles du prêtre, Martha a renoncé à essayer de l'aider. Des garçons plus âgés, sous alimentés donc toujours affamés, ont commencé à l'intimider, l'obligeant à leur garder et donner une partie de son assiette. S'il refusait, ils profitaient d'un moment où il était seul aux toilettes pour le battre.

P'tit Joe est devenu frêle et maladif. Martha observait ce qui se passait avec résignation. Un jour, il n'est pas venu déjeuner, n'est pas apparu au diner et ne s'est pas présenté au souper. Martha ne l'a plus jamais revu.

Plusieurs jours plus tard, le père Antoine a célébré un service funèbre pour lui.

— Filles et garçons, réjouissons nous! L'âme de cet enfant a quitté cette vallée de larmes pour aller dans un monde meilleur. Alléluia! Louons le Seigneur !

Six garçons, dont certains de ceux qui lui avaient volé sa nourriture, ont porté le minuscule cercueil de P'tit Joe et l'ont transporté jusqu'au cimetière du pensionnat. Là, il a été enterré aux côtés des dizaines d'enfants autochtones qui étaient morts au pensionnat au fil des ans. Une croix de bois portant son nom et sa date de naissance a été enfoncée à une extrémité du petit amoncellement de terre, puis il a été oublié.

Oublié de tous, sauf de Martha et de sa famille dans la communauté de Cat Lake.

Lorsque Martha est retournée chez elle au mois de juin suivant, elle ignorait que les administrateurs des pensionnats n'informaient pas toujours les parents lorsque des enfants mouraient dans les pensionnats, souvent de pneumonie, de tuberculose, de malnutrition ou de chagrin. Après tout, les communications avec les communautés des Premières Nations du Nord étaient difficiles. Les Autochtones, de toute façon, étaient des sauvages ignorants habitués à ce que leurs enfants meurent et n'avaient probablement pas autant de peine que les Blancs civilisés.

Il y avait aussi l'effort considérable que représentait le fait de s'occuper de tant de décès. Au début de l'ère des pensionnats, il arrivait que jusqu'à la moitié des élèves d'une classe meurent. Le temps étant une ressource précieuse, il valait mieux le garder pour des questions plus importantes, comme la préparation de rapports périodiques aux bureaucrates d'Ottawa, plutôt que de le gaspiller à informer les plus proches parents. Pourquoi envoyer des messages quand les familles apprendraient la nouvelle des autres enfants lorsque ceux ci retourneraient passer l'été chez eux?

Lorsqu'elle a émergé, seule, de l'hydravion, Martha a cru que la consternation qu'elle lisait sur le visage de sa tante était attribuable à la mort de P'tit Joe. Elle ne se doutait pas que sa tante venait juste de se rendre compte que son fils était mort.

— Je suis vraiment désolée, ma tante, a t elle dit en marchant vers sa mère silencieuse qui venait aussi probablement juste de deviner ce qui s'était passé.

En larmes, la tante s'est ruée vers Martha, l'a saisie par les bras, et s'est mise à la secouer.

— Comment as-tu pu faire ça? Tu m'avais promis de le protéger! C'est ta faute!

La mère de Martha est intervenue.

— Ne la blâme pas, c'est juste une enfant. Tu lui as donné une responsabilité trop grande!

La tante a lâché sa nièce.

— Dis moi au moins comment il est mort. Est ce qu'il a souffert?

Martha n'a rien dit, ne voulant pas aggraver sa peine en donnant des détails. Sa tante, toutefois, a interprété son silence comme un manque d'empathie, et après l'avoir regardée d'un air mauvais, elle est partie chez elle annoncer la terrible nouvelle à sa famille. Même plus tard, quand les autres enfants lui ont raconté ce qui s'était réellement passé, elle n'a jamais pardonné à sa nièce, car elle avait, à ses yeux, trahi sa promesse de protéger P'tit Joe.

Quand Martha est montée dans l'hydravion à la fin d'aout pour retourner au pensionnat, elle avait encore un compagnon de voyage, une fillette cette fois. Au cours des années à venir, une procession d'enfants les accompagnerait dans l'avion dès qu'ils atteindraient l'âge de six ans. Humiliée et remplie de désespoir après la correction qu'elle avait reçue pour avoir essayé de défendre son cousin, et devenue amère en raison des agressions sexuelles répétées du prêtre, Martha n'a rien dit quand elle a vu sœur Angelica emmener les filles au bureau du père Antoine.

Plus les années passaient, plus le prêtre devenait exigeant, et Martha a géré la situation du mieux qu'elle le pouvait en se refermant sur elle même et en réprimant ses émotions. Par moments, elle regardait la photographie sur le mur du bureau du prêtre, se demandant qui étaient les gens qu'on y voyait. Le jeune prêtre était de toute évidence le fils de la femme et de l'homme à la mine radieuse qui se tenaient à ses côtés. Mais qui étaient les enfants de la photo? Les frères et sœurs du prêtre? Des cousins, des voisins? Est-ce que la photo avait été prise à la sortie de l'église? Venaient ils juste de diner ou de souper? Qu'est ce qu'ils avaient mangé? De quoi avaient ils parlé? Ses frères et sœurs étaient ils toujours fiers de lui? Comment réagiraient ses parents s'ils apprenaient qu'au moment même, il prenait une enfant sans défense par la force?

Un jour, toutefois, après son douzième anniversaire, elle n'a pas pu en supporter davantage. Elle a dit au père Antoine qu'elle se tuerait s'il ne laissait pas tranquille, précisant qu'elle était sérieuse. Le prêtre, qui préférait des filles plus jeunes de toute façon, a cessé de la faire venir à son bureau.

Entre-temps, Martha était devenue complètement désillusionnée, n'attendait plus grand chose de la vie et se sentait désespérément seule. De temps en temps, elle laissait un garçon venir la retrouver dans son lit la nuit. C'était facile. La religieuse qui surveillait son dortoir était dure d'oreille et s'endormait d'un sommeil profond dès que les lumières s'éteignaient pour ne se réveiller qu'au moment où la première cloche annonçait le début d'une nouvelle journée, le matin suivant. L'adolescent anxieux n'avait qu`à attendre un peu avant d'entrer sans faire de bruit dans le dortoir et de se rendre jusqu'au lit de Martha. Personne ne l'a dénoncée, et elle ne s'est jamais fait prendre.

À chaque fois qu'elle avait des rapports sexuels, elle pensait non pas au garçon couché avec elle, mais au père Antoine et aux religieuses. Elle imaginait à quel point ils seraient furieux s'ils savaient qu'elle bafouait leurs principes moraux hypocrites sous leur nez! La possibilité d'une grossesse ne l'inquiétait pas, car le pire qu'il pourrait lui arriver dans ce cas serait l'expulsion du pensionnat — un scénario dont la perspective la réjouissait.

Pendant ses dernières années au pensionnat, Martha paraissait calme et résignée à purger sa peine. Il lui arrivait de rire et d'être joyeuse, et même si elle était incapable de pardonner à sœur Angelica, avec le temps, elle a fini par comprendre que la religieuse, comme elle, avait été une victime de forces hors de son contrôle. Toutefois, la plupart du temps, elle bouillait intérieurement de rage, réprimant difficilement ses larmes lorsque des élèves étaient punis comme elle l'avait été la fois qu'on l'avait attachée aux tuyaux suspendus du sous sol, battue et mise en isolement dans la cave à charbon. Elle n'en pouvait plus d'entendre les religieuses répéter sans cesse que les élèves devaient s'estimer heureux que Dieu ait envoyé des émissaires au milieu de nulle part pour éduquer les sauvages de l'âge de pierre qu'ils étaient et sauver leur âme. En outre, elle ne leur a jamais pardonné de ne pas l'avoir avertie lorsque son père était mort subitement d'une crise cardiaque.

Toutefois, c'est le père Antoine qu'elle détestait le plus. Quand ils se croisaient dans le couloir, il lui souriait tandis qu'elle détournait le regard. Malgré ses efforts, elle ne pouvait pas le chasser de ses pensées la nuit lorsqu'elle revivait dans ses cauchemars les agressions qu'il lui avait fait subir pendant tant d'années. À la messe du dimanche, lorsqu'il parlait de l'amour de Dieu, elle n'écoutait pas ses paroles, l'imaginant plutôt soumis à différentes formes de tortures. Parfois, il se trouvait debout devant une classe, la tête recouverte d'un drap trempé d'urine et hué par les élèves. À d'autres moments, il était son prisonnier et elle le flagellait comme les religieuses l'avaient flagellée. Lorsque, certains dimanches, il évoquait l'enfer dans ses sermons, elle le voyait agonisant dans les flammes de l'enfer pour ce qu'il lui avait fait à elle et avait fait à d'autres filles.

Lorsque, une décennie après son admission au pensionnat, Martha a été libérée et renvoyée chez elle, elle en est sortie avec des rudiments d'études secondaires et des blessures affectives si profondes qu'elles ne guériraient jamais. Le fait que le pensionnat ferme peu de temps après n'a été, pour elle, d'aucun réconfort.

4

De retour à la maison

LORSQUE MARTHA EST RETOURNÉE CHEZ ELLE à l'âge de 16 ans, elle était bien différente de la fillette potelée de 6 ans qui avait été emportée au loin par un hydravion tant d'années auparavant. C'était maintenant une jolie jeune femme, grande et mûre au plan physique. Les traits de son visage brun foncé étaient fins. Dans ses yeux noirs se lisait la colère, une colère en grande partie réservée à sa mère, car Martha n'avait jamais oublié les paroles qu'elle avait prononcées l'été suivant sa première année au pensionnat.

— Arrête tes mensonges, lui avait elle dit en lui serrant le bras suffisamment fort pour lui faire mal, quand sa fille avait essayé de l'informer que le père Antoine la touchait là où il n'aurait pas dû le faire. Le gouvernement va nous couper nos chèques d'allocation familiale si tu ne retournes pas au pensionnat.

À partir de ce moment, Martha s'était mise à croire que sa mère accordait plus d'importance à l'argent qu'elle recevait du gouvernement qu'au bien être de sa fille.

Martha n'avait plus jamais mentionné le père Antoine à sa mère pendant toutes les années qu'elle était au pensionnat. Après la mort de son père qui avait, par sa force tranquille mais solide, maintenu la paix dans la famille, un fossé s'était créé entre la mère et la fille. Ce fossé s'était élargi un peu plus à chaque fois qu'elle était retournée chez elle l'été venu. Quand, à la fin de juin

1972, Martha est entrée dans la cabane familiale avec un sac contenant toutes ses possessions du pensionnat, sa mère a senti son hostilité voilée.

— Tiens, regarde un peu qui est finalement de retour à la maison! a t elle dit, prenant l'initiative. Il va falloir trouver un moyen de s'entendre. En passant, mon chèque d'aide sociale ne me permet pas de te nourrir, alors tu as intérêt à aller au bureau du conseil de bande pour faire ta propre demande d'assistance.

Quand Martha a répondu dans le peu d'anishinaabemowin dont elle se souvenait, sa mère a ri d'elle.

— Tu connais encore moins ta langue que l'été passé. Tu aurais pu faire un petit effort pour la conserver!

Lorsque Martha a essayé de lui donner un coup de main dans la maison, sa mère n'a pas été impressionnée.

— Quel genre de personne es tu devenue? Tu reviens à la maison gâtée par tes années au pensionnat, t'attendant à te faire servir la nourriture des Blancs. Sache que les gens comme moi ne peuvent pas survivre sans nourriture du pays. Tu ne sais pas te servir d'une carabine ni installer un filet, allumer un feu, couper du bois, nettoyer le poisson, préparer du bannock ou fumer une bernache — encore moins fabriquer des mocassins et des mitaines en peau d'orignal. Quand j'étais enfant, je savais faire tout ça avant d'avoir 10 ans!

La mère de Martha n'était pas la seule à avoir de la difficulté à aimer un enfant dont des années de séparation l'avaient éloignée. Toutefois, ses remarques ont confirmé l'impression qu'avait sa fille de n'appartenir ni au monde des Blancs ni à son propre peuple.

Au fur et à mesure que les mois passaient et que la relation avec sa mère restait tendue, Martha a sombré dans la dépression. Elle n'avait pas assez d'énergie pour se tirer du lit le matin, restait assise à ne rien faire tout l'après midi, n'essayait plus d'apprendre à pêcher et à chasser ou d'aider sa mère à cuisiner et faire le ménage. De temps en temps, sans raison apparente, elle éclatait en sanglots.

Sa mère a été choquée quand sa fille lui a demandé de l'aider.

— Tu déshonores notre famille! Tu restes allongée toute la journée pendant que ta vieille mère fait tout le travail, et tu t'attends à être traitée aux petits soins. Dans mon temps, les Anishinaabeg n'étaient jamais malades dans la tête! Ton problème, c'est que tu es paresseuse et gâtée. Ressaisis toi et, surtout, débrouille toi pour que les voisins ne sachent pas ce qui t'arrive!

Toutefois, l'état de Martha a empiré et, peu de temps après, elle n'arrivait plus à dormir. La situation a atteint un sommet une nuit, tandis qu'elle était, comme d'habitude, allongée sans dormir dans son lit, les sens en alerte et tendue. La lumière froide de la lune entrait par la fenêtre ouverte, créant des ombres sinistres sur les murs, et les sons habituels de la communauté nordique lui paraissaient menaçants. Dans sa tête, les enfants qui couraient et jouaient derrière la maison se moquaient d'elle, le hululement d'un hibou était un présage de mort, le hurlement d'un loup au loin constituait une menace directe. Les aboiements qui se faisaient entendre dans les arrière cours l'inquiétaient. Alors que les chiens étaient chargés de protéger leurs maîtres contre les animaux sauvages, il semblait à Martha qu'ils répondaient à ces derniers d'un ton craintif et mal assuré comme s'ils voulaient dire « si c'est Martha que vous voulez, venez la chercher, nous ne vous arrêterons pas ».

Le vent qui soufflait dans les épinettes noires murmurait qu'elle provenait d'une mauvaise graine, d'une race déficiente, inférieure et condamnée à disparaître sans laisser sa marque dans l'histoire. Il disait que les religieuses avaient raison, que son peuple et elle étaient des accidents de l'histoire, des vestiges de l'âge de la pierre qui, avant l'arrivée des Blancs, portaient des peaux d'animaux en guise de vêtements, n'avaient ni alphabet, ni livres, ni musique, ni calendrier, ni animaux domestiques, ni villes, ni monuments. Il disait que les dieux autochtones étaient inférieurs aux dieux des Blancs, qu'ils avaient été vaincus et ne reviendraient plus jamais, laissant la nature vide et abandonnée. Il disait aussi qu'elle était faible, qu'elle n'avait pas d'amis et n'était pas la bienvenue chez sa mère, dans sa communauté et dans son pays. Il ajoutait qu'elle venait d'un endroit qui n'existait plus, menait une vie sans but et que, en dernier ressort, son peuple et elle disparaitraient de l'histoire sans laisser de traces.

Soudain, une rafale est entrée par la fenêtre et a soulevé les draps de son lit. Une force malfaisante, peut être un ours métamorphe, peut être même le Wendigo, s'en venait l'attaquer. Elle voulait chercher refuge dans les bras de sa mère, mais elle savait que si elle essayait, celle ci la repousserait. Soudain, un coup a été donné à la porte, et il y a eu des rires et des bruits d'enfants en fuite.

Martha a entendu sa mère se lever péniblement, marcher en trébuchant jusqu'à la porte, toute endormie, et l'ouvrir en murmurant.

— Ah ces enfants! Leurs parents devraient mieux les élever. Ils devraient être au lit à cette heure là!

Martha s'est mise à penser au père Antoine, se rappelant que parfois, sans se l'avouer, elle avait été contente qu'il la fasse venir parce qu'il était la seule personne qui, pendant toutes ces années, avait manifesté de l'affection à son endroit, même si ce n'était que pour abuser d'elle. Sœur Angelica constituait peut être une exception. Elle avait essayé de l'encourager à se conformer, à ne pas faire d'histoires, ne serait ce que dans son propre intérêt, puisque ça ne donnait rien. Elle s'est aussi souvenue de ses rencontres de nature sexuelle avec des garçons et s'est sentie sale. L'effroi l'a saisie, l'emprisonnant dans une étreinte glaciale, puis un poids écrasant s'est fait sentir sur sa poitrine et son estomac pendant que des sentiments de dépréciation et de haine de soi l'envahissaient. Son monde consistait maintenant en un grand trou noir dont il était impossible de sortir.

Tombant dans un sommeil agité, elle a commencé à rêver. Elle avait de nouveau six ans et c'était son dernier été d'innocence avant son départ pour le pensionnat. Accompagnée de ses parents, elle sortait d'une tente où il y avait eu un festin, des tambours et de la danse, pour se rendre à un feu de camp où les gens s'étaient rassemblés pour écouter un vieillard souriant raconter les histoires anciennes. Elle s'est approchée de plus en plus près, jusqu'à ce qu'elle soit à ses pieds. Les rires et les blagues bon enfant fusaient, et la petite fille se sentait en sécurité, entourée de gens qui l'aimaient.

Le vieil homme a alors annoncé qu'il avait l'intention de raconter des histoires à propos du Wendigo, a fait une pause comme s'il avait perdu le fil de sa pensée, puis a regardé Martha. Son sourire avait disparu et ses yeux n'étaient plus amicaux; ils luisaient comme des charbons ardents enfoncés profondément dans sa tête.

— Petite fille, lui a t il dit, les enfants ne sont normalement pas autorisés à écouter les histoires au sujet du Wendigo. Tu peux rester si tu veux, mais tu devras assumer les conséquences de ta décision.

L'Ainé était en fait un ours métamorphe, mais Martha n'avait pas peur. Ses parents étaient à proximité et elle pouvait compter sur eux pour la protéger. Il a haussé les épaules et a commencé son récit.

Un éclair a fendu le ciel et on a entendu un grondement de tonnerre distant. L'éclat malveillant des yeux de l'ours métamorphe s'est atténué pour être remplacé par une expression d'effroi. Il s'est penché, a approché son visage du sien et lui a parlé d'une voix qu'elle seule pouvait entendre.

— Petite fille, je t'ai prévenue, mais tu ne voulais rien entendre. Souviens toi toute ta vie de ce que je vais te dire ce soir. Le Wendigo ne fait pas que manger les gens. Il peut s'emparer des enfants d'une mère, voler leur âme, s'arranger pour qu'ils se détestent eux mêmes et haïssent leurs proches, détruire leur culture et les changer en démons sans âme. Pire encore, il peut transformer les enfants en wendigos. Le cycle se poursuit jusqu'à ce qu'un chaman ayant pris la forme d'un corbeau vienne le briser.

Tout à coup, une odeur aussi fétide que celle qui polluait le réfectoire du pensionnat s'est répandue. La terre s'est ouverte et un wendigo ailé repoussant, aussi grand qu'un arbre, en est sorti. Il s'est mis à regarder dans toutes les directions à la recherche d'une proie. Quand il a aperçu Martha, son visage s'est transformé : le monstre diabolique a pris les traits d'une bête humaine arborant le regard lubrique qu'avait le père Antoine quand il abusait d'elle. Il l'a saisie dans ses griffes et lui a serré la poitrine et l'estomac jusqu'à ce qu'elle puisse à peine respirer. Incapable de crier, elle a fait signe à ses parents de venir la sauver.

Sa mère et son père affolés ont retiré des branches enflammées du feu et sont venus à son secours en courant, mais plus ils approchaient, plus ils ralentissaient le pas. Finalement, ils l'ont abandonnée à son sort sans aucune résistance. Le wendigo a lancé un cri triomphal, a déployé ses ailes et, dans un grondement semblable au bruit du moteur d'un hydravion tournant à plein régime au décollage, il s'est envolé, tenant Martha dans ses serres. Il a survolé le lac avant de disparaitre dans le ciel sous les yeux de quelques membres de la bande qui se tenaient, impuissants, autour du feu.

Le jour a succédé à la nuit, et le wendigo, qui tenait toujours Martha dans une étreinte de fer glaciale, a pris de l'altitude et s'est dirigé vers de gros nuages noirs qui se profilaient sur l'horizon. Ils avaient la forme du pensionnat indien où Martha avait tant souffert. D'autres wendigos ailés, vêtus de l'habit noir des religieuses, sont sortis de la corniche du bâtiment et se sont envolés pour l'escorter à sa prison. Ils étaient dirigés par un wendigo qui avait les traits de sœur Angelica. Mais, soudain, un corbeau est sorti du soleil et a chassé les wendigos. Au moment où le jour cédait sa place à la nuit, il l'a ramenée près de sa famille et de ses amis.

Martha s'est réveillée tôt le matin suivant, ébranlée et effrayée. Pour elle et pour la plupart des gens de la communauté qu'elle connaissait, les rêves n'étaient pas la simple manifestation dénuée de sens de l'activité de neurones cérébraux émettant des images au hasard pendant le sommeil. Ils étaient plutôt des messages de l'autre monde à propos du futur. Elle s'est tirée péniblement de son lit et s'est rendue chez Joshua Nanagushkin, ami de la famille qui enseignait à Thunder Bay, mais se trouvait en ce moment chez lui avec sa femme et leurs jeunes enfants. Joshua était un homme sérieux et aimable au milieu de la trentaine. Ses yeux bruns respiraient la bonté. Il avait fréquenté le même pensionnat que Martha deux décennies plus tôt, et l'expérience qu'il en avait eue avait été positive. Le père Antoine, qui ne s'intéressait qu'aux petites filles, lui avait accordé peu d'attention, et comme il était pieux, sage, intelligent et bon élève, il avait été l'un des favoris des religieuses.

Au fil des ans, il était devenu la personne la plus respectée de la communauté, admiré de tous parce qu'il avait réussi dans le monde extérieur tout en conservant sa langue et en continuant d'aimer et de mettre en pratique la sagesse ancestrale. Depuis des années, les Ainés l'exhortaient à revenir vivre dans la communauté et en devenir le chef. Il avait promis de le faire, mais seulement après avoir pris sa retraite.

Martha a frappé à la porte de l'habitation familiale et est entrée sans attendre d'invitation, selon la coutume locale.

Joshua, qui était assis à la table de la cuisine en train de préparer des plans de leçons pour l'année scolaire suivante, s'est levé et l'a serrée dans ses bras.

— Regarde moi ça! Tu es maintenant une adulte, et jolie en plus! J'avais entendu dire que tu étais revenue. Est ce que le pensionnat était aussi désagréable que ce que tout le monde raconte?

Martha a acquiescé de la tête et lui a expliqué la raison de sa visite.

— J'ai besoin d'en parler. Est-ce que tu as quelques minutes?

— Bien sûr. Ça fait longtemps qu'on se connait. Je n'oublierai jamais quand tu n'étais qu'une petite fille et que tu revenais du bois l'été. Tu riais toujours et tu étais un vrai petit diable! Commençons par boire une tasse de thé et allons au bord du lac. J'avais justement besoin d'une pause.

Sur la rive, les deux amis se sont assis sur une buche à moitié ensevelie sous le sable, à côté des restes d'un feu de camp. La veille, une famille s'était joyeusement rassemblée à cet endroit pour frire du poisson et du bannock en bavardant et en riant. Avant de quitter les lieux, ils avaient versé de l'eau sur le feu pour éviter qu'il ne s'étende jusqu'à la végétation desséchée qui se trouvait à proximité. Une odeur de cendres mouillées et de graisse flottait dans l'air et des volutes de fumée s'échappaient de morceaux de braise se trouvant sous des bouts de bois carbonisés qui n'étaient pas complètement éteints.

Ils ne parlaient ni l'un ni l'autre, hypnotisés par le caractère magique du Nord de l'Ontario en ce matin d'été. Au loin, haut dans le ciel, ils pouvaient apercevoir des aigles et des faucons en train de chasser. Des vagues, poussées par une brise côtière qui tenait les insectes à distance, déferlaient à leurs pieds, et des goélands tournoyaient au dessus d'eux en s'interpelant les uns les autres. Des enfants se baignaient et s'amusaient dans des canots. Un Ainé souriant transportant du matériel de pêche et des appâts est passé près d'eux. Il s'en allait vers son bateau et se réjouissait d'avance de la journée reposante qu'il allait passer à pêcher.

Martha a fini par rompre le charme et a montré du doigt des cumulus bourgeonnants.

— Vois-tu ça? Des nuages qui ressemblent à des ancêtres en canot? On dirait presque le dessin peint par les chamans sur la paroi rocheuse du bout du lac! Ils ont l'air tristes, comme s'ils savaient ce qui nous arrive à nous les jeunes de nos jours.

Martha a ensuite raconté à Joshua qu'elle se sentait mal en point depuis son retour. Les relations avec sa mère n'étaient pas bonnes et par moments, elle voulait mourir. Elle lui a aussi dit qu'elle venait de faire un rêve qui l'avait profondément troublée, et se demandait s'il pouvait l'aider.

— Je vais faire de mon mieux, Martha, a t il répondu. Raconte moi ce qui t'est réellement arrivé au pensionnat et ce qui se passe depuis ton retour.

Martha a parlé et Joshua l'a écoutée, l'interrompant seulement pour clarifier certains points ou pour l'encourager à continuer. Finalement, quand Martha n'a plus eu rien à dire, Joshua lui a dit qu'il était au courant que le père Antoine s'en prenait aux petites filles depuis longtemps, mais que c'était la première fois que quelqu'un partageait avec lui les détails douloureux des agressions. Il lui a conseillé de raconter son histoire à la police, ajoutant qu'il l'accompagnerait pour la soutenir moralement si elle le souhaitait.

— Non, non! S'il te plait! Il dirait que je mens, les religieuses l'appuieraient, la police croirait sa version plutôt que la mienne et ce serait moi la personne qui aurait des ennuis. De toute façon, je veux tourner la page et regarder en avant.

— Es tu certaine? Il faut l'arrêter.

Martha a refusé une fois de plus.

— Ça me rend malade, a répondu Joshua, de penser que ses crimes vont rester impunis, mais je ne vais pas te forcer à faire quelque chose que tu ne veux pas faire.

Devant le silence de Martha, Joshua n'a pas insisté. Ils ont tous les deux passé la demi heure suivante à admirer silencieusement les ancêtres dans les nuages jusqu'à ce qu'ils changent de forme et disparaissent.

— Je crois que je suis prêt à te dire ce que je pense de ton rêve, a dit Joshua. Autrefois, les Ainés aimaient nous raconter des histoires à propos d'ours métamorphes qui jetaient des sorts à des personnes et du Wendigo qui hantait les bois durant la fonte du printemps et dévorait les trappeurs et leurs familles. Ils disaient qu'une personne mordue par un wendigo devenait elle aussi un wendigo. De nos jours, peu de gens croient à ces histoires, et d'habitude, on les raconte uniquement pour faire peur aux enfants. C'est comme les histoires qu'on entend aujourd'hui à propos du comte Dracula, des vampires et des loups-garous. Toutefois, il y a des gens qui, comme moi, croient qu'il y a une bonne part de vérité dans les contes, surtout ceux à propos du

Wendigo, lorsqu'ils nous parviennent dans les rêves. Mais, de nos jours, le Wendigo n'est pas le cannibale qui mange la chair des Anishinaabeg. C'est un esprit invisible de destruction et de mort qui finit par anéantir la personne qu'il habite et les enfants de cette personne.

Quand Martha l'a regardé avec incrédulité, Joshua a jouté que ce n'était pas tout.

— Je ne veux pas te faire peur, mais la partie de ton rêve où l'ours métamorphe t'avertit de la présence d'un wendigo en toi est très importante. Je pense que le Créateur t'informe que le père Antoine est un wendigo et qu'il t'a transformée en wendigo par ce qu'il t'a fait. Il te prévient que le monstre qui se trouve en toi va te pousser à te tuer à un moment donné, si ce n'est pas maintenant. Ça signifie aussi que tu vas amener quelqu'un d'autre, peut être un être cher, à mourir un jour.

— Donc, le pire est encore à venir pour moi?

— Pas nécessairement, parce qu'il y a un corbeau qui te sauve dans ton rêve. Il représente quelqu'un qui va t'aider à te guérir toi-même un jour, mais seulement si tu le veux.

— En ce qui concerne ta mère, a t il poursuivi, je la connais depuis toujours et c'est une femme formidable. Elle a commis des erreurs, c'est vrai, mais tout le monde en fait. Penses tu qu'elle pouvait ne pas t'envoyer au pensionnat? Les gendarmes seraient venus te chercher. Dans ce temps là, nous, les Autochtones, n'avions aucun droit. On n'en a pas beaucoup plus maintenant d'ailleurs. Ne la juge pas trop sévèrement. Je suis certain qu'elle t'aime à sa façon, mais elle est d'une autre époque et ne comprend pas les jeunes d'aujourd'hui. En ce qui concerne ta maladie mentale, ta mère a raison de dire qu'autrefois, les gens ne semblaient pas avoir autant de problèmes qu'aujourd'hui. Quand ça arrivait, ils appelaient ça autrement et allaient voir le chaman pour se faire soigner. Tu n'es pas la seule à avoir des troubles mentaux par ici. Beaucoup de ceux qui reviennent du pensionnat sont perturbés.

Martha gardait le silence. Joshua a essayé de l'atteindre une dernière fois.

— Tu n'as que 16 ans Martha. Vas tu passer le reste de ta vie à te ronger les sangs à cause de ce qui s'est passé dans ce pensionnat? Tu devrais peut être te demander ce que tu as vraiment envie de faire dans la vie.

— Ce que j'ai envie de faire plus que toute autre chose, c'est de m'éloigner d'ici et de ma mère, et de prendre un nouveau départ ailleurs.

— Qu'est-ce qui t'empêche de le faire? a dit Joshua. Tu n'as même pas besoin de quitter le Nord pour faire ta vie. Pourquoi ne pas tenter ta chance à Sudbury, North Bay ou Timmins? Si tu venais à Thunder Bay, ma femme et moi pourrions t'accueillir. Si tu te sens vraiment brave, pourquoi ne pas essayer Toronto?

À la fin de leurs vacances, Joshua et sa famille sont repartis à Thunder Bay, laissant Martha très frustrée et fatiguée de toujours avoir à se plier à la volonté des autres, qu'il s'agisse de sa mère, des religieuses, du père Antoine ou même du Créateur. Plus elle y pensait, plus elle était indignée. Elle a décidé de s'opposer à tout et à tous et de quitter la communauté pour toujours dès qu'elle saurait où aller.

Même si ses relations avec sa mère ne s'amélioraient pas, elle se sentait mieux. Elle ne passait plus ses journées à pleurer et ses nuits à revivre les traumatismes du pensionnat. Elle a aussi commencé à passer du temps avec d'autres survivants du pensionnat qui, comme elle, ne se sentaient plus aussi proches de leur famille et de la communauté. N'ayant rien à faire, ils se levaient tard et se retrouvaient en après midi ou en soirée dans un endroit isolé où ils jouaient quand ils étaient enfants. Ils faisaient un feu et parlaient jusqu'à l'aube de choses dont ils n'auraient jamais parlé avec leurs parents.

Un soir, ils ont organisé une fête qui allait changer la vie de Martha. Peu de temps auparavant, le conseil avait autorisé le versement d'une prestation d'aide sociale modeste à Martha comme il le faisait pour tous ceux et toutes celles qui revenaient pour de bon dans la communauté une fois leurs études finies. Par conséquent, Martha avait été capable d'apporter une contribution au pot commun. Après avoir reçu leur versement hebdomadaire au bureau de la bande plus tôt dans la journée, les jeunes étaient allés s'acheter des cigarettes au magasin de la Baie d'Hudson, puis du vin et du gin chez le trafiquant d'alcool. En peu de temps, ils avaient allumé un feu crépitant et s'amusaient ferme, partageant leurs cigarettes et passant leurs bouteilles à la ronde. Comme à chaque fois qu'ils se retrouvaient entre eux, ils racontaient les faits saillants de leur vie au pensionnat. Comme à chaque fois, c'était Russell Moonias, un grand adolescent costaud ayant quelques années de plus que Martha, qui volait la vedette.

Au pensionnat, bien qu'il ait eu la réputation de quelqu'un qui s'emportait facilement et qu'il ne fallait pas contrarier, Russell était respecté par les autres élèves, car il n'avait pas peur de défier les religieuses. Il avait accédé à la notoriété quand, à l'âge de 12 ans, il s'était enfui du pensionnat avec de la nourriture volée et un canot dans le but de retourner chez lui. Il avait remonté le courant sur une distance de plus de 160 kilomètres avant d'être rattrapé et ramené au pensionnat.

Tout le monde connaissait les détails de l'aventure : comment les religieuses avaient fait venir les gendarmes; comment ils s'étaient mis à sa poursuite dans un bateau propulsé par deux moteurs hors bord Johnson de 30 chevaux comme s'il était un meurtrier plutôt qu'un enfant qui s'ennuyait de sa famille; comment il les avaient entendus arriver bien avant qu'ils ne le voient, avait rejoint la rive, s'était caché avec son canot jusqu'à ce que les gendarmes le dépassent; comment les gendarmes avaient parcouru la rivière de long en large pour le trouver, finissant par comprendre comment il leur avait échappé; comment ils étaient allés en amont, avaient coupé leurs moteurs et s'étaient laissés porter silencieusement par le courant jusqu'à ce qu'ils le surprennent;

comment il les avait entrainés dans une course folle dans les bois jusqu'à ce qu'ils le coincent et le placent sous garde; comment, au lieu d'être en colère contre lui, ils avaient ri et lui avaient dit qu'ils ne le blâmaient pas de vouloir rentrer chez lui, mais que les religieuses lui feraient payer cher son escapade.

Même s'ils avaient entendu l'histoire à maintes reprises, ses amis l'écoutaient attentivement quand il faisait une fois de plus le récit de l'aventure qui constituait l'évènement marquant de sa courte vie.

— Vous souvenez vous de la fois que je m'étais sauvé et que les gendarmes m'avaient ramené et que sœur Angelica avait voulu faire un exemple de moi devant tous les enfants? Pendant qu'elle me donnait la strappe, je lui souriais. Ça l'a mise en colère, alors elle s'est mise à frapper plus fort, mais j'ai retiré ma main à la dernière seconde et elle s'est frappé la cuisse! Vous rappelez vous de ça? Comment elle a hurlé et pleuré? Elles m'en ont sacré toute une au sous sol, mais ça valait la peine de souffrir pour voir la face de cette chienne quand elle y a gouté!

— Tu parles! a dit quelqu'un. Moi aussi j'ai eu la *strappe* cette fois là parce que j'avais ri, mais je m'en fichais! Ça ne m'a jamais dérangé. Je n'avais pas peur.

— Pour qui se prenaient ils? a ajouté Russell. Venir sur nos terres et nous traiter comme des animaux! Quelle bande d'hypocrites, y compris le gros prêtre qui s'arrangeait pour que les petites filles viennent le voir toutes seules pour les tripoter ou pire! Les religieuses savaient ce qu'il faisait, mais elles n'ont jamais levé le petit doigt.

Comme tous les jeunes partout au monde, ils parlaient aussi de ce qu'ils voulaient faire de leur vie. Certains d'entre eux voulaient retourner vivre de la terre.

— Je vais me marier et aller m'installer dans la cabane de mon père, dans le vieux territoire de piégeage, a dit quelqu'un. Je n'ai pas de hors bord, mais je sais où trouver un canot pour me rendre là bas. Il y a beaucoup de gibier dans ce coin là et la pêche est bonne. Étant donné que personne n'a piégé d'animaux là depuis des années, je devrais en capturer beaucoup!

— Tu rêves, a commenté quelqu'un d'autre. Il n'y a plus personne sur les terres. C'est bien plus facile de vivre dans la réserve et de retirer de l'assistance sociale en travaillant peut être un peu l'été à combattre les feux de brousse pour le gouvernement. Tu sais à peine comment pagayer! Et qui t'a montré à piéger et à dépouiller des animaux? Où est ce que tu vas trouver l'argent pour démarrer? Si tu rapportais des fourrures, à qui les vendrais tu? Le marché stagne depuis des années.

— Tu es mieux de faire attention ou le Wendigo va t'attraper, a ajouté un autre. Il adore la chair des jeunes Peaux-Rouges, même ceux qui ont été nourris à la bouillie dégueu des pensionnats!

D'autres étaient impatients de tenter leur chance dans la grande ville.

— Mon oncle Amos a déménagé à Toronto il y a quelques années. Il est en vacances ici, et il dit qu'il y a plein de choses à voir et à faire en ville, et beaucoup d'emplois pour quelqu'un qui veut travailler. Il dit que c'est mieux que de rester ici à se tourner les pouces. Mais c'est loin. En autobus, ça prend à peu près 24 heures. L'autobus arrête toutes les deux ou trois heures pour prendre de nouveaux passagers et donner aux autres la chance d'acheter quelque chose à manger. Les chauffeurs changent de temps en temps, mais on peut rester à bord jusqu'à Toronto.

— C'est ça que j'ai entendu dire moi aussi. Tout ce qu'il faut faire, c'est de quêter un lift jusqu'à Pickle Lake à un pilote d'hydravion. De là, il y a des autobus qui vont vers le sud tous les jours, et les billets sont bon marché.

En entendant cela, Martha a décidé qu'elle irait s'installer à Toronto.

Au cours de la nuit, Russell, qui n'avait jamais accordé la moindre attention à Martha — que ce soit au pensionnat ou dans la communauté — même s'ils se connaissaient depuis des années, a semblé la remarquer pour la première fois.

— Hé, lui a t il dit, en ouvrant une bouteille de gin puis en la lui tendant. Prends donc une petite gorgée, ça va te remonter le moral!

Martha avait eu l'occasion de boire quelques fois depuis qu'elle se tenait avec les autres survivants, mais elle s'était limitée au vin et n'en avait pas aimé le gout. Elle a pris la bouteille de spiritueux, mais ne l'a pas portée à ses lèvres, se demandant si elle devait accepter. La voyant hésitante, Russell l'a encouragée.

— Vas y, ça ne te tuera pas! On boit tous. C`est quoi ton problème? Tu te penses meilleure que nous?

Martha a incliné la bouteille et a pris une grande lampée de gin. Russell était beau et, contrairement à elle, il n'avait pas eu peur de tenir tête aux religieuses.

Ayant peine à respirer, la gorge en feu, elle a eu envie de vomir, mais une sensation de chaleur et d'exaltation qu'elle n'avait jamais éprouvée avant a commencé à se faire sentir au creux de son estomac. Elle lui est ensuite montée à la tête, chassant ses anxiétés, la rendant joyeuse et transformant le monde en un endroit où chaque personne était son ami.

— C'était vraiment bon, a t elle balbutié.

— Je te l'avais dit, a répondu Russell. Si un seul verre te fait cet effet, imagine comment tu te sentiras après un deuxième!

Souriant exagérément, Martha a empoigné la bouteille et a bu une gorgée encore plus grande. Cette fois, elle s'est sentie étourdie et sa tête s'est mise à tourner. Éprouvant de la difficulté à voir clairement et à se tenir debout, elle a trébuché et est tombée.

Russell l'a aidée à se relever et l'a entrainée loin des autres.

— Je connais un endroit tranquille près d'ici où on va pouvoir s'amuser en paix, a t il dit.

Titubant, main dans la main, les deux jeunes ont marché dans le noir en riant, parlant et buvant jusqu'à ce qu'ils arrivent dans une petite clairière couverte de mousse éclairée par la lune. Russell a enlacé Martha, l'a embrassée et lui a dit qu'il l'aimait, qu'il l'avait toujours aimée et voulait qu'elle devienne sa petite amie. Il s'est agenouillé et l'a attirée près de lui. Martha s'est approchée et a défait sa ceinture. Il a roulé sur le côté et a enlevé ses vêtements. Il l'a ensuite saisie et allongée sur lui, puis l'a embrassée en lui répétant à plusieurs reprises qu'il l'aimait, qu'elle était belle et qu'il voulait qu'elle soit sa petite amie.

Tout en gémissant de plaisir, Martha a commencé à se sentir énervée par ses déclarations d'amour insistantes. Dans son état d'ébriété avancée, elle s'est entendue lui faire des remontrances.

— Tu dis n'importe quoi. Tu es comme le père Antoine, tu me cajoles pour obtenir ce que tu veux.

C'est la dernière chose dont Martha se souvenait quand elle s'est réveillée seule le lendemain matin, nue, couverte de piqures de moustiques et de mouches noires, aveuglée par le soleil et souffrant d'un terrible mal de tête.

Quand Martha a découvert qu'elle était enceinte, elle l'a dit à Russell. À sa grande surprise, la nouvelle l'a réjoui.

— Super! J'ai toujours voulu une famille. Marions nous et élevons notre petit ensemble!

Pour Martha, le mariage était hors de question parce qu'elle se doutait que leurs ébats avaient eu aussi peu de valeur à ses yeux qu'ils en avaient eu aux siens. Elle savait par contre qu'un grand nombre de filles qui revenaient du pensionnat et tombaient enceintes allaient vivre avec le père de leur enfant sans se marier. Elle a décidé de faire la même chose. Son projet d'aller à Toronto devrait attendre jusqu'à la naissance du bébé. Entretemps, elle avait au moins l'occasion de quitter la maison de sa mère.

Elle a dit à Russell que même si elle n'était pas prête pour le mariage, elle irait vivre avec lui s'il leur trouvait une maison. Le conseil de bande, toutefois, n'avait pas les moyens de fournir un logement à quiconque, surtout pas à des jeunes couples, car on s'attendait à ce que ceux ci emménagent chez leurs parents et y vivent jusqu'à ce qu'ils soient en mesure de construire leur propre cabane en rondins. La plupart des jeunes de retour du pensionnat étaient disposés à cohabiter avec leurs parents, même si cela signifiait qu'une douzaine d'hommes, de femmes et d'enfants ou même plus devaient s'entasser dans une habitation conçue pour quatre ou cinq personnes.

Russell, toutefois, a réussi à mettre la main sur la maison d'un cousin lointain, vieux célibataire récemment décédé. En réalité, leur habitation n'était qu'une baraque de papier goudronné qui comptait une seule pièce. Sur un côté, le long du mur, se trouvait un lit de fer ancien aux ressorts relâchés recouvert d'un matelas répugnant plein de trous de souris et de taches jaunes qui sentait la moisissure et l'urine. Au milieu de la pièce trônait un poêle improvisé. Il avait été taillé dans un baril à pétrole de 250 litres posé sur quatre cannettes de bière vides et surmonté d'une colonne de tuyaux de poêle rouillés qui s'enfonçait dans une ouverture dans le toit et en ressortait de l'autre côté en guise de cheminée. Une table délabrée de bois brut s'accompagnant d'une chaise fabriquée à la main était poussée contre un autre mur. Un tas de vêtements pour homme moisis dont personne n'avait voulu avaient été jetés dans un coin. Un autre coin était occupé par une louche et un seau d'acier galvanisé vide qui avait servi à puiser de l'eau dans le lac.

Le seul autre meuble de la pièce était un canapé usé qui dégageait l'odeur de bouc caractéristique des vieux hommes qui ne le lavent pas. Il y avait des crottes de souris sur le matelas, sur la table, sur la chaise et sur le canapé, et le plancher crasseux était couvert de débris. La porte d'entrée était arrachée de ses gonds, et des morceaux de carton marqués de taches d'eau couvraient les carreaux de fenêtres que des enfants n'ayant rien de mieux à faire avaient cassés. Dans toute la maison, des seaux de lard vides avaient été placés à des endroits stratégiques pour capter l'eau qui passait par les trous du toit de papier goudronné quand il pleuvait.

Le nouveau couple n'a pas fait d'efforts pour nettoyer ou meubler la cabane. Leurs amis s'en fichaient. La bande de survivants leur rendait maintenant visite tous les jours. Ils s'asseyaient par terre et parlaient, riaient et discutaient jusqu'au petit matin. Comme avant, ils célébraient l'arrivée des chèques d'aide sociale avec du vin et des spiritueux de contrebande. Quand il ne leur restait plus d'argent, ils se fabriquaient un alcool maison puissant avec des raisins secs, de la levure, de l'eau et du sucre, et continuaient à boire.

La mère de Martha était ravie que sa fille soit enceinte, mais elle était choquée par sa conduite. Lors d'une visite à la cabane un matin, elle n'a pas pu se contenir.

— Ce n'est pas humain de vivre comme ça. Tu attends un enfant, comporte toi en adulte! Je ne t'ai pas élevée pour que tu vives dans une porcherie.

— Tu oublies une chose : tu ne m'as pas élevée! Tu m'as envoyée au loin quand j'étais petite et tu as laissé les religieuses faire tout le travail. Alors, laisse moi tranquille! Je sais ce que je veux. J'ai plus de choses en commun avec les jeunes qui étaient au pensionnat avec moi qu'avec toi!

Après le départ de sa mère, Martha a célébré en se versant un verre d'alcool artisanal et en buvant à la liberté et au fait qu'elle avait assouvi sa vengeance contre sa mère. Toutefois, ses paroles dures masquaient une autre vérité : tout en étant résignée à l'idée d'avoir le bébé, elle n'en voulait pas, ayant peur de mettre au monde quelqu'un dont la vie serait probablement aussi misérable que la sienne. De plus, elle n'avait pas la moindre idée de ce qu'il fallait faire pour élever un enfant et n'avait aucune envie d'apprendre.

Envoyant peut être inconsciemment un message de rejet à l'enfant qui grandissait en elle, elle a maltraité son corps en buvant excessivement le mois précédant la naissance. Au moment de l'accouchement, elle était ivre. Quand elle a vu son fils, une fois dessoulée, son instinct maternel s'est réveillé et elle a été ravie, convaincue qu'il était l'enfant le plus beau, le plus intelligent et le plus adorable qui ait jamais existé.

Cette opinion était aussi celle de sa mère, fière d'assumer son rôle de *nokomis*—grand mère. Les deux femmes, réunies par l'amour qu'elles ressentaient toutes les deux pour le petit, ont mis leur différend de côté, au moins pour un certain temps, et Martha a quitté Russell pour regagner son ancienne chambre. Sa mère a sorti le *tikinagan* de Martha de son lieu d'entreposage et l'a donné à sa fille, pour le bébé. S'affairant dans sa cabane, elle était aux petits soins pour Martha et était extrêmement fière de son petit fils.

Martha était contente de se faire gâter et caressait de grands rêves pour son enfant. Elle a décidé de l'appeler Spider parce qu'il avait une marque en forme de toile d'araignée bien visible sur le front. Il aurait une vie plus facile que celle qu'elle avait connue, elle en était sûre. Heureusement, le dernier pensionnat de la province avait fermé définitivement ses portes. Elle n'avait donc pas à craindre que Spider lui soit arraché à l'âge de six ans pour être élevé par des Blancs dans un établissement où il ne recevrait pas d'amour.

Plusieurs mois plus tard toutefois, après une grave dispute avec sa mère, Martha a mis Spider dans son *tikinagan* et est retournée à la baraque avec lui dans un accès de colère. La querelle avait éclaté à la suite d'un commentaire désobligeant de la mère au sujet des aptitudes au travail domestique de sa fille, querelle qui avait dégénéré en échange d'insultes intense au cours duquel les deux femmes s'étaient mutuellement blâmées pour des torts passés réels ou imaginaires. Russell avait pavé la voie à ce retour en venant voir Martha tous les jours à la maison de sa mère pour lui demander de revenir. Il lui disait qu'il l'aimait et que les parents d'un enfant devaient vivre ensemble. Leurs amis, ajoutait il, commençaient à se demander si elle se pensait supérieure à eux. Enfin, même si elle ne se l'admettait pas, Martha était maintenant amoureuse de Russell.

Le cœur brisé, la mère est allée à la cabane de sa fille pour tenter, une dernière fois, de la raisonner.

— Tu commets une grave erreur. Si ton père était encore en vie, il te dirait la même chose que moi. Pense au bien de Spider. Ton toit coule, ta maison est sale, pleine de bouteilles de bière vides et de mégots de cigarette, et les vitres sont cassées. Tous les ivrognes et les bons à rien se tiennent ici. Tu ne peux pas élever un enfant dans des conditions pareilles!

— Tu es bien placée pour parler! Comment oses tu me faire la leçon sur les qualités d'une bonne mère alors que tu m'as envoyée au pensionnat quand j'avais six ans? Tu n'as même pas voulu me croire quand je t'ai dit que je me faisais agresser. Tu es une hypocrite, et je déteste les hypocrites. Va t'en et laisse moi tranquille!

La mère de Martha n'était qu'au début de la quarantaine, mais, comme beaucoup d'Autochtones de sa génération qui avaient passé beaucoup de temps à l'extérieur, elle semblait beaucoup plus vieille. Son visage était creusé de rides et sa bouche affaissée était pleine de chicots noirs. Quand sa fille a fait pleuvoir sur elle son torrent de récriminations, elle a baissé la tête et s'est mordu la lèvre.

Quand Martha a eu fini, elle a essayé de se faire pardonner.

— C'est vrai que je t'ai laissé tomber et que je n'ai pas toujours été là quand tu as eu besoin de moi. Je reconnais aussi que j'ai mauvais caractère et que je t'ai blessée. Mais je peux t'aider à élever Spider maintenant. Je suis sa *nokomis* et je l'adore. Peux tu oublier le passé et me pardonner?

Martha lui a claqué la porte au nez.

Martha et Russell ont repris leurs vieilles habitudes, recevant leurs amis dans leur baraque et buvant sans retenue. Quand elle était sobre, Martha prenait le temps de nourrir Spider, de jouer avec lui et de veiller à sa propreté. Malheureusement, la plupart du temps, elle buvait trop pour même se souvenir qu'il était là. D'autres mères célibataires sont venues s'installer avec leurs bébés et, comme Martha, elles les négligeaient pendant qu'elles buvaient, fumaient et faisaient la fête, oubliant de les nourrir quand ils avaient faim ou de les changer quand ils s'étaient salis.

Un jour, des représentants de la société d'aide à l'enfance de l'Ontario, organisme responsable du bien être des enfants dans la province la plus peuplée du Canada, se sont présentés à la porte.

— Nous avons le regret de vous informer, ont ils dit après avoir inspecté les lieux, que les bébés de cette maison sont victimes de négligence. Dans leur intérêt, nous allons les emmener et les confier à des couples désirant adopter des enfants au Canada et aux États Unis. Ces personnes seront en mesure de leur donner l'amour et les soins qu'ils méritent. L'origine des enfants ne sera pas révélée aux nouveaux parents, et les enfants n'apprendront jamais le nom de leurs parents biologiques. Pour assurer leur protection, on ne vous dira jamais où ils seront placés, et vous ne les reverrez jamais. Notre décision est définitive et vous ne disposez d'aucun recours en vertu de la loi.

Les représentants ont pris les petits, y compris Spider, et sont repartis.

5

Du nouveau dans la communauté

BOULEVERSÉE PAR LE DÉPART DE SPIDER, Martha n'a pas tout de suite saisi l'ampleur de sa perte. Elle a d'abord blâmé les autorités de race blanche. Ces personnes essayaient, selon elle, de la forcer et de forcer toutes les mères d'enfants pris par la société d'aide à l'enfance à se conformer aux normes du monde extérieur. Puis, elle a pleinement pris conscience de la portée de ce qui venait de se passer. Comment pourrait elle vivre sans son petit Spider? Comment supporterait il l'absence de sa mère? Elle ne pouvait se faire à l'idée qu'elle ne reverrait plus jamais son bébé.

Le pire, c'est qu'elle savait dans son for intérieur que sa mère et la société d'aide à l'enfance avaient raison. Elle aurait dû être une meilleure mère. Elle n'avait pas satisfait aux besoins essentiels de Spider et elle buvait. Ses amies menaient une existence sans but et avaient négligé leurs enfants. Elle méritait ce qui lui arrivait. Cependant, tout n'était peut être pas perdu.

— J'ai décidé d'arrêter de boire, a t elle annoncé à Russell. Pourquoi ne suis tu pas mon exemple? On pourrait aller à Toronto et refaire notre vie. Il n'y a aucun avenir ici. On pourrait essayer de trouver Spider. La société d'aide à l'enfance nous le rendrait peut être si on montrait qu'on a changé.

— Je ne pensais pas que tu croyais les histoires qu'on essayait de nous faire avaler au pensionnat à propos de la belle vie qu'on aurait si on vivait comme les Blancs! Arrête de boire et va t'en si tu veux. Moi, je suis bien ici, et je n'ai pas l'intention de m'en aller.

— Je ne partirais pas sans toi, a répliqué Martha. Je vais rester le temps qu'il faudra pour que tu changes d'idée.

En guise de réponse, Russell a pris le *tikinagan* et l'a lancé dehors avant de pousser Martha vers la porte.

— Va t'en chez ta mère si tu tiens à ta santé.

Il est retourné boire et broyer du noir pendant que les autres couples qui avaient perdu la garde de leurs enfants faisaient la fête. Plusieurs heures plus tard, complètement soul et belliqueux, il a ordonné à tout le monde de partir, leur disant d'un ton rageur de ne plus revenir. Il a ensuite saisi une hache et, dans un accès de rage folle, il a tailladé les murs de bois et a détruit les meubles. Après avoir lancé la hache, il a renversé le poêle à coups de pied, a écrasé les tuyaux de poêle et a cassé les rares carreaux intacts avec ses poings. La crise passée, il s'est assis par terre, dos au mur, un seau d'alcool maison et une louche à ses côtés, et a bu jusqu'à ce qu'il tombe ivre mort.

Lorsqu'il a repris connaissance et a aperçu Martha debout devant lui, il s'est levé d'un bond, l'a fait tomber et lui a donné plusieurs coups de pieds dans les côtes en hurlant, la bouche pâteuse.

— Je t'ai avertie, je t'ai avertie, je t'ai avertie de ne plus remettre les pieds ici!

Il a ensuite pris un gallon de kérosène, l'a renversé sur le plancher puis y a mis le feu. Tandis que Martha sortait en rampant de la baraque en flammes, il s'est sauvé dans le bois.

— Tu es chanceuse d'être débarrassée de ce maniaque, lui a dit sa mère, alors qu'elle se remettait de ses blessures chez elle. Il aurait pu te tuer. Tu es libre de refaire ta vie maintenant. Tu n'as que 18 ans. Dis toi que peu importe ce que tu décides de faire, tu peux compter sur moi.

— Je vais aller à Toronto, lui a répondu Martha. Je vais aller à Toronto pour trouver Spider dès que je serai rétablie.

Malgré son apparente détermination, au fur et à mesure que le temps passait, Martha pensait de moins en moins à partir. Quand le gouvernement a décidé de confier plus de pouvoir aux Autochtones du pays afin qu'ils gèrent leurs affaires locales, elle a obtenu l'un des postes administratifs de bas niveau offerts au bureau du conseil de bande et s'est installée dans une routine confortable avec sa mère. Même si les deux femmes, têtues de nature, se chamaillaient à l'occasion, leur relation s'est améliorée au fil des ans, surtout une fois que Martha a appris à parler l'anishinaabemowin convenablement et qu'elles ont commencé à passer leurs étés ensemble dans la vieille cabane de piégeage. Là, elles pouvaient pêcher, cueillir des bleuets et revivre les expériences agréables en nature qu'elles avaient vécues autrefois.

Consciente que sa mère préférait la nourriture du pays à celle des Blancs, Martha veillait à ce qu'il y ait toujours du poisson et du gibier à la maison. Elle se postait sur la rive du lac Cat et abattait des bernaches en migration par centaines. Ensuite, dans un petit wigwam traditionnel en écorce de bouleau situé sur un côté de leur maison, elle les fumait et les salait pour consommation ultérieure. Tout au long de l'hiver, elle a placé des collets pour attraper des lapins dont sa mère faisait des ragouts et des rôtis, et dont elle tannait les peaux pour en faire des couvertures, des manteaux et des doublures de mitaines. Chaque automne, elle se joignait à l'un des groupes qui partaient loin à la chasse au gros gibier. Elle a d'ailleurs acquis une réputation d'excellente tireuse, abattant un nombre impressionnant d'orignaux et de chevreuils. On la considérait aussi comme une bouchère experte en préparation et dépeçage de carcasses d'animaux.

Devant les prouesses de sa fille en matière de chasse, la mère de Martha avait peine à contenir sa fierté, et les deux femmes pouvaient maintenant faire des plaisanteries sur l'inexpérience de Martha à son retour du pensionnat. Pourtant, chaque année,

Martha disait à sa mère qu'elle s'en irait pour Toronto dès qu'elle serait prête, mais elle ne partait pas.

Entretemps, tandis que les années 1970 cédaient leur place aux années 1980, le monde extérieur a atteint la communauté. Les bureaucrates qui tenaient les cordons de la bourse à Ottawa ont octroyé des contrats à des entrepreneurs blancs pour l'aménagement d'une route d'hiver rudimentaire, mais praticable, entre Cat Lake et la petite ville blanche de Pickle Lake à 160 kilomètres à l'est. Elle donnait aussi accès à la route toutes saisons vers le sud. Après la prise des glaces, des travailleurs au volant de bulldozers ont tracé une voie à travers la forêt et le muskeg gelé, enlevant les arbres et les rochers, remplissant les ravins de sable et de gravier, et construisant des remblais pour permettre d'accéder aux lacs et aux rivières. Après les premières grosses chutes de neige, ils ont utilisé des dameuses modifiées comme celles servant à la préparation des pentes dans les centres de ski du sud pour tasser la neige jusqu'à l'obtention d'une surface adéquate pour la conduite. De décembre à mars, ils entretenaient la route traversant lacs et forêt à l'aide de chasse neige.

L'existence d'une route, même si elle n'était ouverte que quelques mois chaque année, a permis à d'autres entrepreneurs de transporter des matériaux de construction, des bâtiments préfabriqués et tout ce qu'il fallait pour ériger une nouvelle école, un poste de soins infirmiers, une prison, un aéroport avec une aérogare d'une pièce et une piste d'atterrissage toutes saisons. Le conseil de bande a commencé à remplacer les vieilles cabanes en rondins par des maisons de plain-pied avec électricité et plomberie moderne. Une coopérative a pris la relève du magasin de la Baie d'Hudson. Des soucoupes ont fait leur apparition sur le côté des maisons, et les résidents se sont mis à regarder les mêmes émissions que les gens du sud.

Les résidents n'ont pas tardé à utiliser les routes d'hiver pour rendre visite à des proches dans des communautés voisines ou pour faire des expéditions dans le sud. Tout le monde était excité d'aller à Pickle Lake. Ceux qui en avaient les moyens se rendaient dans des endroits encore plus éloignés comme Sioux Lookout ou Thunder Bay où il y avait des centres commerciaux et des cinémas. Les épouses voulaient s'approvisionner en détergent, papier hygiénique et pâtes alimentaires à une fraction du prix qu'elle devait payer localement. Les maris étaient intéressés par les automobiles et les camions, même s'ils devaient se contenter d'admirer les derniers modèles à défaut de pouvoir les acheter. Certains se rendaient chez des vendeurs de voitures d'occasion et en revenaient avec un bazou qu'ils ramenaient chez eux avec précaution. Quand le bazou rendait l'âme, ils le mettaient sur des blocs devant leur maison et le cannibalisaient. Les jeunes hommes se dirigeaient vers les bars de danseuses aux seins nus pour se rincer l'œil. Parfois, ils buvaient trop et s'attiraient des ennuis. Les enfants harcelaient leurs parents pour qu'ils les emmènent dans un restaurant McDonald ou Burger King ou au cinéma pour voir des films d'horreur, et qu'ils les laissent se promener dans des centres commerciaux, comme les jeunes Blancs. Tous se réjouissaient à la perspective de prendre des nouvelles des parents et amis qui s'étaient installés en ville. Selon la coutume autochtone, ces derniers étaient censés inviter leurs proches à rester chez eux pour la durée de leur séjour.

Juste au moment où tout semblait aller pour le mieux, les jeunes se sont mis à se tuer. Le phénomène n'était pas restreint à la Première Nation de Cat Lake. Dans bien d'autres communautés isolées anishinaabe, oji cri et cries de tout le Nord— des endroits accessibles par avion dont aucun habitant du sud n'avait jamais entendu parler comme Pikangikum, Poplar Hill, Slate Falls, Sandy Lake, Deer Lake, Kee-Way-Win, Sachigo Lake, Bearskin Lake, Big Trout Lake, Weagamow Lake, Muskrat Dam, Webeque, Wapekeka, Kasabonika Lake, Neskantaga, Kashechewan, Nibinamik, Fort Severn, Weenusk, Fort Albany, Attawapiskat, Marten Falls et Eabametoong — les jeunes ont commencé à mourir.

Des enfants pas plus vieux que 12 ans le faisaient, autant des filles que des garçons. Ils concluaient des pactes de suicide, imitaient les gestes d'amis qui s'étaient enlevé la vie et prenaient délibérément une surdose de drogue avant de passer à l'acte. Souvent, ils se pendaient, annonçant par cette façon extrême de mourir qu'ils se considéraient comme des êtres sans valeur qui méritaient de souffrir en quittant ce monde. Dans leurs messages d'adieu, beaucoup disaient qu'ils ne voyaient pas d'autre façon d'échapper à la douleur, et presque tous affirmaient que la vie ne valait pas la peine d'être vécue.

Partout dans la vaste étendue du Nord, on trouvait des familles atterrées et des communautés en état de choc, profondément marquées. Des écoles et des bureaux de bandes fermaient, et des veillées et services funèbres étaient organisés. Des gens, dont beaucoup d'étrangers, ont été mis au courant de la tragédie par la station de radio en langues autochtones Wawatay, située à Sioux Lookout. Ils sont venus de communautés de tout le Nord de l'Ontario pour montrer leur solidarité aux familles confrontées au suicide incompréhensible d'un de leurs enfants.

Si la mort avait lieu en hiver, les gens venaient au volant de leur vieux véhicule délabré, parcourant de grandes distances sur des routes d'hiver jusqu'à la maison de la famille en deuil. L'été, certains venaient en bateau, mais la plupart venaient en avion, se débrouillant pour trouver l'argent nécessaire à l'achat de billets. Des bénévoles allaient les accueillir en camionnette sur la rive ou à l'aéroport pour ensuite les conduire chez le défunt. Là, ils prenaient place dans la file d'amis, de voisins et de visiteurs arrivés de loin qui étaient enlignés à l'extérieur et attendaient patiemment de pouvoir exprimer leurs condoléances.

Quand leur tour arrivait, ils montaient les marches de la véranda, ouvraient la porte, entraient dans la maison, prenaient les mains des proches attendant solennellement à l'intérieur, évitant de les regarder dans les yeux selon la coutume, et exprimaient leur chagrin en répétant plusieurs fois dans les tons doux et mesurés de leur langue : *Nin kashkendam, nin kashkendam, nin kashkendam.*

Après avoir fait de modestes dons de nourriture — pain, petit sac de farine ou de sucre, poisson, bernache fumée, morceau de gibier ou de viande d'orignal— ils se mettaient debout silencieusement et respectueusement devant le simple cercueil de bois contenant le corps du jeune défunt installé dans le salon. Plus tard en soirée, ils revenaient passer la nuit à pleurer et chanter des mélopées funèbres et des vieux chants anishinaabe réconfortants avec la famille en deuil.

Après le service religieux formel, qui se déroulait habituellement dans l'auditorium de l'école ou l'aréna pour accommoder le grand nombre de personnes, les gens retournaient chez eux et la vie reprenait lentement son cours dans la communauté.

Peu après, un autre adolescent était retrouvé mort d'une surdose dans le sous bois en bordure d'une route ou pendu soit à un crochet dans une garde robe, soit à une branche d'arbre près d'une école où on le découvrait le matin au début des classes. Le cycle de chagrin, de deuil et d'incompréhension recommençait.

Pourquoi? Pourquoi? Les parents, les chefs, les leaders religieux, les enseignants et le personnel des infirmeries se posaient tous la question.

Ayant elle même pensé au suicide pendant ses pires nuits, Martha croyait connaître au moins une partie de la réponse. Malgré les signes de progrès matériels, bon nombre de communautés étaient malades dans leur âme collective. Dans beaucoup de familles, les parents, les grands parents et les arrière grands parents avaient passé leur jeunesse et une bonne partie de leur adolescence dans un pensionnat. Là, personne ne les avait jamais tenus dans ses bras sauf dans le but de les molester, et on ne leur avait jamais dit « je t'aime » sauf en guise de prélude à une agression sexuelle. Le dysfonctionnement s'était répercuté en cascade sur les générations suivantes du fait que les survivants négligeaient leurs enfants comme ils avaient été négligés. Pire, il arrivait qu'ils les agressent sexuellement comme ils l'avaient été.

Cependant, se disait Martha, les jeunes se suicidaient probablement surtout parce qu'ils avaient perdu leur culture et n'avaient rien trouvé pour la remplacer. Quand Martha était enfant, les familles passaient leurs hivers dans le bois et leurs étés dans leur cabane près du poste de traite. Il y avait toujours assez de monde pour aider les générations perdues qui revenaient mentalement brisées. Il y avait toujours quelques jeunes ayant réussi à éviter le pensionnat qui se liaient d'amitié avec ceux qui avaient souffert, ainsi que des Ainés qui connaissaient les anciens modes de vie et pouvaient aider les survivants à renouer avec leur langue et leur culture. Toutefois, à bien trop d'endroits, l'expérience des pensionnats avait causé trop de dommages, détruisant le pouvoir réparateur des guérisseurs.

Les leaders autochtones faisaient ce qu'ils pouvaient pour faire face à la situation. L'inscription *Réserve indienne de Cat Lake* sur le panneau de l'aéroport avait été remplacée par *Première Nation de Cat Lake* conformément à une pratique adoptée par d'autres communautés autochtones. Le chef avait déclaré que la nouvelle appellation favoriserait la confiance en soi et la fierté chez les résidents, mais Martha n'était pas convaincue que de tels gestes symboliques suffiraient à redresser la situation. Les communautés environnantes du territoire anishinaabe perdaient progressivement leur raison d'être. Le retrait de tant d'enfants par les services de l'aide à l'enfance les avait profondément ébranlées. Les gens étaient fâchés, mais ils avaient également honte que tant d'entre eux aient été de mauvais parents. Peu avaient encore envie de participer aux célébrations estivales annuelles où l'on festoyait, jouait des tambours et dansait. Encore moins s'asseyaient autour de feux de camp pour écouter les Ainés raconter les histoires anciennes.

De plus en plus de gens allaient à la messe dans les nouvelles églises et prenaient au pied de la lettre ce qu'on leur disait le dimanche matin. La vieille conception selon laquelle la terre était sacrée et un pouvoir mystique parcourait et unissait toutes les choses avait été tranquillement abandonnée. L'objectif de la vie, avaient ils fini par croire, était d'aimer Dieu, de craindre le diable, de souffrir stoïquement pendant l'existence terrestre et de se réjouir de la mort qui menait au paradis.

Si quelqu'un mentionnait les chamans, les autres échangeaient entre eux des regards gênés. Dans la Première Nation de Cat Lake, seuls les Aînés et quelques personnes de la génération de Martha qui s'intéressaient aux anciennes traditions savaient que les pictogrammes brun roux peints sur la paroi rocheuse du bout du lac représentaient des ancêtres à bord d'un canot en train de pagayer.

Même s'ils avaient adopté les façons de vivre des Blancs, les gens se sentaient trahis. Les bureaucrates d'Ottawa censés protéger leurs intérêts avaient dépensé des sommes colossales pour changer leurs communautés en villes modernes. Pourtant, moins d'une décennie plus tard, les maisons, les bureaux de conseils de bande et les écoles, souvent construits par des entrepreneurs véreux avec des matériaux de mauvaise qualité, tombaient en morceaux. L'eau fournie par les nouvelles stations de pompage et de traitement était souvent impropre à la consommation, et les étangs d'épuration laissaient s'échapper dans les lacs et les rivières des résidus qui tuaient les poissons et contaminaient les systèmes d'approvisionnement en eau.

Quel avenir s'offrait aux jeunes à part rester chez eux à ne rien faire et toucher leur chèque d'aide sociale? Ils ne pouvaient se tourner vers leurs parents pour obtenir des conseils puisque ceux ci ne pouvaient leur en offrir. Alors, pourquoi ne pas en finir?

Lorsqu'elle se sentait déprimée, Martha se demandait si les jeunes Autochtones étaient plus enclins au suicide que les jeunes Blancs. Ces réflexions l'amenaient à penser à Spider, puisqu'il était du même âge que bon nombre des jeunes habitants du Nord qui mouraient. Avait il été capable de résister à la tentation? Il était peut être déjà mort. S'il était en vie, errait il seul dans les rues de Toronto, affamé et malade après avoir été abandonné par ses parents adoptifs qui l'avaient traité aussi mal que l'avaient traitée les religieuses?

À ces moments là, elle s'en voulait de ne pas avoir suffisamment de volonté pour quitter la communauté et partir à sa recherche dans la grande ville pendant qu'il était encore temps.

Un matin peu après Noël 1989, Russell est entré dans la maison sans prévenir et sans frapper. Il avait le visage enflé et marqué de cicatrices, ses yeux étaient durs et froids, son gros ventre retombait sur sa ceinture et ses pantalons lui serraient les hanches.

— Quinze ans! a dit Martha. Quinze ans et tu entres comme si on t'avait vu hier!

—J'étais dans le coin, a répondu Russell prudemment, et j'ai pensé venir te dire bonjour. Tu ne m'en veux pas pour notre petit malentendu? Ça fait si longtemps…

— Je suppose que non. Il en est passé de l'eau sous les ponts depuis ce temps là! Assieds-toi, je vais te préparer quelque chose à manger.

Martha et sa mère ont préparé du bannock frais et du thé pendant que Russell se mettait à son aise, s'étirant sur le divan et racontant sans interruption ce qu'il avait fait depuis qu'il était parti de la communauté.

— Tu sais, je suis vraiment content d'avoir quitté la baraque au moment où je l'ai fait. Quand je pense que pendant longtemps j'étais content de vivre dans ce taudis! Après y avoir mis le feu, j'ai marché à travers les bois jusqu'à Mishkeegogamang où je connais beaucoup de monde. Je me sens toujours dans mon élément quand je suis dans le bois, et ça m'a seulement pris une semaine pour me rendre là bas. J'ai fait la connaissance de deux Autochtones qui vendaient de la drogue. Ils étaient de Thunder Bay et fournissaient des cigarettes, de la dope, de la coke et des médicaments sur ordonnance aux jeunes Autochtones du secondaire partout dans le Nord. Ils ne suffisaient pas à la demande, alors ils m'ont demandé de les aider. En peu de temps, je nageais dans l'argent. J'avais une belle auto, un bel appartement, les filles pensaient que j'étais quelqu'un d'important. Puis, je me suis fait prendre par les flics, a t il ajouté, ignorant le regard désapprobateur de la mère de Martha.

— Mais j'ai été chanceux, a t il poursuivi. Mon avocat a dit au juge que j'avais été maltraité au pensionnat et que c'était à cause de cela que j'étais devenu criminel. Il a dit que ce n'était pas de ma faute. Le juge a tout avalé et m'a laissé partir en me disant de mieux me conduire à l'avenir.

—Tu as suivi son conseil? a demandé Martha.

— J'ai essayé, mais je n'ai pas eu de chance. Un soir que j'avais bu, je me suis bagarré avec un gars. Je lui ai donné un coup de couteau et il est mort, le maudit! J'ai été condamné à deux ans moins un jour dans la prison de Sudbury pour homicide involontaire. Après ça, je n'ai pas été capable de reprendre le dessus. Quand je n'étais pas en prison, j'étais dans la rue ou en maison de transition. J'ai eu l'occasion de voir l'intérieur des prisons de Timmins, Thunder Bay, Parry Sound et peut être bien d'autres! Mais ce n'était pas de ma faute. C'était à cause de la boisson. Je n'ai pas bu depuis six mois. C'est pour cela que je suis ici.

Martha lui a offert de rester chez elle jusqu'à ce qu'il soit installé.

—Mettons les choses au clair : ce n'est plus comme avant et si tu recommences à boire, tu pars!

— Ne t'inquiète pas, j'ai appris ma leçon. Demain, je vais aller au bureau du conseil de bande remplir une demande d'aide sociale, puis je vais aller revoir les vieux amis et essayer de convaincre quelqu'un de m'emmener à la chasse et à la pêche.

Les premiers jours se sont bien passés. Le retour de Russell avait ramené des souvenirs chez Martha. Elle n'avait pas oublié à quel point elle l'avait aimé à l'époque où ils habitaient dans la baraque et sa terrible réaction quand les services d'aide à l'enfance étaient venus chercher Spider. C'est pourquoi, même si elle savait que ce n'était pas une bonne idée, elle ne l'a pas repoussé quand, un soir, il est venu la retrouver dans son lit.

L'humeur de Russell s'est assombrie quand, quelques jours plus tard, il a appris que le chef et le conseil avaient refusé sa demande d'aide sociale.

— J'ai vraiment besoin d'un verre, a t il dit à Martha. Viens avec moi chez le trafiquant d'alcool m'aider à noyer ma peine.

Martha n'a éprouvé aucune compassion à son égard.

— Écoute, lui a t elle répondu, tu sais depuis longtemps que je ne bois plus. Ne t'attends pas à pouvoir rester ici si tu reviens soul.

— On se prend pour un modèle de vertu maintenant? Tu étais une vraie pute au pensionnat et une ivrogne quand tu en es revenue! Tu étais si mauvaise mère que les services de protection de la jeunesse ont pris notre fils! Je ne te le pardonnerai jamais.

Il est sorti en furie pour revenir au petit matin ivre et de mauvaise humeur. Il a ouvert la porte à coups de pied et a appelé Martha à pleins poumons. En sortant de leur chambre, les deux femmes l'ont trouvé chancelant dans le salon. Lorsque la mère de Martha lui a dit de partir, il est devenu enragé et l'a poussée par terre avant de s'écrouler à côté d'elle dans un état de stupeur.

Martha a aidé sa mère à se relever, l'a installée dans une chaise puis elle est allée dans sa chambre chercher la carabine qu'elle utilisait pour chasser le chevreuil et l'orignal. Après avoir ouvert une boîte de munitions, elle a introduit une cartouche dans la chambre de l'arme, a fermé la culasse, puis est retournée au salon. Avec le bout du canon, elle a donné des petits coups dans le ventre de Russell jusqu'à ce qu'il se mette à grogner et ouvre les yeux. Elle a alors pointé l'arme entre ses yeux, a enlevé le cran de sûreté, a placé son index sur la gâchette et lui a ordonné de se lever et de partir.

— Si tu ne sors pas, je vais t'abattre, espèce de chien!

Le lendemain, la police a trouvé Russell endormi sur le bord de la route et l'a placé sous garde. Puisque la mère de Martha n'avait pas été blessée, les deux femmes n'ont pas porté plainte contre lui et il est reparti vivre dans la rue. Elles ne l'ont plus jamais revu, mais Martha a découvert qu'elle était enceinte.

La mère et la fille étaient enchantées et avaient hâte que le bébé naisse. Toutefois, lorsque le printemps est arrivé, Martha a commencé à s'inquiéter. Allait elle mettre au monde un enfant qui, comme la plupart des jeunes de la communauté, quitterait l'école en neuvième année pour mener une vie caractérisée par l'alcool, la drogue, l'assistance sociale et le désespoir? Est-ce que les services d'aide à l'enfance viendraient lui prendre son nouveau bébé?

Sa mère l'a rassurée, lui disant que les autorités la laisseraient en paix.

— Tu as appris ta leçon, et tu seras une bonne mère cette fois. Par contre, tu ne crois pas qu'il serait temps de décider de ce que tu veux faire du reste de ta vie? Tu n'es plus toute jeune, tu arrives au milieu de la trentaine, et tu n'es jamais allée nulle part, même pas à Pickle Lake! Tu as toujours voulu aller à Toronto, a t elle ajouté. Pourquoi ne pas y aller et te trouver un bon emploi? Dans le temps, les filles confiaient souvent leur enfant à leur mère pour qu'elle s'en occupe ou l'élève. Pourquoi ne ferais tu pas la même chose?

Martha s'est immédiatement méfiée de cette proposition. Sa mère voulait elle lui voler son enfant? La vieille colère enfouie pendant tant d'années a refait surface. Craignant de s'emporter et de dire des paroles qu'elle regretterait, elle est sortie de la maison et s'est rendue dans un coin isolé sur la rive du lac Cat où elle allait quand elle voulait être seule et réfléchir en paix. Assise sur un bout de bois de grève, elle a levé les yeux au ciel et, à son grand plaisir, a aperçu les ancêtres en canot dans les nuages. Cette fois ci, ils traversaient le ciel allégrement en pagayant. Sans savoir pourquoi, Martha s'est sentie rassurée. Sa mère avait les intérêts de sa famille à cœur, et elle pouvait lui faire confiance.

— Je vais y aller, a t elle annoncé à sa mère à son retour à la maison. Tu vas bien t'occuper du bébé et je pourrai essayer de trouver Spider. Dès que j'aurai un emploi, je t'enverrai de l'argent pour le bébé et pour toi. Sache par contre que j'ai l'intention de revenir le chercher et de l'emmener à Toronto une fois que je serai établie.

Une fille est née à la lune de l'envol, moment de l'année où les oiseaux nés au cours de l'été commencent à voler. Martha l'a nommée Raven, parce que les corbeaux étaient des agents de délivrance dans ses rêves. En janvier 1991, elle a pris dans ses économies juste assez d'argent pour se payer un billet d'autobus et quelques nuits à l'hôtel, et a donné le reste à sa mère. Puis, elle a préparé son départ pour Toronto.

DEUXIÈME PARTIE

La grande ville 1991-2003

6

Destination Toronto

LES MOIS QUI ONT PRÉCÉDÉ SON DÉPART n'ont pas été faciles pour Martha car, immédiatement après la naissance de Raven, Nokomis a insisté pour être la seule à s'occuper de l'enfant.

— Si tu t'attaches trop à ton bébé, a t elle dit à sa fille, tu ne partiras jamais pour Toronto, ou elle te manquera terriblement quand tu seras partie.

Nokomis a convaincu Martha de ne pas allaiter Raven et d'utiliser l'argent de sa pension pour acheter à fort prix de la préparation pour nourrissons à la coopérative. Dès que Martha essayait de nourrir ou de changer son bébé, Nokomis l'écartait. Martha a toutefois persuadé sa mère de la laisser s'en occuper la nuit.

— Je dois me lever de toute façon pour remettre du bois dans le feu, a t elle dit. Ce serait logique que j'en prenne soin en même temps.

Heureusement, Raven était un bébé modèle qui ne pleurait que lorsqu'elle avait faim. Martha se levait et prenait le *tikinagan* dans lequel se trouvait sa fille. Elle le transportait de la chambre au salon et l'installait sur un fauteuil. En marchant jusqu'au coffre à bois, elle lui parlait doucement et le bébé suivait gravement sa mère des yeux.

— Je vais d'abord nourrir le feu, puis ce sera ton tour. Ça va? Tu es d'accord? Parce que si je néglige le feu, la maison va se refroidir et on va geler. Tu ne voudrais pas que ça arrive, hein? Nokomis ne serait pas contente et on ne veut pas la fâcher, n'est ce pas? Même si elle nous aime, elle peut être malcommode!

Raven regardait sa mère d'un air sérieux avec ses énormes yeux noirs et brillants comme si elle comprenait ce qu'elle disait.

Martha levait alors le couvercle du poêle, prenait le tisonnier et remuait les braises jusqu'à ce qu'elles rougeoient.

— Maintenant, ma fille, je vais donner au poêle quelque chose qu'il adore : de la belle épinette noire. Je l'ai coupée moi même le printemps dernier dans la forêt, puis je l'ai laissé sécher tout l'été avant de la ramener à la maison cet automne. Tu étais avec moi, pressée de naitre, me donnant tout le temps des coups pour que je ne t'oublie pas, et j'étais si heureuse!

Après avoir été alimenté, le feu se mettait à crépiter.

— Tu vois, le poêle nous remercie de l'avoir nourri et nous informe qu'il va nous tenir au chaud pendant un bon moment.

Martha mettait une bouteille de préparation dans une casserole d'eau placée sur le poêle pour la réchauffer.

— C'est maintenant à ton tour de manger, mais je dois d'abord changer ta couche.

Après avoir changé et nourri Raven, Martha la berçait doucement dans ses bras en lui chantant en boucle une vieille berceuse anishinaabe qui disait : Berce toi, petit bébé, et endors toi, maman veille sur toi.

We we we we we we we we we we
Nbaa bebiins mamaaamasaa
Nbaa bebiins mamaaamasaa

La veille de son départ, Martha s'est levée vers quatre heures du matin, s'est occupée du feu et a changé et nourri sa fille pour la dernière fois. Elle a tiré une chaise et s'est assise près du poêle pour la bercer. En écoutant le grésillement du bois en train de bruler, elle s'est mise à penser à ce que l'avenir lui réservait et réservait à sa famille.

Arriverait elle à obtenir du travail en ville? Les histoires qu'on racontait à propos du racisme envers les Autochtones étaient elles fondées? Trouverait elle Spider? Toronto était loin et elle s'ennuierait de sa fille. Cependant, avec un peu de chance, la séparation serait de courte durée et elle serait en mesure de l'élever dans un endroit où il y avait de bonnes écoles et des possibilités d'emploi lorsqu'elle serait grande.

Quand Raven a fermé les yeux, Martha l'a doucement remise dans le *tikinagan* qu'elle a ensuite emmené dans la chambre. Là, elle s'est assise et l'a regardée dormir. Alarmée par le craquement d'un arbre venant de fendre à cause du froid, elle s'est approchée de la fenêtre, a gratté une mince ouverture dans le givre recouvrant le verre et a regardé dehors. *Wawatay*, les aurores boréales, éclairaient la nuit. Voulant faire l'expérience de leur beauté et de leur puissance une dernière fois avant de quitter le Nord, elle a enfilé ses bottes et son parka, a ouvert la porte et est sortie. Des rayons lumineux verts et rouges descendaient du ciel en tourbillonnant et allaient se mêler à la fumée qui s'échappait des cheminées en cette nuit de froid glacial. Ils dansaient ensuite sur la neige avant de disparaitre. Le Grand Manitou lui disait au revoir.

Une fois rentrée, Martha s'est assise à côté du poêle et y est restée le reste de la nuit, regardant les flammes par les ouvertures dans le métal et savourant la tranquillité de la demeure de sa mère en hiver. Le matin venu, elle a regardé Nokomis s'occuper de Raven. Ni l'une ni l'autre n'a dit un mot durant leur dernier repas, car elles trouvaient trop difficile de se dire adieu. Martha s'est habillée chaudement, a pris le petit sac à dos qu'elle avait rempli le soir d'avant, a embrassé Raven une dernière fois et s'est avancée vers la porte.

Sa mère l'a prise dans ses bras et l'a serrée contre elle.

— Avant que tu partes, il faut que je te dise quelque chose que j'aurais dû te dire il y a des années. Je ne te l'ai jamais avoué, mais tu m'as terriblement manqué pendant toutes ces années où tu étais au pensionnat. C'était la même chose pour ton père, et je pense qu'il est mort de chagrin. Je vais encore m'ennuyer de toi, même si j'ai maintenant Raven pour me tenir compagnie.

Martha s'est précipitée dans la noirceur du matin arctique et a essuyé les larmes qui se solidifiaient sur ses joues. L'étoile du matin se profilait près de l'horizon, ayant remplacé les aurores boréales, et la neige crissait sous ses pas tandis qu'elle avançait sur la route. Des chiens gisaient recroquevillés sur le sol enneigé devant la maison de leur maitre, enfouissant leur museau sous leur queue pour le garder au chaud. La noirceur régnait dans la plupart des maisons, leurs occupants s'étant couchés après avoir regardé la télévision jusqu'au petit matin.

Le soir précédent, elle était allée à l'hôtel communautaire, un établissement de trois chambres doté d'un salon, d'une salle de bain commune et d'une cuisine libre-service où logeaient des entrepreneurs, des camionneurs et d'autres visiteurs. Elle avait demandé si quelqu'un pouvait l'emmener à Pickle Lake. Le chauffeur d'un camion citerne qui venait de livrer du diésel à la centrale électrique avait promis de la prendre en lui demandant toutefois d'être prête à partir à sept heures.

En s'approchant de l'hôtel, Martha a vu qu'il avait tenu sa promesse. Un camion au moteur vrombissant enveloppé d'un nuage formé de gaz d'échappement et de vapeur gelée attendait. Martha a saisi la poignée de la portière de la cabine puis l'a tournée et tirée. Elle s'est ensuite hissée à l'intérieur et s'est installée à côté du vieux chauffeur grisonnant assis derrière le volant.

— Bonjour et bienvenue à bord, a t il crié, pour couvrir le grondement du moteur. J'avais peur que tu ne viennes pas. Je suis content d'avoir de la compagnie, le voyage jusqu'à Pickle Lake est long et monotone.

Le chauffeur a allumé les phares, a enclenché la première et a mis le camion en mouvement, passant à la deuxième puis à la troisième vitesse au fur et à mesure que le véhicule accélérait. Bavard et avenant de nature, il a essayé d'engager une conversation avec Martha.

— Je m'appelle Olavi. C'est finlandais. Et toi? Où iras tu après Pickle Lake? À Thunder Bay? Tu as de la parenté là bas? Tu as décidé de prendre des vacances d'hiver? Tu cherches un emploi? As tu passé toute ta vie dans ta communauté? Penses tu que ce sera facile de t'adapter à vivre ailleurs?

Martha lui a dit son nom, mais rien d'autre. Elle avait de la difficulté à entendre ce qu'il disait à cause du bruit du moteur et de la transmission. De plus, il avait un fort accent finnois, ce qui fait qu'elle avait peine à comprendre son anglais. Comme c'est la vie qu'elle abandonnait qui occupait ses pensées, les mots de l'homme entraient par une oreille et sortaient par l'autre. Devant son mutisme, Olavi s'est décidé à ouvrir la radio. Il a tourné le bouton jusqu'à ce qu'il capte le poste communautaire FM local d'un watt. L'animateur était un bénévole parlant en anishinaabemowin.

« *Bojo.* Bonjour à tous nos auditeurs de la belle Première Nation de Cat Lake. Il est sept heures et c'est le temps de se lever. Il fait froid ce matin. Moins cinquante sans le refroidissement éolien. Le soleil se lèvera à neuf heures et se couchera à quinze heures. La journée sera ensoleillée. Message aux mamans : emmitouflez bien vos enfants avant de les envoyer à l'école. À ceux et celles qui vont à Pickle Lake, n'oubliez pas d'emporter des bidons d'essence, des couvertures, des pelles, du sable et de la nourriture au cas où vous tomberiez en panne. Vous pourriez avoir à attendre longtemps avant d'être secourus. Les conditions sont bonnes, mais il faut compter huit heures de conduite difficile. On vous offre maintenant une pièce de gospel dans votre langue pour vous accompagner en ce début de journée. »

Olavi a été ravi d'entendre la musique. Même s'il ne comprenait pas l'anishinaabemowin, il aimait entendre chanter les vieux classiques avec passion, que ce soit en finlandais, en anglais, en anishinaabemowin ou en cri. Au bout de quelques minutes, ils ont atteint la rive du lac Cat. Olavi est passé en première et a fait doucement avancer son camion sur la levée de terre puis sur la glace. Devant eux, illuminée par les phares, s'étendait la route d'hiver délimitée de chaque côté par des branches d'épinette noires enfoncées dans la neige.

— Le plaisir commence maintenant, a déclaré Olavi. Une couche de glace d'un peu moins de deux mètres d'épaisseur nous sépare d'une profondeur de 45 mètres d'eau glacée! J'ai perdu beaucoup d'amis sur ces lacs en hiver. Le problème, c'est que sous le poids du camion, la glace s'enfonce, ce qui crée une vague d'eau devant nous quand on avance. Il arrive que la vague rebondisse en atteignant la rive. La pression fait alors exploser la glace juste devant le camion et plouf, il cale. Heureusement, je suis un vieux routier. Je respecte la glace et je ne vais jamais trop vite. Je ne verrouille pas ma portière, et je suis toujours prêt à sauter. Je te conseille d'en faire autant.

Martha n'a rien dit, et Olavi a écouté la musique gospel jusqu'à ce qu'ils ne puissent plus capter le poste. Il a ensuite syntonisé le Service du Nord de Radio-Canada diffusé de Thunder Bay, mais a fermé la radio quand il a constaté qu'on y jouait du classique.

— J'aime ce genre de musique, mais je n'ai pas envie d'en entendre aujourd'hui. Et toi, Martha?

Martha n'a pas répondu. Olavi a essayé encore une fois de la faire parler.

— Je vis à Pickle Lake depuis plus de 40 ans. Depuis la fin de la guerre. J'ai été appelé pour me battre contre les Russes en 1939, alors que j'étais encore enfant. Au début, tout s'est bien passé. Nous avons repoussé les Russkoffs presque jusqu'à Leningrad et nous gagnions. Mais notre erreur, c'était d'être du côté des Allemands. Quand ils ont perdu, nous avons aussi perdu, et les Russes se sont vengés. C'était terrible. Ils ont volé la moitié du pays et les conditions sont devenues très difficiles.

Oliva a jeté un coup d'œil à Martha, qui a regardé par la fenêtre d'un air impassible. Il ne savait pas comment interpréter son apparente indifférence. Jeune homme, il avait vécu des choses qu'il n'oublierait jamais. Il avait livré des corps à corps dans la neige, franchi des barrages d'artillerie pour engager le combat contre l'ennemi pendant que ses camarades tombaient à côté de lui, participé au repli de son unité à travers des villages incendiés et de longues files de réfugiés fuyant l'avancée des troupes de l'Armée rouge. Confronté à la mort, il s'était senti plus vivant qu'il ne l'avait été ou ne le serait jamais en temps de paix. Il était peut être déraisonnable de s'attendre à ce que quelqu'un qui avait passé sa vie dans le bois comprenne l'importance de son histoire.

— C'est à ce moment là que ma fiancée et moi, on a décidé de partir et de tenter notre chance au Canada, a t il ajouté, ne pouvant s'empêcher de poursuivre. Nous sommes venus ici parce que nous avions entendu dire qu'il y avait beaucoup de Finlandais qui travaillaient dans les mines et les camps de bucherons. C'est la meilleure décision qu'on n'ait jamais prise. On était habitués au froid et il y avait toujours du travail pour ceux qui n'avaient pas peur de suer. Les enfants ont réussi. Ils sont allés à l'université à Thunder Bay et sont devenus des professionnels. Ma femme et moi, on est vraiment fiers d'eux. On aimerait juste qu'ils viennent nous voir plus souvent. On s'ennuie de nos petits enfants.

À ce moment là, Martha était devenue carrément mal à l'aise, ne comprenant pas ce que l'homme blanc, un des rares qu'elle avait eu l'occasion de rencontrer depuis le pensionnat, attendait d'elle. Pourquoi lui racontait il sa vie avant son arrivée au Canada? Qui étaient les Russkoffs au juste? Où voulait il en venir quand il lui parlait de ses enfants? Était il en train de dire que les enfants blancs étaient plus intelligents que les enfants autochtones? La traitait il avec condescendance? Elle n'en était pas certaine. De toute façon, ses propos étaient à peine intelligibles et il semblait trop gentil pour être sincère. Il était peut être comme le père Antoine : quelqu'un qui racontait de belles choses, mais ne pensait qu'à avoir des rapports sexuels avec elle. Mieux valait l'ignorer au risque de paraitre impolie.

Olavi a haussé les épaules et, frustré, a marmonné quelques mots pour lui même.

— Tu parles d'une effrontée. Je lui donne un lift et elle ne me parle même pas. Je ne comprendrai jamais ces Indiens même si je vis jusqu'à 100 ans! Ils n'ouvrent jamais la bouche. Elle ne parle peut être même pas anglais. Je ne les comprends pas. En Finlande, il y avait des Autochtones : les Lapons. Ils élevaient des rennes et contribuaient. Pourquoi ces Amérindiens ne font ils pas la même chose? J'appartiens au Nord autant qu'eux. Je viens de Finlande après tout. Comment expliquer que je vienne au Canada et que je me trouve un bon emploi alors qu'eux, qui vivent ici, n'y arrivent pas? Comment se fait il que mes enfants aillent à l'école et deviennent enseignants ou avocats, mais pas les leurs? Est-ce un peuple de paresseux? Probablement. Ils veulent recevoir sans donner.

Tandis que le camion allait vers l'est, les étoiles ont pâli dans le ciel nocturne pour être bientôt remplacées par une lueur cramoisie qui a illuminé l'horizon devant eux. Le soleil s'est levé, boule rouge dans un ciel orange et crème qui a vite tourné au jaune citron et au bleu de cobalt. Sur les lacs, la lumière du soleil réfléchie par la neige était aveuglante, mais dans la forêt, une lumière douce filtrait entre les épinettes noires, les pruches et les thuyas, donnant une teinte verte et turquoise à la neige. À part une corneille ou un corbeau à l'occasion, ils n'ont pas aperçu d'animaux sauvages.

De temps en temps, ils croisaient des camions ou des autos allant en direction inverse. Olavi se rangeait sur le côté de la route, échangeait avec l'autre conducteur des renseignements sur l'état des routes, racontait une blague ou deux, rigolait un coup et repartait. Après chacune de ces rencontres, il se tournait vers Martha, faisait un commentaire ou deux dans l'espoir de la faire réagir, mais elle gardait le silence.

À midi, Martha a ouvert son sac à dos, en a sorti une boite et, d'un geste, a invité son compagnon à partager son gouter. Olavi a arrêté son camion et ils ont mangé de la bernache fumée froide, du bannock, des pommes de terre entières bouillies et de la tarte aux bleuets, le tout accompagné de thé chaud que Martha avait apporté dans un thermos. Même si Martha a gardé son air taciturne, l'atmosphère de la cabine était beaucoup plus détendue quand ils ont repris la route.

Vers le milieu de l'après midi, une ombre a commencé à se profiler devant le camion, et le soleil a pris une teinte rougeâtre avant de se coucher à l'ouest, derrière eux. La lumière du court jour septentrional a disparu, et quand ils sont arrivés à Pickle Lake, les étoiles étaient apparues. Quand Olavi a déposé Martha à l'entrée du restaurant qui servait également de gare routière, il lui a fait un grand sourire amical et lui a souhaité bonne chance d'un ton sincère.

Martha a poussé la porte, est entrée et est allée s'assoir au comptoir à côté de deux hommes autochtones de Mishkeegogamang qui mangeaient un poisson-frites. Ils se parlaient en anishinaabemowin. Soudain, l'un d'eux, réagissant à une plaisanterie, a éclaté de rire. L'autre a souri et est revenu à la charge, faisant rigoler son ami de plus belle. Leur badinage s'est poursuivi, et Martha a eu envie de se joindre à eux, mais elle était trop timide et n'a rien dit.

Cependant, une demi douzaine de Blancs, des hommes et des femmes qui attendaient l'autocar pour Toronto à une table voisine ont échangé des regards inquiets. Les Indiens étaient ils en train de parler d'eux? Étaient ils ivres, dangereux? Allait il falloir prendre l'autobus avec eux? Sentaient ils mauvais? Avaient ils des poux?

L'un d'eux s'est levé et est allé voir la femme qui se trouvait à la caisse, mais remplissait également le rôle de serveuse et de préposée aux billets et dont le nom, Yvette, était brodé sur la blouse de son uniforme.

— Yvette, a-t il dit, plissant d'abord les yeux pour lire son nom puis lui souriant d'un air complice.

— Oui, a t elle répondu. Qu'est ce que je peux faire pour vous?

— C'est à propos des Indiens qui sont là, a dit l'homme d'une voix basse, désignant de la tête les deux Autochtones qui continuaient de s'esclaffer et de parler rapidement.

— Et alors? a répondu Yvette, posant les mains sur ses hanches plantureuses.

— Comprenez-moi bien, je n'ai rien contre les Indiens, mais j'espère que vous ne leur avez pas vendu de billets pour le prochain départ vers le sud. Mes amis et moi sommes inquiets. Ils rient et sèment le désordre ici, et on pense qu'ils ont bu. Des Indiens souls, c'est dangereux, surtout dans un autocar. Vous ne pensez pas que vous devriez appeler la police?

Si l'homme blanc espérait une réponse favorable, il se trompait. Yvette, blonde aux yeux bleus originaire de la petite ville franco ontarienne de Hearst, était venue dans le Nord un été au début des années 1980 pour travailler dans un camp de pêche local comme femme de chambre. Peu de temps après, elle avait rencontré et marié un guide de pêche autochtone, et ils s'étaient installés à Pickle Lake pour élever leur famille. Leur vie aurait été parfaite si leurs deux enfants à la peau sombre n'avaient pas eu à subir des insultes racistes dans la cour d'école à l'occasion.

— Qu'est-ce que ça peut vous faire qu'ils soient dans le car? a t elle dit, en élevant la voix à un point tel qu'elle criait presque et a attiré l'attention de toutes les personnes présentes dans la pièce. Vous pouvez appeler les policiers si vous avez un problème, mais vous êtes mieux d'avoir de fichues bonnes raisons pour les déranger parce que ces deux hommes ne se comportent pas plus mal que vous.

— D'accord, oubliez ce que j'ai dit, a répondu l'homme. Il est retourné s'assoir en haussant les épaules en direction de ses compagnons comme pour leur indiquer qu'il avait fait de son mieux, mais que la serveuse grossière n'était apparemment pas prête à écouter ses griefs.

Après avoir été témoins de l'échange, les deux hommes autochtones se sont regardés et ont jeté un coup d'œil à Martha. Ils ont ensuite payé leur addition et enfilé leurs parkas avant de sortir dans le froid. Craignant que les Blancs l'empêchent de monter dans l'autocar vu qu'elle était autochtone, Martha voulait les suivre, mais Yvette, qui la surveillait, est venue la rassurer.

— Ne t'occupe pas de ces abrutis. Tu as autant le droit d'être ici et de prendre l'autocar qu'eux. Alors, qu'est ce que ce sera, ma chère?

— Je voudrais un billet aller seulement pour Toronto s'il vous plait.

— Mon doux, on brule les ponts derrière soi! J'espère que tu sais ce que tu fais. Ce sera 50 dollars. Le prochain car part dans deux heures.

Son billet en main et son sac à dos sur l'épaule, Martha est allée attendre dehors. Elle préférait être seule avec ses pensées dans le froid et la neige plutôt que de rester dans le restaurant avec les voyageurs blancs qui avaient quelque chose contre son peuple.

L'autocar Greyhound en provenance de Toronto a fini par arriver. Dans un bruit de succion pneumatique, la portière s'est ouverte pour laisser entrer une poignée de passagers. Les Blancs, l'homme qui avait discuté avec Yvette à leur tête, sont sortis du terminus et se sont mis en file pour faire poinçonner leur billet et faire ranger leurs bagages dans la soute avant de monter à bord. Martha est montée la dernière, pressant son sac contre elle et choisissant un siège inoccupé à l'arrière, aussi loin que possible des autres.

Les premiers 500 kilomètres, l'autocar a roulé vers le sud. On ne voyait pas grand chose à la lueur des phares, à part de gros bancs de neige, des poteaux électriques, des routes mal signalisées menant dans le bois ou dans des communautés éloignées, des panneaux indiquant qu'ils passaient dans un parc provincial et des panneaux-réclames faisant la promotion de camps de pêche ou de chasse sur lesquels on voyait soit des orignaux, soit d'énormes brochets ou maskinongés sautant hors de l'eau.

Après avoir rejoint la route Transcanadienne à la collectivité franco ontarienne d'Ignace, l'autocar a pris la direction sud est vers Thunder Bay. Il y avait peu de circulation en cette nuit d'hiver. Le conducteur a éteint les lumières, et l'éclairage intérieur n'était plus assuré que par le bout des cigarettes brillant dans le noir et les cadrans du tableau de bord. L'un après l'autre, les passagers ont éteint leur cigarette, ont réglé leur siège en position inclinée et se sont endormis. Bientôt, Martha et le conducteur étaient les seules personnes éveillées.

De temps en temps, quelqu'un toussait, se réveillait, se rendait en titubant à moitié endormi à l'arrière, poussait la mince porte d'aluminium de la toilette et y entrait. Quelques minutes plus tard, la chasse d'eau était actionnée et on entendait de l'eau couler. À leur sortie, les hommes fermaient habituellement leur braguette, tandis que les femmes ajustaient leurs vêtements. Femme ou homme, ils emportaient avec eux la puanteur de la toilette mélangée à une odeur de désodorisant bon marché et de vieux mégots.

Avec le temps, Martha s'est fâchée. Elle n'allait tout de même pas laisser sa peur des passagers blancs la confiner à l'arrière de l'autocar! Elle était un être humain et méritait qu'on la respecte! Elle défendrait ses droits et ne laisserait personne lui marcher sur les pieds.

Elle s'est péniblement levée de son siège et s'est avancée pour rejoindre les autres. Elle a pris possession d'un siège vide juste derrière le chauffeur et, avec une attitude de défi, a posé son sac à dos à côté d'elle pour garder les autres passagers à distance. Tout le reste du trajet à Toronto, elle a protégé sa place, ne laissant personne s'assoir à côté d'elle.

Tandis que l'autocar avançait dans la nuit du Nord de l'Ontario, Martha s'est penchée vers l'avant et a regardé par la fenêtre au dessus de l'épaule du conducteur en se demandant si elle avait bien fait de quitter la maison. Elle se sentait mal à l'aise, car elle entrait dans un monde inconnu et vaguement menaçant.

Chaque fois que les phares des véhicules en sens inverse éclairaient l'intérieur de l'autocar, elle avait un mouvement de recul et mettait les mains devant son visage. Lorsque le conducteur accélérait et changeait de voie pour dépasser les chasse-neiges et les épandeurs de sable dont les lumières bleues clignotaient de façon inquiétante, elle empoignait, terrifiée, les accoudoirs de son siège et s'y accrochait, craignant que l'autocar quitte la chaussée. Lorsque de gros porteurs et des camions chargés de bois à pâte, de troncs d'arbres ou de bois d'œuvre circulant en sens inverse passaient à côté d'eux en rugissant, les garde boues agités, et projetaient du sable, du sel et de l'eau sur le parebrise, elle retenait son souffle jusqu'à que les essuie glaces, mis à rude épreuve, restaurent la vue.

Au milieu de la nuit, le chauffeur a fait un arrêt à la gare de Thunder Bay et les passagers sont sortis, certains pour regagner leur domicile, d'autres pour s'étirer les jambes et prendre rapidement une bouchée avant de remonter. De nouveaux passagers se sont ajoutés à ceux qui continuaient, et un autre chauffeur a pris la relève pour l'étape suivante du voyage, le trajet sinueux de quelque 1125 kilomètres le long de l'arc formé par la rive nord du lac Supérieur jusqu'à Sudbury.

Quand l'autocar entrait dans les petites villes et villages parsemés le long de l'autoroute, Martha ne pouvait s'empêcher de les comparer à sa communauté. Dans la Première Nation de Cat Lake, il n'y avait ni restaurants, ni centres commerciaux, ni cinéma; une patinoire extérieure rudimentaire de glace naturelle constituait la seule installation de loisir. Ces communautés qui comprenaient des clubs italien, allemand et finlandais, des restaurants chinois, McDonald ou Burger King, des Zellers, des Shoppers Drug Mart, des arénas, des salles de bingo, des magasins de location de vidéos, des magasins de bière et de spiritueux, des parcs de voitures d'occasion, des concessionnaires de motoneiges, des bars de danseuses aux seins nus et des églises l'attiraient et la dégoutaient en même temps.

Il y avait, de toute évidence, tellement plus de choses à faire dans ces endroits que chez elle. Par contre, si un jour elle décidait de s'établir dans l'un d'eux, est ce qu'elle serait acceptée? Elle en doutait. Comme Pickle Lake, chacune des agglomérations était desservie par une gare routière qui faisait aussi office de restaurant. Et comme à Pickle Lake, même si on se trouvait encore dans le Nord, elle avait l'impression que les Blancs la regardaient avec une crainte à peine dissimulée et avec méfiance lorsqu'elle sortait de l'autocar pour s'acheter un café et un sandwich. Que penserait on d'elle dans le sud? Elle n'accepterait jamais de vivre dans un endroit où elle ne serait pas la bienvenue.

Au milieu de l'après midi, l'autocar s'est arrêté à Sudbury puis a bifurqué vers le sud, laissant derrière le Nord peu densément peuplé pour commencer le dernier bout de chemin dans le centre de l'Ontario jusqu'à la capitale provinciale. Martha a cessé d'observer le panorama défilant devant ses yeux. Elle fixait l'horizon sans le voir, essayant de donner un sens à ce qu'elle avait vécu jusqu'à présent.

Elle pensait aux années pendant lesquelles elle avait écouté les responsables du pensionnat lui dire que les Autochtones étaient primitifs et inférieurs aux Blancs. Elle pensait au sentiment de résignation qui avait infecté les habitants de sa propre communauté dont la plupart avaient déjà abandonné les pratiques d'autosuffisance anciennes pour dépendre des indemnités gouvernementales. Elle pensait aux deux Autochtones qu'elle avait vus au restaurant à Pickle Lake, aux commentaires racistes des clients blancs et à Yvette, la serveuse qui s'était montrée gentille avec elle. Elle pensait à Spider, maintenant au milieu de l'adolescence, et se demandait si elle le reverrait un jour. Mais, elle pensait par dessus tout à Raven, dont elle s'ennuyait énormément.

C'était trop difficile de démêler tout ça. Au moment où l'autocar s'engageait dans la station de la rue Bay, Martha avait décidé qu'elle n'avait qu'une vie à vivre et qu'elle n'avait pas l'intention de la gaspiller en ressassant les torts passés, réels ou imaginaires.

Il fallait d'abord survivre à sa première nuit à Toronto. Comme elle ne connaissait personne et n'avait aucune idée où se loger, elle s'est mise à marcher au hasard dans le monde étrange du centre ville de Toronto. C'était en début de soirée, en pleine heure de pointe. Des voitures, des camions et des autobus engorgeaient les rues. Les vapeurs humides et fétides crachées par leur tuyau d'échappement empestaient l'air et rendaient Martha nauséeuse. Des voitures de police, des ambulances, des camions à incendie et des tramways se frayant un passage dans la circulation assaillaient ses oreilles de leurs sirènes hurlantes, de leurs avertisseurs criards et de leurs cloches. Plus de gens qu'elle ne l'aurait cru possible déferlaient des bouches de métro et s'agglutinaient au coin des rues en fixant les feux de signalisation, comme s'ils attendaient la permission d'une quelconque puissance invisible tapie au plus profond de leurs entrailles mécaniques pour traverser la rue. Une énorme enseigne électronique clignotante accrochée sur le haut d'un édifice montrait une famille souriante en train de boire du Coca Cola sous le slogan *Il n'y a rien de tel que l'authentique.* Dans la vitrine illuminée d'un magasin de vêtements, des individus élégamment vêtus se tenaient immobiles, regardant droit devant, les bras tendus. Martha s'est arrêtée, attendant qu'ils se fatiguent et bougent. Elle est repartie en souriant quand elle s'est rendu compte qu'il s'agissait de mannequins comme elle en avait déjà vu chez elle dans les catalogues de vente par correspondance Eaton.

Soudain, elle a aperçu, par la fenêtre du rez-de-chaussée d'un restaurant, un jeune couple se tenant les mains et se parlant. Elle s'est arrêtée pour les observer. Elle les trouvait si chanceux d'être amoureux l'un de l'autre et si heureux! Quand ils ont tourné la tête pour la regarder, elle a poursuivi son chemin, embarrassée.

En face d'un chantier de construction où se dressait une grande affiche publicitaire illuminée annonçant des appartements en copropriété de luxe, on pouvait voir des mendiants tenant des morceaux de carton sur lesquels ils avaient gribouillé des messages informant les passants qu'ils étaient au chômage, qu'ils avaient besoin d'aide pour retourner chez eux, qu'ils étaient malades ou qu'ils avaient faim. D'autres s'avançaient parmi les véhicules immobilisés pour laver les parebrises en échange de pièces de monnaie. Des adolescents avec des cheveux orange ou violets, des anneaux aux sourcils ou aux lèvres et habillés de jeans déchirés et de vestes cloutées en cuir se tenaient debout dans les embrasures, quêtant de l'argent.

Sur les bouches d'aération des trottoirs, des sans abri s'installaient pour la nuit, gardant leurs possessions à leurs pieds dans des sacs en plastique sales. D'autres infortunés, le collet de leur manteau remonté pour se protéger du froid, faisaient la queue pour obtenir un repas chaud et un lit aux centres tenus par l'Armée du Salut et les Bergers de l'Espoir.

En traversant le centre ville, Martha s'est sentie encore plus craintive et découragée. Les bancs de neige étaient noirs et sales, pas d'une blancheur immaculée comme ils l'étaient d'où elle venait. En outre, si les températures étaient plus basses chez elle que dans la grande ville, le froid ne traversait pas ses vêtements pour pénétrer jusque dans ses os comme c'était le cas ici. Le plus troublant pour quelqu'un qui, comme elle, était habitué au silence réconfortant et à la noirceur de la nuit nordique était le bruit de fond incessant de la circulation dans les rues. Ce grondement et l'éclat aveuglant des lampadaires et des phares qui illuminaient le ciel nocturne l'accompagnaient comme un mal de dents partout où elle allait.

De temps en temps, Martha voyait des personnes qui lui semblaient autochtones. Certains avaient les cheveux tressés et portaient des vestes en peau de daim, proclamant avec fierté leur héritage. D'autres, qui paraissaient complètement démoralisés et à la dérive, étaient vêtus de guenilles et essayaient de convaincre les personnes passant devant leurs refuges dans les embrasures ou les ruelles de leur donner de l'argent.

Martha les observait soigneusement, espérant voir un jeune adolescent autochtone bien habillé ayant une tache de naissance en forme de toile d'araignée sur le front. Mais, se disait elle, que ferait elle si ça arrivait? Elle l'aborderait peut être, mais que lui dirait elle?

« Salut, je m'appelle Martha et j'ai déjà eu un petit garçon qui avait une tache de naissance comme la tienne sur le front. La société d'aide à l'enfance est venue le prendre parce que je ne m'occupais pas bien de lui. Ce ne serait pas toi par hasard? Si c'est le cas, est ce qu'on pourrait reprendre là où on était il y a tant d'années? Tu m'as tellement manqué! Je te jure que j'ai changé! Je serai une bonne mère maintenant. »

Une Autochtone est sortie d'une ruelle sombre et a mis fin aux rêveries de Martha.

— Hé, je te gage que tu es Indienne, a t¬ elle balbutié. Tu viens d'arriver? Veux tu boire un coup? J'ai du vin en masse.

Martha s'est arrêtée pour lui parler. Après quelques heures seulement à Toronto, elle s'ennuyait déjà de chez elle et se demandait si elle avait bien fait de partir. Elle a ressenti une immense solitude. Elle s'était sentie seule au pensionnat et elle s'était sentie seule à son retour à la maison. Après le départ de Spider, elle avait réussi à se faire une vie dans la communauté. Toutefois, à ce moment précis, en raison de sa détermination ambitieuse à réaliser un vieux rêve, il lui semblait qu'elle était arrivée à l'endroit le plus triste du monde, la grande ville impersonnelle remplie de gens qui ignoraient la misère qui régnait autour d'eux et qui semblaient ne s'occuper que d'eux mêmes.

— Allez, soyons amies. Je suis peut être une ivrogne, mais je suis de ton peuple.

La femme, qui tenait une bouteille de vin à moitié pleine, lui a fait un grand sourire triste révélant des dents cassées. Son mince visage était sale, et ses longs cheveux noirs hirsutes pendaient devant ses yeux noirs et vides.

Derrière elle, une personne emmitouflée dans une couverture et assise sur le sol enneigé au milieu d'une pile de sacs de poubelles verts a marmonné quelques phrases.

— Qu'est ce qui se passe? C'est-y la camionnette de nourriture? Apporte moi de la soupe chaude, veux tu?

Martha était tentée de se joindre à eux. Elle vivrait parmi les clochards et les alcoolos et se ferait regarder de haut par tous, mais elle ne serait plus seule. Elle pourrait apprendre à mendier. Elle pourrait recommencer à boire. Ça l'aiderait peut-être même à oublier le père Antoine et comment elle avait été nulle dans son rôle de mère.

Quels choix s'offraient à elle de toute façon? Elle avait à peine dormi au cours des deux derniers jours, et elle ne connaissait pas la ville. Avec son peu de compétences et comme elle n'avait pas de diplôme d'études secondaires, elle avait peu de chances de trouver un emploi décent. Cependant, elle sentait que si elle s'avançait dans la ruelle, elle passerait le reste de sa vie dans la rue.

7
Spider

LA SOCIÉTÉ D'AIDE À L'ENFANCE avait placé Spider peu après l'avoir enlevé à sa mère en 1974. Comme le fait aujourd'hui la société pour la protection des animaux quand elle annonce « de jolis chiots et chatons à donner à de bons foyers », les responsables des dossiers de garde du réseau ontarien de protection de la jeunesse avaient placé une annonce dans certains journaux torontois. Elle s'accompagnait d'une photo de Spider couché sur le dos, souriant à la caméra et tentant de sucer ses orteils. On avait pris soin de dissimuler sa tache de naissance.

Nouveau venu du Nord de l'Ontario. Adorable bébé de 11 mois en excellente santé. Prenez ce malheureux enfant autochtone dans votre famille. Vous serez récompensés par une vie remplie d'amour.

Peu de temps après, un couple de la classe moyenne vivant en banlieue de Toronto qui essayait, sans succès, d'avoir un enfant depuis des années, a vu l'annonce. L'homme et la femme ont été enchantés par la mine de l'enfant et ont pris rendez vous pour le voir. Quand ils ont aperçu le bébé bavant et gazouillant agrippé aux barreaux de sa couchette, ils ont ignoré la tache de naissance, convaincus qu'il était la réponse à leur désir inassouvi de fonder une famille et de prodiguer amour et soins à un enfant bien à eux.

L'adorable bébé deviendrait un noble Canadien autochtone complètement assimilé qui leur apporterait de la joie durant toute leur vie. La femme lui ferait des biscuits, comme sa propre mère lui en avait confectionné lorsqu'elle était enfant, et son nouveau fils l'aiderait à combiner le sucre, les raisins secs, le beurre, les œufs et la farine d'avoine dans une casserole, et lècherait la cuillère lorsque le mélange serait prêt. Le mari l'emmènerait à la pêche, et puisque son fils était autochtone, il comprendrait instinctivement la nature et finirait par devenir le maitre de son père plutôt que son élève.

Le mari lui montrerait aussi à patiner, le conduirait aux pratiques de hockey et constaterait avec fierté le talent exceptionnel de son fils qui grimperait les échelons, jouerait pour l'équipe nationale au Championnat du monde junior de hockey sur glace et compterait le but gagnant lors du match où le Canada battrait l'Union soviétique pour remporter l'or. Les Maple Leafs de Toronto le recruteraient et il deviendrait une étoile de la Ligue nationale de hockey, comme l'exceptionnel hockeyeur autochtone George Armstrong, capitaine des Leafs lorsque ceux ci avaient remporté la Coupe Stanley en 1967.

Il excellerait à l'école élémentaire et au secondaire, obtiendrait une bourse d'entrée à l'université, deviendrait une étoile de la course à pied, serait le rédacteur en chef du journal universitaire, présiderait le conseil étudiant et finirait avec la meilleure note de sa classe. Après ses études, il enseignerait comme ses parents, vivrait près d'eux, se marierait, passerait ses étés au chalet familial et viendrait souper à la maison en compagnie de sa femme et de ses enfants tous les dimanches. Quand ses parents seraient vieux, leur fils et son épouse prendraient soin d'eux : ils agrandiraient leur maison et insisteraient pour qu'ils emménagent avec eux. Ils passeraient ainsi leurs derniers jours dans la paix et la sécurité en recevant des soins attentionnés.

Le jeune couple a évidemment déclaré qu'il voulait adopter le bébé. En fait, l'homme et la femme ont insisté pour que ça se fasse le plus tôt possible afin que leur rêve puisse se réaliser et leur vie s'épanouir. Dès que les formulaires ont été remis, que la vérification des antécédents a été complétée et que l'inspection obligatoire du domicile a été effectuée pour confirmer que leur maison était digne d'accueillir un bébé, les services d'aide à l'enfance le leur ont remis.

Les nouveaux parents n'auraient pas pu être plus heureux, du moins pendant les premières années. Ils lui ont donné un nouveau nom, Édouard, dont le diminutif était Eddy, et ont entrepris de l'élever selon leur tradition culturelle : blanche, anglo saxonne et protestante. Lorsqu'ils l'emmenaient à l'église, tout le monde semblait connaitre d'autres familles qui avaient adopté des enfants autochtones pour qui tout s'était bien passé, et on louait la sagesse de leur décision.

— Quel geste admirable! Sauver un pauvre enfant d'une vie de privations.

— Vous êtes de vrais chrétiens. Vous mettez en pratique ce que les autres prêchent.

— Je n'ai jamais compris pourquoi tant de gens essaient d'adopter des enfants du Bangladesh ou de la Chine quand il y a plein de bébés autochtones ici même qui auraient tant besoin d'un bon foyer! Après tout, nous avons volé les terres de leurs ancêtres et nous les avons placés dans des réserves. En adoptant leurs enfants, nous pouvons aider à réparer les torts et améliorer les rapports entre nos peuples.

Leur bonheur s'est accru encore plus quand la femme est tombée enceinte et a donné naissance au plus beau bébé qu'on puisse imaginer, un garçon qu'ils ont appelé Robert. Deux ans plus tard, une fille, Amanda, est arrivée. Naturellement, les parents traitaient leurs trois enfants de la même façon. Ils sont devenus préoccupés, cependant, quand Eddy a montré une jalousie obsessive envers sa sœur et son frère cadets, allant jusqu'à les frapper dans des rages aveugles et incontrôlables. Ils sont devenus franchement inquiets quand il n'a commencé à parler qu'à l'âge de quatre ans.

Une fois qu'il a été rendu à l'école, ses enseignants ont indiqué que « ses habitudes de travail laissaient beaucoup à désirer », et qu'il avait « de la difficulté à se concentrer en classe ». Autrement dit, il dérangeait la classe et était en retard par rapport aux autres. Les soupçons de ses parents qui croyaient qu'il souffrait d'un sérieux trouble d'apprentissage ont été confirmés lorsqu'ils lui ont fait passer des tests approfondis : examen physique, échelles de développement, tests psychologiques. Le diagnostic était clair : syndrome d'alcoolisation fœtale, attribuable au fait que Martha avait bu pendant sa grossesse et que l'alcool avait traversé la barrière placentaire pour empoisonner et endommager le cerveau de son fils.

Les années qui ont suivi ont été difficiles pour tous. Le frère et la sœur d'Eddy ont fait leur possible pour l'inclure dans leur vie, mais ils sentaient qu'il était différent, pas seulement par la couleur de sa peau, mais sur le plan de la stabilité affective. Ses parents lui donnaient beaucoup d'amour et d'attention, et il lui arrivait d'être obéissant et de bien se tenir. Malheureusement, la plupart du temps, il était imprévisible, il s'en prenait à ses parents et il leur reprochait de l'avoir enlevé à sa « vraie » mère. Avec le temps, il a commencé à voler de l'argent dans le sac de sa mère, à s'absenter de l'école et à persécuter son frère et sa sœur.

À 15 ans, Eddy s'est enfui de chez lui pour la première fois. Au moment de son seizième anniversaire, ses parents accablés de chagrin et profondément déçus, mais secrètement soulagés, avaient accepté qu'il appartienne désormais à la rue. À 17 ans, il était devenu un familier de la scène punk de Toronto.

Contrairement à Martha, qui voyait la grande ville comme une jungle urbaine hostile tandis qu'elle arpentait les rues de Toronto à la recherche d'un abri en cette nuit de janvier 1991, son fils s'y sentait en sécurité. Même s'il était sale, portait de vieux jeans sciemment déchirés au niveau des fesses afin de montrer ses sous vêtements violets, était coiffé à l'iroquoise — cheveux violets dressés en crête avec des pics— et avait les oreilles, le nez ainsi que les lèvres transpercés d'épingles, il avait du style : il était punk et fier de l'être.

Les nouveaux amis de Spider le prenaient comme il était, avec ses bons et mauvais côtés, et le respectaient. La raison était simple : les punks ne posaient jamais de questions personnelles. La plupart d'entre eux avaient été jugés et étiquetés comme déficients par les autres toute leur vie, et ils ne souhaitaient pas traiter leurs amis punks de la même façon. Ils se fichaient, par exemple, du fait que Spider soit d'origine autochtone ou souffre du syndrome d'alcoolisation fœtale.

Comme lui, ils avaient toujours senti qu'ils détonnaient, comme un chien dans un jeu de quilles. Comme lui, ils ressentaient de la colère, se posaient plein de questions auxquelles ils n'obtenaient pas de réponse, ne voulaient pas qu'on leur dise quoi faire et se faisaient traiter avec mépris par la société et par la police. Un certain nombre d'entre eux étaient, comme lui, de jeunes Autochtones qui avaient été éloignés de leurs parents, survivants de pensionnats indiens, et élevés sans succès par des gens qui n'avaient jamais entendu parler du syndrome d'alcoolisation fœtale. Contrairement à lui, certains avaient été adoptés par des gens qui les avaient agressés physiquement et sexuellement et se sentaient donc davantage en sécurité dans la rue que chez leurs parents.

Les punks coexistaient tant bien que mal avec les autres types de marginaux inoffensifs : les clochards et clochardes qui se parlaient incompréhensiblement à eux mêmes et poussaient un charriot contenant leurs possessions au milieu de la foule du centre ville; les sans emplois malchanceux qui passaient leurs journées à chercher du travail et leurs soirées à dormir dans des refuges; les vieux alcooliques qui mendiaient, buvaient et papotaient ensemble pendant le jour et dormaient à la dure la nuit; les malades mentaux, qui avaient cessé de prendre leurs médicaments et qui erraient dans leur propre monde; et les prostitués, hommes ou femmes, vieux ou jeunes, qui se tenaient au coin des rues le soir, essayant d'attirer le regard d'éventuels clients.

D'autres éléments vivant comme eux en marge de la société, soit les groupes ethniques et les skinheads, n'étaient pas aussi commodes. Les Jamaïcains, les Tamouls, les Vietnamiens, les Latino Américains et les Russes, occupés à extorquer de l'argent dans leur propre communauté, faire le trafic des stupéfiants, se quereller entre eux et, de temps en temps, effectuer une sale besogne pour les motards, ne faisaient habituellement pas attention aux punks, tellement ils étaient bas dans l'ordre hiérarchique.

C'était toute une autre histoire en ce qui concernait les skinheads. Le film *Orange mécanique* était leur film culte préféré. Ils se délectaient de sa glorification de la violence et des agressions gratuites, et prenaient comme modèle son antihéros psychopathe, Alex Delarge. Se proclamant gardiens de la pureté raciale, ils se conduisaient comme des chacals cherchant constamment des animaux sans défense à dévorer. Ils s'en prenaient aux faibles, et les punks constituaient leur proie de choix. Avec leur tête rasée, leurs pantalons aux jambes roulées, leurs bretelles rouges, leurs tatouages nazis et leurs bottes Doc Marten à embout d'acier, ils se pavanaient dans la rue Yonge le soir à la recherche de victimes qu'ils attaquaient à coups de bâton de baseball, de chaines et de coup-de-poing américains. Si les punks étaient introuvables, terrés dans leur squat ou assistant à un concert, les skinheads attaquaient les sans abri sans défense endormis sur des bancs de parc. Quand, de temps en temps, une de leurs victimes, ravagée par l'alcool, affaiblie par une alimentation inadéquate et minée par la maladie mentale succombait pendant une raclée, les skinheads estimaient qu'ils avaient rendu service à la société.

Spider avait appris que la vie de punk lui convenait lorsqu'il s'était enfui de chez lui par un jour de septembre deux ans auparavant. Il avait été placé dans une classe spéciale avec des enfants beaucoup plus jeunes que lui et se sentait humilié. Fatigué d'entendre sa mère adoptive lui répéter qu'il avait besoin d'éducation pour réussir dans la vie, il était parti et avait pris le métro jusqu'au centre ville de Toronto.

En émergeant de la sortie à l'intersection Yonge et College, il avait aperçu un punk avec de longs cheveux violets et une épingle au nez en train de mendier. Il lui avait demandé où il pourrait trouver à manger, et le punk l'avait pris par la main et l'avait accompagné dans un centre d'accueil. Là, il avait obtenu un repas et rencontré d'autres jeunes vivant des situations semblables à la sienne. Ceux ci lui avaient dit que la vie pouvait être belle si on savait s'organiser.

— Quand tu te lèves le matin, tu dois te trouver une bonne place pour quêter, comme un arrêt de métro, une entrée de centre commercial ou le devant d'un restaurant. En face du Maple Leaf Gardens, ça marche toujours bien. Tu t'assieds par terre avec une casquette dans la main et tu mendies. Ça prend un peu de temps avant de s'habituer. Certains donnent sans rien dire, mais il y a toujours des crétins qui disent « Trouve toi donc un emploi », « Fais-toi couper les cheveux », « Retourne donc chez toi », ou des niaiseries du genre.

— Normalement, on essaie juste de ramasser assez d'argent pour pouvoir déjeuner au Burger King ou au McDo. Parfois, les employés refusent de nous servir, même si on peut payer. Ce n'est pas grave. Tu peux toujours avoir un repas gratuit au centre d'accueil Evergreen sur Yonge. Le personnel est cool, et c'est l'endroit parfait pour rencontrer les autres, apprendre ce qui se passe, savoir qui s'est fait tabasser par les skinheads, et à qui la police a fait passer un mauvais quart d'heure la veille. Après, tu peux retourner mendier, puis tu partages ta collecte avec les autres pour acheter une caisse de bières qu'on va boire dans un parc.

Les punks ont emmené Spider dans leur squat, un local dans un entrepôt délabré de Kensington Market. Il a été accepté sans histoires et ça lui a plu. Un peu plus d'une douzaine de jeunes trainaient là, partageant de la bière et de la drogue sur un plancher recouvert d'emballages de cigarettes et de bonbons, de boites de conserve vides, de vieux journaux, de vêtements sales, de bouteilles de bière, de matelas tachés et de mouchoirs en papier usagés.

L'odeur d'excréments et d'urine qui s'échappait du vestibule, dont un coin servait de toilette commune, ne semblait déranger personne. Sur les murs, à peine visibles à la lumière des bougies, il y avait des graffitis artistiques représentant leurs idoles : les Sex Pistols, les Dirty Rotten Imbeciles, Black Flag, les Ramones, DOA, Bad Brains et les Misfits.

Ce soir là, Spider a bu ses premières bières et fumé sa première pipe, et il a pris la résolution de ne plus jamais retourner vivre en banlieue. Le lendemain, cependant, comme il sortait de l'entrepôt avec les autres, un policier est sorti d'une voiture de reconnaissance garée à proximité et s'est approché de lui.

— Hé toi, tu es vraiment jeune pour te tenir avec ces dégénérés. Tu devrais être à l'école.

Il l'a emmené à sa voiture et a entré les renseignements que Spider lui a donnés.

— C'est bien ce que je pensais : un fugueur. Quinze ans seulement. Ça dit ici que tes parents sont inquiets. Allons y.

Maintenant, deux ans plus tard, cette première expérience de la vie dans la rue et l'adoption de sa nouvelle identité punk semblaient remonter à une éternité. Il avait déjà 17 ans, et était un adolescent musclé de grande taille au teint brun foncé. Sa tache de naissance était aussi visible qu'avant, mais il avait oublié depuis longtemps qu'elle était là, même si son surnom dans la rue était Spider. Il était content, car les 24 dernières heures avaient été bonnes.

Le tout avait commencé la veille quand Spider et ses amis s'étaient aperçus qu'il ne leur restait plus beaucoup de papier hygiénique, de bougies, de macaroni au fromage Kraft et d'autres provisions essentielles. Ils avaient utilisé les prestations mensuelles d'aide sociale que la ville versait aux sans abri depuis longtemps pour s'acheter de la bière et de la drogue, et il était hors de question qu'ils dépensent l'argent qu'ils avaient recueilli ce jour là en mendiant pour se procurer des choses aussi banales. Ils en avaient besoin pour acheter de la bière et des billets pour un spectacle punk le soir même.

Par conséquent, les punks ont fait ce qu'ils faisaient normalement quand ils avaient besoin de provisions : cambrioler un dépanneur. Les capuchons de leurs chandails rabattus sur leur tête pour qu'on ne puisse les identifier à l'aide des caméras de sécurité, ils se sont réunis sous une neige légère à l'extérieur du modeste commerce d'un immigrant récemment arrivé d'Asie du Sud. Son propriétaire le gardait ouvert jour et nuit, essayant de gagner sa vie en vendant, aux clients du quartier, du lait, des journaux, des magazines, des billets de loterie, du café « frais », des viandes froides, des pommes ratatinées et d'autres articles.

Après avoir vérifié qu'il n'y avait ni client à l'intérieur ni voiture de police dans la rue, une douzaine de punks se sont engouffrés dans le dépanneur et ont commencé à dissimuler des canettes de boisson gazeuse, du pain, des viandes froides, de la relish, de la margarine, du papier hygiénique, des mouchoirs, des magazines de pornographie ou de musique, des lampes de poche et des piles sous leurs vêtements. Ils n'accordaient aucune attention au propriétaire, qui criait derrière le comptoir.

— Qu'est ce que vous faites? Arrêtez! J'appelle la police. S'il vous plait! Je travaille fort pour gagner ma vie. Vous allez me détruire!

Tels une volée de corbeaux, les punks se sont précipités dehors, chargés de marchandises volées. Lorsque le propriétaire a quitté son poste et a essayé de les arrêter, ils l'ont poussé et se sont enfuis dans la nuit. Tous, sauf une nouvelle venue dans le groupe, une fille maigre avec une vilaine peau qui se faisait initier à l'art du vol à l'étalage à la manière punk. Comme elle était la dernière à franchir la porte, le propriétaire a réussi à l'attraper sur le trottoir. Il l'a saisie par les bras et s'est mis à la secouer.

— Pourquoi? Pourquoi me faire ça à moi? Je travaille tellement fort. Jour et nuit. J'ai une famille à soutenir d'où je viens et vous venez quand même me voler! Vous n'avez pas honte? Vos parents ne vous ont donc pas enseigné à distinguer le bien du mal?

Même s'il savait que la police ne tarderait pas à arriver, Spider est revenu sur ses pas. Il a poussé le propriétaire, a libéré la fille et est reparti avec elle en courant et en riant rejoindre les autres.

Un peu plus tard, elle est venue le remercier.

— Personne dans ma famille n'aurait fait ce que tu as fait pour moi ce soir.

Après leur vol, les punks sont retournés au squat. Ils se sont assis en cercle, les jambes recouvertes de sacs de couchage et de couvertures, dans une pièce non chauffée éclairée avec des bougies volées. Ils ont mangé du spaghetti Chef Boyardee et de la soupe Campbell non réchauffés directement dans la boite en buvant de la bière et en se remémorant les évènements de la soirée.

— Avez vous la face de ce niaiseux quand nous sommes arrivés? J'ai cru qu'il allait chier dans ses culottes!

— Ce chien capitaliste, pleurnicher comme un bébé à cause de quelques canettes de boisson gazeuse et boites de spaghetti! Il fait plein de fric en vendant sa marchandise trop cher, et il ose se plaindre quand on lui fait partager une petite partie de ses profits avec nous. Il peut se compter chanceux qu'on n'ait pas démoli sa baraque.

— Hé Spider, tu m'impressionnes vraiment.

— Spider à la rescousse, comme l'été passé.

— Tu lui as donné une bonne leçon.

L'été précédent, Spider avait gagné la gratitude des membres du groupe quand une bande de skinheads les avaient attaqués. C'était arrivé après minuit par une soirée chaude de juillet dans un parc peu éclairé. Les punks étaient allongés sur le gazon, profitant du beau temps, parlant des évènements de la journée, buvant leur caisse de 24, fumant de la drogue et, quand l'envie leur en prenait, s'éclipsant pour faire discrètement l'amour.

Une douzaine de skinheads sont sortis de l'ombre pour gâcher leur soirée.

— Qu'est ce qu'on a là? Une bande de minables. On aurait dû le deviner à l'odeur, sales parasites pourris!

— Pourquoi ne prenez vous pas de bains? Vous avez peur que l'eau efface vos faux tatouages?

— Sacrez donc votre camp! a répondu l'un des punks en se levant pour affronter les intrus.

— OK, OK, calme toi. On ne va pas vous attaquer, a dit celui qui semblait être le chef des skinheads. Pour vous prouver notre bonne foi, serrons nous la main, a t il ajouté, souriant, en tendant la main.

Quand le punk a tendu sa main en signe d'amitié, le skinhead a retiré la sienne brusquement et lui a donné un coup de genou entre les cuisses. Pendant que sa victime se tordait de douleur, il lui a donné un coup de poing au visage, l'envoyant mordre la poussière. Les autres ont brandi des chaines et se sont jetés dans la bataille, frappant au hasard les autres punks, filles ou garçons, avec leurs bottes à embout d'acier. Spider, qui était resté sans bouger jusqu'à ce moment, a sorti le couteau de chasse muni d'une lame de 25 centimètres qu'il gardait attaché sur un mollet, sous la jambe de pantalon. Poussant un cri de dément, il est devenu fou furieux, donnant des coups de couteau avec une telle frénésie que les skinheads se sont enfuis en courant.

Un membre du groupe qui avait dévalisé le dépanneur est arrivé au squat en boitant, le visage abimé et ensanglanté.

— Les flics m'ont ramassé et m'ont fait prendre l'Express Cherry Beach, a t il fourni comme explication, et tout le monde a compris.

Les policiers de la division 51 étaient responsables des quartiers du centre ville de Toronto les plus pauvres et les plus violents. Parfois, pour favoriser l'ordre public, des policiers tordus exerçaient une justice sommaire en battant des gens qu'il ne valait pas la peine d'emprisonner, tels les punks, les skinheads et les petits criminels pris en flagrant délit, à un endroit isolé du littoral appelé Cherry Beach.

Les victimes ne portaient jamais plainte. Quel juge accorderait plus de crédibilité à la parole de quelqu'un vivant en marge de la loi qu'à celle d'un policier? Il n'y avait jamais de témoin, car même en été, peu de gens fréquentaient cet endroit plein d'entrepôts et d'usines abandonnés. En hiver, il était encore plus désert et sinistre.

— J'étais en route pour venir ici avec les provisions quand une voiture de patrouille s'est arrêtée devant moi et que les flics m'ont dit d'approcher. « Qu'est ce que tu caches sous ton manteau, p'tit vaurien aux cheveux verts? », a dit l'un d'eux.

— Embrasses-tu ta mère avec cette gueule là? lui ai je répondu. Va te faire foutre!

— Je n'aimais pas leur attitude, et je leur ai dit qu'ils ne pouvaient pas m'arrêter et me fouiller. Je m'occupais de mes affaires. Je connaissais mes droits. N'avaient ils pas mieux à faire? Ce n'était pas la bonne chose à leur dire.

— Les deux flics sont sortis, m'ont frappé, m'ont attaché les mains derrière le dos avec des menottes et m'ont fouillé. Ils ont ensuite jeté mon butin et m'ont poussé à l'intérieur de leur voiture.

— Ils m'ont dit que j'avais besoin d'un petit rajustement d'attitude. Les maudits chiens m'ont emmené sur l'Express. Entre Yonge et Lakeshore, je leur ai dit ce que je pensais d'eux. Mais une fois qu'on a été rendus sur la rue Cherry, ils ont commencé leur petit jeu : ils accéléraient puis ils freinaient brusquement, me projetant tête la première contre la grille de métal de l'arrière. Ils trouvaient ça drôle.

— À Cherry Beach, ils m'ont fait sortir, m'ont trainé dans les buissons et m'ont roué de coups de pieds avec leurs bottes.

« Que ça te serve de leçon : tu ne dois pas cambrioler les dépanneurs de notre secteur ou faire ton insolent avec nous. La prochaine fois qu'on t'emmènera ici, tu ne t'en tireras pas si facilement. »

Si le punk tyrannisé s'attendait à de la sympathie de la part de ses amis, il se trompait. Ils étaient dans un état d'ébriété tel qu'un rien provoquait chez eux un rire hystérique. Ils se faisaient tous harceler par la police, et savaient que la meilleure chose à faire quand ils se faisaient intercepter était de parler le moins possible. Leur compagnon l'avait cherché.

— Espèce d'idiot. Pourquoi t'es-tu ouvert la trappe?

— J'aurais aimé voir la face du policier quand tu lui as dit de se faire foutre.

— Au moins, ils ne t'ont pas arrêté quand ils ont trouvé les marchandises du magasin.

Une heure plus tard, les punks ont quitté leur abri pour se rendre à un concert donné dans une boite à l'intersection de Yonge et Dundas. Il n'était que 21 heures, mais on pouvait entendre la musique bruyante un pâté avant d'arriver. Un énorme videur à la mine patibulaire les a dévisagés, puis a ouvert la porte d'acier et leur a fait signe d'entrer. Une fois à l'intérieur, ils ont rapidement versé le droit d'entrée de trois dollars et se sont joints à des centaines d'autres personnes qui faisaient du slam dans la fosse devant la scène, c'est à dire qui dansaient en sautant, en remuant les membres et en se poussant violemment les uns les autres.

Les musiciens, torse nu et trempés de sueur, s'agitaient en tous sens, descendaient des bières d'un trait, fumaient de la marijuana, frappaient violemment sur leurs tambours et attaquaient leurs guitares en crachant dans les microphones les slogans crus et incohérents des marginaux : haine de soi et des autres, dégout et révolte, abandon total et délire. Spider et ses amis se jetaient les uns contre les autres et fonçaient dans la foule, poitrine contre poitrine, épaule contre épaule, coude contre visage et genou contre entrejambe sous des lumières clignotantes rouges, vertes et bleues, le tout au son des guitares électriques grinçantes, vibrantes et mal accordées, et au rythme frénétique de la batterie. Des danseurs, submergés par l'émotion ou rendus téméraires par l'abus d'alcool, montaient sur la scène et plongeaient dans la masse agitée sous eux, comptant aveuglément sur la foule pour les attraper avant qu'ils ne heurtent le sol. Un nuage bleu de fumée de tabac et de marijuana flottait dans la salle.

Spider n'aurait pas pu être plus heureux. Il se laissait transporter par l'hystérie et adorait le contact physique. Chaque fois qu'il bousculait quelqu'un ou qu'on le heurtait durement, il ressentait un soulagement physique et mental. Il aimait le chaos et l'ensemble des corps tatoués, percés, cloutés et vêtus de cuir, et se reconnaissait dans les paroles écorchées et anarchistes de révolte. Il éprouvait une grande volupté à respirer les odeurs pénétrantes de sexe, de sueur, d'adrénaline, de corps non lavés, de drogue, de sang et de bière. Il ressentait une profonde joie d'exister et vivait l'instant présent. Ça lui aurait été parfaitement égal de mourir au moment où la musique s'arrêterait.

S'il avait su que Martha arrivait alors à Toronto, il s'en serait moqué. Il aimait les punks, et les punks l'aimaient. Pour lui, c'était eux, et non sa mère biologique ou ses parents adoptifs, sa vraie famille.

8

Un nouveau départ

À L'ENTRÉE DE LA RUELLE, Martha a répondu en anishinaabemowin à l'offre de la sans abri.

— Je viens d'une communauté située en haut, dans le Nord, et qui s'appelle la Première Nation de Cat Lake. C'est tellement petit que vous n'en avez probablement jamais entendu parler. Je viens d'arriver par la route d'hiver et j'ai pris l'autocar à Pickle Lake. Je ne connais personne ici.

La femme a répondu dans la même langue en hésitant.

— Je parle plus très bien l'anishinaabemowin. Je l'ai presque tout oublié quand j'ai été envoyée à l'école, mais je le comprends encore assez bien.

— J'ai jamais entendu parler de ton patelin, a t elle poursuivi, mais ça veut rien dire. Ma communauté se trouve en pleine forêt près de la frontière du Québec. On savait rien à propos de ceux qui vivaient plus à l'ouest quand j'étais jeune.

Contente d'avoir l'occasion de parler avec une personne autochtone, Martha lui a raconté qu'elle avait été élevée selon le mode de vie traditionnel quand elle était petite, puis envoyée au pensionnat; qu'elle avait eu de la difficulté à s'adapter à son retour chez elle; qu'elle avait deux enfants; qu'on lui avait pris son fils; qu'une des principales raisons pour lesquelles elle était venue en ville était qu'elle voulait le retrouver.

— Il a une grosse tache de naissance en forme de toile d'araignée sur le front et a environ 17 ans en ce moment. Vous ne l'auriez pas vu?

— Non, je crois pas, a dit la femme après avoir réfléchi pendant une minute. J'ai vu beaucoup de jeunes Autochtones dans la rue, mais ils gardent leurs distances d'habitude.

— Mon histoire ressemble à la tienne, a t elle ajouté. Élevée dans le bois. Envoyée au pensionnat à dix ans. Mais je peux dire que j'ai été chanceuse parce que les sœurs et les prêtres étaient vraiment bons avec moi. Pas de coups ou d'abus comme c'est arrivé dans d'autres pensionnats à ce qu'on dit. Ma famille voulait pas de moi, alors je suis restée à l'école même l'été jusqu'à mes 16 ans. Quand je suis retournée vivre chez nous pour de bon, ma famille voulait toujours pas de moi. J'ai commencé à coucher ici et là. Je suis tombée enceinte. Je suis retombée enceinte encore et encore jusqu'à ce que j'aie une demi douzaine d'enfants. Faut croire que j'étais pas la meilleure des mères, car la protection de l'enfance est venue les chercher. Je sais pas où ils sont et j'ai jamais essayé de les trouver. J'en ai eu assez et j'ai pris le bus jusqu'à Toronto, comme toi.

— Ça fait à peu près deux ans que je suis ici, et j'ai passé tout ce temps là dans la rue. J'ai rencontré un gars du Nord, et on est ensemble depuis. Ça te tenterait de te joindre à nous?

Martha n'a pas répondu.

— On mène la belle vie, a dit la femme. On reçoit de l'aide sociale comme quand on vivait chez nous. Il y a des jours où on se fait pas mal d'argent à quêter. Pour acheter de la boisson, on peut aller dans n'importe quel magasin d'alcool ou de bière et payer le prix normal. Pas les prix ridicules des trafiquants! Et si tu aimes les Autochtones, il y en a beaucoup ici.

— Savais-tu que Toronto est la plus grande réserve du Canada? Ici, il y a des Autochtones du nord, du sud et des États. Il y en a même qui se disent Indiens du Mexique. Des gens qui ont déjà été riches et importants. Tout le monde a plein de choses à raconter, même si la plupart sont des mensonges.

— Mais, c'est dangereux de vivre comme ça, non? Où dormez vous? Qu'est ce que vous mangez?

— Je vais pas te raconter d'histoires, a dit la femme après une pause. C'est une vie difficile. Tôt ou tard, on passe de la boisson à l'alcool à friction, au rince bouche, au cirage à chaussures et même au Lysol. Didya sait qu'on peut devenir aveugle si on fait pas attention. Le temps de le dire, on commence à dérailler. On commence à trembler et à halluciner, on s'imagine qu'on se fait poursuivre par des éléphants roses ou des monstres. Quand on est rendu là, on est fait. Mais c'est aux autres que ça va arriver, pas à moi : je suis trop intelligente!

— Mais il fait froid! Où dormez vous? a insisté Martha.

— C'est un secret, mais vu qu'on est de bonnes amies, je vais te le dire.

D'un air théâtral, la femme a révélé son secret en chuchotant.

— Sous le viaduc dans le bas de l'avenue Spadina, juste à l'endroit où elle coupe Gardiner. Tout un secret, hein?

Elle s'est mise à rire.

— C'est pas si mal. On a une grosse pile de sacs de couchage et de couvertures. On se glisse dedans et on boit jusqu'à ce qu'on se sente bien. On entend même plus la circulation! Et tu sais quoi? J'aime réellement l'odeur des gaz d'échappement, ça me rappelle les soirées que je passais à snifer avec mes amis à mon retour du pensionnat. Quand il pleut, par contre, c'est moins drôle, car on se fait mouiller.

— Et pour manger?

— Pas de problème, a t elle répondu, on prend notre déjeuner au lit! Des bénévoles de l'Armée du Salut viennent chaque matin dans leur camionnette nous donner du café chaud, de la soupe et des sandwichs. On a même pas besoin de se lever, tout ce qu'on a à faire, c'est de faire semblant d'être intéressés quand ils nous demandent de prier avec eux.

— Ça nous arrive d'aller manger au centre culturel Council Fire sur la rue Dundas. C'est un organisme dirigé par des Autochtones pour du monde comme nous. Chaque soir, les gars qui s'occupent de la patrouille de rue anishinaabe nous apportent de la soupe et des sandwichs. Ils nous donnent aussi des sacs de couchage, des bas, des gants et des couvertures si on en a besoin. Si tu tombes malade, quelqu'un va appeler le 911 pour toi. Ils s'occupent de tout!

Martha hésitait.

— Écoute, lui a dit la femme. Je suis arrivée en ville il y a pas si longtemps, comme toi. C'était une place difficile, mais je me suis fait de très bons amis parmi les gens qui aiment boire comme moi. On s'en va maintenant finir notre boisson. Tu es la bienvenue. Tu auras pas d'offre comme ça tous les jours ici! J'ai l'impression, a t elle ajouté, qu'on a beaucoup de choses en commun. Je gagerais même qu'on a le même âge. Allez, devine mon âge!

Martha pensait qu'elle était dans la cinquantaine ou la soixantaine, mais, pour être polie, elle a répondu qu'elle devait avoir autour de 40 ans. La femme a éclaté de rire et a dit qu'elle n'avait que 26 ans.

Martha s'est mise à greloter, et cette fois, ce n'était pas à cause du froid. Elle s'était sentie de plus en plus mal à l'aise au fur et à mesure que la femme décrivait sa vie. Pourquoi cette personne présumait elle que, parce qu'elle était autochtone, Martha voudrait vivre dans la rue? C'est vrai qu'elle était seule et voulait se faire des amis, mais pas si ça devait lui couter son respect de soi et sa dignité. Elle préfèrerait mourir plutôt que de dormir sous un pont, exposée aux éléments comme un animal, et de dépendre des dons de l'Armée du Salut ou de la patrouille de rue anishinaabe pour survivre.

Elle pouvait surement faire mieux que de passer ses journées avec des gens qui semblaient déterminés à se tuer en buvant. Et puis il y avait sa mère et Raven. Elle devait trouver du travail pour les soutenir financièrement. Elle devait aussi penser à Spider. Elle était horrifiée d'apprendre que la femme à qui elle parlait avait en fait huit ans de moins qu'elle. En la regardant de plus près, elle voyait ce à quoi elle ressemblerait dans deux ans si elle choisissait de vivre dans la rue : malade, abattue et en attente de la mort. Il y avait surement une meilleure voie à suivre.

La femme a brusquement interrompu ses réflexions.

— Alors? Tu viens ou pas?

Avant que Martha ait le temps de répondre, elle a vu une enseigne clignoter dans le noir. On pouvait y lire « *Kwawag Andwad*, refuge pour femmes autochtones ».

Martha savait que *kwawag andwad* signifiait « chez nous » en anishinaabemowin. Quelqu'un là bas pourrait peut être l'aider.

— *Meegwetch*, a dit Martha, mais je vais tenter ma chance à la place en bas de la rue.

La femme a haussé les épaules. Tandis que Martha s'éloignait, elle a crié :

— Fais à ta tête, je m'en fous!

Martha a sonné à la porte. Peu après, une Autochtone qui devait avoir le milieu de la trentaine a ouvert. Elle était de petite taille, avait le visage rond, la peau brun foncé et des yeux noirs animés et bienveillants. En apercevant Martha debout, silencieuse, dans le noir, son sac sur le dos, elle a deviné qu'elle venait juste d'arriver en ville.

— On dirait que tu arrives de loin! Je m'appelle Nora Simcoe et je ne vais pas te mordre. Entre et fais comme chez toi.

Martha est entrée et lui a répondu mi voix.

— Moi, c'est Martha. J'ai vu votre enseigne.

Nora a pointé un placard du doigt.

— Accroche ton manteau et mets ton sac là. Veux-tu aller à la salle de bain? C'est au bout du couloir. Après, on ira à la cuisine.

Les deux femmes se sont assises à la table de la cuisine devant un café en poudre.

— On dirait que tu as eu toute une journée, a dit Nora.

Quand Martha n'a rien dit, se contentant de fixer la table, Nora n'a pas insisté. Elle était elle même Anishinaabe, appartenant aux Chippewas de la Première Nation Rama du lac Couchiching, à 160 kilomètres au nord de Toronto. Même si les Anishinaabeg du sud et du nord ouest de l'Ontario étaient séparés par de grandes distances, leur langue et leur culture se ressemblaient, et ils n'avaient pas de difficulté à se comprendre. Dans leur tradition, les longs silences au milieu d'une conversation étaient chose normale. Par conséquent, Nora n'a pas interprété le mutisme de Martha comme de l'indifférence ou un manque de politesse.

Nora avait aussi des années d'expérience de travail auprès de femmes qui venaient en ville avec de grands espoirs, mais n'avaient ni les compétences personnelles fondamentales ni la formation nécessaires pour survivre dans un dur milieu urbain. Elle détenait un diplôme en travail social de l'université de Toronto et avait consacré sa vie à aider les femmes autochtones qui avaient laissé leur communauté et vivaient un choc culturel.

Il était essentiel, elle le savait, de les aider le plus tôt possible après leur arrivée en ville, avant qu'elles se mettent à vivre dans la rue ou que des proxénètes à la recherche de filles naïves à exploiter prennent le contrôle de leur existence. Trop souvent, elle le savait, ces femmes grossissaient les rangs des milliers de femmes autochtones qui avaient simplement « disparu » au fil des ans au Canada, assassinées par leur souteneur ou l'un de leurs clients puis abandonnées comme des détritus dans des endroits où on ne les retrouverait jamais. Étant donné qu'elles étaient des prostituées vivant dans la rue, la police ne déployait pas beaucoup d'efforts pour les retrouver, et la société ne semblait pas s'en préoccuper.

Martha a fini par demander à Nora, d'une voix douce, si elle parlait sa langue autochtone.

— *Gdi nesh naabem nah?*

Nora a répondu par l'affirmative.

— *Aanish gonna.*

Martha a souri et a fait remarquer à Nora qu'elle parlait d'une drôle de façon.

— *Gdi pkan gdi nwaam.*

Nora a rétorqué qu'elle pouvait en dire autant compte tenu de l'accent de Martha.

— *Maa dash wiin miigoo Naasaab! En weeyagng ma north.*

Les deux femmes ont ri et Nora s'est levée de table.

— J'allais me faire une collation. Nous n'avons pas de nourriture du pays ici, mais je sais faire d'excellents sandwichs au fromage fondant. Tu en veux un?

Martha a acquiescé d'un signe de tête, et peu après, elles mangeaient en discutant tranquillement.

— D'où viens tu et que viens tu faire dans la grande ville? a demandé Nora.

— Je suis du Nord, a répondu Martha. C'était le temps pour moi d'entamer une nouvelle vie, et j'ai décidé de tenter ma chance à Toronto. Mais ça me fait peur et je ne suis pas sure d'être capable de m'y faire.

— Bien sûr que tu peux, a dit Nora. Tu dois seulement prendre le temps de t'habituer et te faire des amis. Je peux t'aider.

— Pouvez vous me garder à coucher cette nuit? J'ai un peu d'argent.

— Pas de problème. Tu peux rester aussi longtemps que tu veux, et si tu es à court d'argent, tu n'es pas obligée de payer.

— Parle moi de ta famille. Es tu mariée? As tu des enfants? Est ce qu'ils vont venir te retrouver?

En entendant le mot « enfants », Martha a éclaté en sanglots. Nora s'est levée et a mis ses bras autour de ses épaules. Il n'était pas nécessaire de dire quoi que ce soit. Quand Martha a cessé de pleurer, Nora a regagné sa chaise et a attendu que Martha se mette à parler.

Même si elle avait l'habitude de garder pour elle ses sentiments et ses pensées, Martha était à l'aise avec Nora et elle sentait qu'elle pouvait se confier à elle. Elle lui a donc parlé de Spider et de Raven et lui a dit comment elle se sentait coupable de ne pas avoir été là quand ils avaient besoin d'elle. Quand Nora lui a dit de ne pas être trop dure envers elle même, et qu'il y avait certainement des facteurs qui expliquaient son comportement, Martha lui a tout raconté : sa vie au pensionnat, le père Antoine, la mort de son petit cousin P'tit Joe, sa dépression, les circonstances de la naissance et du départ forcé de Spider, la vie qu'elle s'était faite dans la communauté par la suite, la naissance de Raven et son départ pour Toronto. À la fin de son récit, il était une heure du matin et les deux femmes pleuraient.

Avec l'aide de Nora et des autres employés de Kwawag Andwad, Martha s'est adaptée à la vie en milieu urbain. Pendant les six premiers mois, elle a vécu au refuge, y prenant ses repas et partageant une chambre avec d'autres femmes qui, comme elle, étaient venues à Toronto, mais n'y connaissaient personne et essayaient de prendre un nouveau départ. Le personnel l'a aidée à remplir la paperasse nécessaire pour recevoir de l'aide sociale temporaire, pour s'inscrire afin de recevoir des soins médicaux au centre de santé anishinaabe et pour suivre des cours dans le but d'obtenir son diplôme d'études secondaires. Quand Nora remarquait que Martha semblait troublée, elle l'invitait à participer au cercle de la vie hebdomadaire.

— Tu ne seras jamais bien, Martha, si tu ne partages par tes sentiments avec les autres.

Martha refusait. Elle avait été prête à parler de son passé en privé avec Nora, et ça l'avait aidée, mais il n'était pas question pour elle de dévoiler ses problèmes en public devant des étrangers.

Au fil des ans, Martha a vécu une version modeste du rêve canadien. Elle a emménagé dans son propre appartement et a réussi à se trouver un poste de serveuse qui lui a permis de se payer des cours du soir et de décrocher son diplôme d'études secondaires. Elle a suivi des cours de comptabilité, a obtenu un poste bien rémunéré au centre d'amitié autochtone et a même pu acheter une auto.

Sa vie aurait été belle si ses relations avec sa mère avaient été meilleures. Pendant toutes ces années passées loin de chez elle, Martha n'y est pas retournée une seule fois, même si elle aurait eu les moyens de le faire. Ce n'est pas qu'elle ne voulait pas revoir sa famille, bien au contraire. Après avoir mis de l'argent de côté, elle a écrit à Nokomis pour lui dire qu'elle reviendrait à la maison pour les vacances d'été. Malheureusement, la réponse rédigée pour Nokomis — qui ne savait ni lire ni écrire — par un commis de la coop, avait été très décevante.

Ma fille, je ne demande pas mieux que de te voir ici, chez nous. Mais, autant que ça me fait mal de te le dire, je crois qu'une visite bouleverserait Raven, même si elle est encore très jeune. Je pense qu'il serait préférable que tu attendes encore un peu avant de venir.

Par la suite, Martha a souvent écrit à sa mère. Elle mettait de l'argent dans ses lettres pour couvrir une partie de ses frais de subsistance et s'informait de Raven. Dans les lettres qu'elle lui envoyait à son tour, Nokomis insérait des photos de Raven que Martha encadrait et mettait sur sa table de chevet, mais elle ne lui donnait jamais de nouvelles de la petite fille. Elle se contentait de dire qu'elle allait bien. Quand, au bout d'un certain temps, Martha a écrit pour dire qu'elle était bien installée à Toronto et voulait que sa fille vienne vivre avec elle, sa mère a répondu qu'elle serait plus seule que jamais si elle n'avait pas sa petite fille pour lui tenir compagnie.

Dans la grande ville, tout le monde méprise les Anishinaabeg. On a peut être des problèmes dans la communauté, mais ici, au moins, elle est parmi les siens. Qu'est ce qu'elle ferait pendant que tu travailles?

Tu n'as pas de mari ou de famille pour t'aider, elle finirait par s'attirer des ennuis. Tu te souviens de ce qui est arrivé à Spider après que tu aies refusé de suivre mes conseils sur la façon de l'élever? Ne commets pas la même erreur.

Assaillie de remords en pensant à la mère terrible qu'elle avait été pour son petit garçon tant d'années plus tôt, Martha n'a pas eu le cœur de contredire sa mère et a accepté de la laisser élever sa fille. Toutefois, quand elle a été assez vieille pour le faire, Raven a commencé à lui envoyer ses propres lettres. Si, au début, elles étaient écrites dans un gribouillage enfantin, elles sont progressivement devenues plus assurées. Toutes finissaient ainsi : *Je t'aime, maman. Quand reviendras-tu à la maison?*

Martha détestait recevoir les lettres de Raven car elle ne pouvait lui donner la véritable raison de son éloignement. De temps en temps, elle mettait un billet de 20 dollars dans une enveloppe et l'envoyait à sa fille accompagné d'une note lui disant de s'acheter quelque chose à la coop. Un jour, Raven lui a envoyé une note sèche disant qu'elle voulait sa mère, pas de l'argent. La fois suivante, elle a renvoyé le 20 dollars que Martha lui avait envoyé sans un mot.

Entretemps, Martha continuait à vivre sa vie. Elle portait ses cheveux tressés et s'achetait des vêtements chics, notamment un beau blouson à frange en peau de daim décoré d'un motif floral traditionnel. Elle le portait partout pour montrer qu'elle était fière de son héritage. En plus de nouer une amitié profonde avec Nora, elle s'est mise à faire du bénévolat de façon régulière au refuge, aidant les femmes en provenance de communautés lointaines qui arrivaient en ville et ne connaissaient personne.

Un jour de l'été 2002, Martha a demandé à Nora si elle avait aimé aller à l'université.

— J'ai vécu trop longtemps à Toronto encroutée dans mon petit confort. Il serait peut être temps que je fasse travailler mon cerveau. J'ai des notes suffisantes pour être acceptée à l'université de Toronto, mais je ne sais pas si c'est pour moi. Qu'est ce que tu en penses?

— J'ai adoré ça, a répondu Nora, mais ce n'est pas pour tout le monde. Je savais ce que je voulais quand j'y suis allée : devenir travailleuse sociale et aider les personnes autochtones. Certains y vont parce qu'ils veulent simplement mieux connaitre les autres cultures ou religions et s'ouvrir l'esprit de façon générale. Que recherches tu? Veux tu t'améliorer pour obtenir un meilleur emploi?

— Pas du tout, a dit Martha. J'aime être commis comptable. C'est juste que je suis curieuse, que j'aime lire et que j'aime les livres, même si je ne suis pas experte.

— Pourquoi ne pas suivre un cours du soir? Tu verrais si tu aimes ça.

Martha a décidé qu'elle commencerait par étudier les écrivains canadiens du 19e siècle et qu'elle continuerait avec les grands auteurs canadiens du 20e siècle si tout se passait bien. Par conséquent, par une soirée de septembre, elle s'est jointe à plusieurs autres centaines d'étudiants externes qui sont entrés un à un dans un amphithéâtre pour le premier cours du trimestre d'automne sur les poètes de la confédération. À 19 heures pile, comme prévu, le professeur Marshall, sommité en la matière, est entré dans la salle et a commencé son exposé.

— La poésie, a t il dit, comble le fossé entre le prosaïque et le sublime. Elle ressemble à la musique en ce qu'elle peut faire passer une émotion et un sens que la prose ne peut transmettre.

Martha ne savait trop de quoi parlait Marshall, mais elle a écouté attentivement quand il a déclaré que le plus grand des premiers poètes canadiens était, selon lui, Duncan Campbell Scott.

— Scott, a t il précisé, est né dans une famille modeste de la petite ville de Smiths Falls, dans l'est de l'Ontario. C'était un homme d'une grande sensibilité artistique et profonde humanité, et il est devenu un poète inégalé dans le panthéon des premiers auteurs canadiens. Évidemment, la poésie est une affaire de gout personnel. Vous préférez peut être quelqu'un d'autre, c'est votre droit. Mais Scott me touche. J'ai de la difficulté à lire ses poèmes sans m'émouvoir.

D'une voix rauque, le professeur Marshall a lu des poèmes choisis de Scott. Ceux dans lesquels l'auteur décrivait les Autochtones étaient ses préférés, notamment le poème intitulé *Indian Place Names*, que l'on pourrait traduire par *Toponymes indiens.*

The race has waned and left but tales of ghosts,
That hover in the world like fading smoke
About the lodges: gone are the dusky folk
That once were cunning with the thong and snare
Mighty with the paddle and the bow…

Ce poème déclarait le déclin de la race autochtone, affirmant qu'il n'en restait que des histoires de fantômes flottant comme de la fumée, que ses représentants à la peau mate qui savaient autrefois si bien utiliser la lanière, le piège, la pagaie et l'arc, avaient disparu…

Le professeur a poursuivi la lecture du poème, mais Martha a cessé de l'écouter. Pourquoi ce poète parlait il de son peuple avec une attitude si hautaine? Elle s'est dit qu'elle ne comprenait peut être pas ce qu'il disait. Après tout, Scott était le poète favori de Marshall, et vu qu'il était professeur, il savait certainement mieux qu'elle ce qui constituait de la grande poésie. Lorsque le temps est venu de choisir un sujet pour son travail de trimestre, elle a donc opté pour Scott, afin d'explorer sa « grande sensibilité artistique et profonde humanité ».

Malheureusement, ce qu'elle a découvert quand elle a visité la bibliothèque de l'université l'a alarmée. Les livres confirmaient qu'il était considéré comme l'un des plus célèbres poètes des débuts du Canada, et qu'il était largement admiré pour son style discipliné et intense, sa description des contrées sauvages du Canada au tournant du 20e siècle et sa représentation des Autochtones.

Jusque là, tout allait bien. Puis Martha a lu *The Onondaga Madonna.*

She stands full-throated and with careless pose,
This woman of a weird and waning race,
The tragic savage lurking in her face,
Where all her pagan passion burns and glows,
Her blood is mingled with her ancient foes,
And thrills with war and wildness in her veins
Her rebel lips are dabbled with the stains
Of feuds and forays and her father's woes.

Ce poème traçait le portrait d'une femme onondaga et on y trouvait notamment les énoncés suivants : gorge pleine et posture relâchée; issue d'une race étrange en déclin; visage où se discernaient le sauvage tragique et de brulantes passions païennes; sang où subsistait la trace d'anciens ennemis; émotions guerrières et sauvagerie coulant dans ses veines; lèvres rebelles entachées de querelles, d'incursions et des malheurs paternels.

Martha a frémi. Scott parlait d'elle. Elle a lu d'autres poèmes dans lesquels il décrivait les Autochtones comme étant en voie d'extinction, sanguinaires par nature, sans principes, sombres et sauvages. Dans certains textes, les enfants issus d'un Autochtone et d'un Blanc étaient dépeints comme étant encore plus dégénérés et barbares que le parent autochtone.

Ce n'était pas tout. Elle a appris que Scott avait été un membre influent du ministère des Affaires indiennes pendant environ 50 ans. Il avait été l'un des commissaires gouvernementaux qui étaient venus dans sa communauté coiffés d'un casque colonial et avaient imposé le traité inéquitable à son peuple tant d'années auparavant. Le plus déplorable de tout, c'est qu'il avait été l'un des architectes du système des pensionnats indiens.

Martha a découvert que Scott croyait que les Autochtones n'avaient pas leur place dans la nouvelle identité canadienne qui se construisait à la veille du 20e siècle. Selon lui, il fallait assimiler les

Autochtones, et le meilleur moyen d'y arriver était de les envoyer dans des pensionnats, de leur interdire de parler leur langue et de leur inculquer de force les valeurs des Blancs. Il était nécessaire de prendre des mesures draconiennes pour qu'il n'y ait « plus un seul Indien au Canada qui n'ait pas été absorbé dans le corps politique. ». C'était donc sous sa direction que des milliers d'enfants comme le petit cousin de Martha avaient été privés de nourriture adéquate et de soins médicaux et étaient morts de malnutrition ou de maladie seuls dans des baraques.

Martha était perplexe. Comment quelqu'un ayant fait des choses si terribles avait il pu passer dans l'histoire comme un homme d'une grande humanité? Y avait il quelque chose qu'elle ne comprenait ou ne savait pas? Elle a ensuite lu que l'unique enfant de Scott, une fille, était morte à l'âge de 12 ans et que sa femme était décédée quelques années plus tard. Elle a repensé à P'tit Joe et s'est souvenue comment sa tante avait été bouleversée en apprenant sa mort. Scott s'était sans aucun doute senti aussi atterré. Alors, comment quelqu'un ayant tant souffert pendant sa vie avait il pu infliger tant de mal à tant d'Autochtones? Il n'avait probablement pas compris qu'ils étaient des êtres humains à part entière.

Dans sa rédaction de trimestre, Martha a écrit que les poèmes de Scott traitant des Autochtones étaient racistes. Si cela voulait dire que Scott devait être historiquement connu comme un poète raciste, qu'il en soit ainsi. Et si on disait qu'il était avant tout un homme de son temps, alors les gens de cette époque, c'est à dire les leadeurs religieux, les politiciens qui avaient appuyé ses politiques diaboliques et le public canadien qui jugeait acceptables les mesures du gouvernement, étaient également racistes.

Peu de temps après, au début d'un cours, le professeur a demandé à un étudiant de remettre les travaux de trimestre corrigés. Lorsque Martha a reçu le sien, elle a constaté qu'elle avait obtenu un résultat inférieur à la note de passage. Le pire était toutefois à venir.

— Aujourd'hui, a dit le professeur, je voudrais qu'on aborde la question de la rectitude politique dans la classe. Une étudiante, dont je tairai le nom, a confondu les considérations d'ordre politique à la critique littéraire dans son travail sur Duncan Campbell Scott. Sachez que cette approche est populaire sur les campus depuis une dizaine d'années. Dans certaines universités, des membres du corps enseignant ne peuvent même plus mettre *Les Aventures de Huckleberry Finn* dans leur programme sans être accusés de racisme étant donné que Mark Twain utilise le mot « nègre » dans son roman remarquable.

— Laissez moi vous dire que je ne tolèrerai pas de telles sottises dans ma classe. Duncan Campbell Scott a été injustement critiqué pour ses opinions, opinions qui étaient acceptées à son époque. L'étudiante en question a même eu l'audace de le condamner pour la profession qu'il exerçait pendant le jour. Je n'accepterai pas de tels comportements. Nous ne pouvons juger Scott selon les normes de rectitude politique actuelles.

Martha n'a rien dit pendant la leçon, mais elle est allée voir le professeur après. Marshall a rougi lorsque Martha, habillée de son blouson de peau de daim, est entrée dans son bureau et s'est assise sur la chaise placée devant sa table de travail. Bien qu'il ne lui ait jamais adressé la parole en classe, il l'avait remarquée et avait conclu qu'elle était autochtone en raison de son nom, de sa peau foncée et des traits distinctifs de son visage.

— Je m'attendais un peu à vous voir ici, Madame Whiteduck, mais je crains qu'il me soit impossible de changer d'avis au sujet de votre note.

Martha a regardé le professeur pendant un moment, son travail en main. Quand il a commencé à avoir l'air mal à l'aise, elle a parlé.

— Je suis fière d'être autochtone. Je suis aussi une survivante d'un pensionnat indien et la politique que Duncan Campbell Scott a tant travaillé pour mettre en œuvre m'a personnellement beaucoup fait souffrir. Je ne suis pas venue ici pour demander une meilleure note. Je suis venue pour vous parler face à face. Je veux comprendre comment vous pouvez admirer quelqu'un qui a fait tant de mal à mon peuple pendant si longtemps.

Marshall a regardé Martha plus attentivement, remarquant pour la première fois que si elle était plus âgée que la plupart des autres étudiants de la classe, elle possédait un type de sensualité qui lui plaisait davantage que la fraiche beauté des femmes beaucoup plus jeunes avec lesquelles il se liait normalement.

— J'espère que je ne vous ai pas blessée, a t il dit, d'un ton plus conciliant. Je suis tellement habitué à ce que des étudiants utilisent mes cours pour défendre des causes politiques à la mode qu'il m'arrive de m'emporter et de réagir de façon excessive. Pour tout vous dire, je ne sais à peu près rien au sujet de votre peuple et de ce que vous avez pu endurer. Pourquoi ne revenez vous pas après mes heures de bureau? Nous pourrions aller prendre un café et parler de tout cela.

Une heure plus tard, l'enseignant et l'étudiante étaient en pleine conversation dans un café voisin. Même si Martha était timide de nature, le professeur se montrait tellement intéressé par son histoire qu'elle s'est ouverte à lui. Elle lui a raconté comment elle vivait quand elle était petite, dans la forêt, et lui a parlé de ses années au pensionnat et à Toronto.

Marshall insistait pour connaitre les moindres détails. Il avait réellement été troublé par ce que Martha avait raconté dans son travail de trimestre au sujet des pensionnats, et cela avait fait naitre des questions dans son esprit. Les pensionnats n'avaient ils pas préparé les enfants autochtones à la vie du 20e siècle? Ne leur avait on pas montré à lire et à écrire? N'avaient ils pas eu l'occasion de retourner dans leur famille chaque été? Les enseignants n'avaient ils pas été des modèles pour les élèves? N'existait il pas des facteurs autres que l'expérience des pensionnats qui expliquaient les problèmes auxquels les communautés autochtones faisaient face aujourd'hui?

— Je veux vous raconter ce qui m'est arrivé et vous laisser juger par vous même, a répondu Martha.

Après qu'elle lui ait parlé du père Antoine et de P'tit Joe, Marshall a détourné les yeux.

— Je n'aurais jamais cru ça possible. J'ignorais totalement que de telles choses se passaient toujours au Canada dans mon temps. J'ai toujours cru, et je pense que je crois toujours, que les écrits devaient être jugés en fonction de critères littéraires et non en fonction des opinions politiques ou du comportement de l'auteur. Cependant, vous m'avez vraiment ébranlé et fait connaitre beaucoup de choses auxquelles je dois réfléchir. Redonnez moi ce travail que je vous mette une meilleure note.

Martha a refusé.

— Je vous l'ai déjà dit, professeur Marshall, je ne suis pas venue vous voir pour obtenir une note plus élevée. De toute façon, notre discussion de ce soir m'a beaucoup appris.

— Dans ce cas, laissez moi vous inviter à diner. Je vous dois bien ça pour vous avoir fait passer des moments si difficiles! Et s'il vous plait, appelez moi Linden. Professeur Marshall, c'est seulement en classe.

9

Des univers différents

Le lendemain matin, Martha s'est réveillée dans une chambre étrangère. Elle pouvait entendre Linden bricoler quelque part dans la maison. Elle est sortie du lit, a ouvert la lumière, et a aperçu ses vêtements posés soigneusement sur un fauteuil, exactement comme elle les avait laissés la veille.

Tandis que les souvenirs de ce qui s'était passé lui revenaient à l'esprit, elle s'est demandé ce qui lui avait pris. Depuis son arrivée à Toronto, elle avait eu de la difficulté à nouer des relations avec des hommes. Ce n'est pas parce qu'ils ne s'intéressaient pas à elle. Elle se faisait draguer par beaucoup d'hommes attirés par son élégance naturelle, sa beauté et son intelligence. Toutefois, après ses expériences difficiles aux mains du père Antoine et de Russell, aucune de ses relations n'avait duré très longtemps. Et voilà qu'elle s'était laissé convaincre par quelqu'un qui était presque un étranger de l'accompagner chez lui « pour un dernier verre » puis dans son lit.

Pourtant, sans savoir pourquoi, elle avait confiance en Linden. C'était peut être parce qu'il savait tant de choses qu'elle ignorait et avait un excellent sens de l'humour. Ou encore parce qu'il avait été franc à propos de son état matrimonial, lui ayant dit qu'il avait déjà été marié, mais était maintenant un joyeux célibataire. Peu importe la raison, elle était flattée qu'une personne aussi cultivée s'intéresse à elle.

Soudain, Linden a ouvert la porte et est entré.

— Je vois que tu es debout. Bienvenue dans ma maison en plein jour. Je suis en train de nous préparer un super déjeuner anglais. Comment manges tu tes œufs?

— Au miroir s'il te plait. Mais je dois me dépêcher, je dois être au travail à 8 h 30.

— Ne t'inquiète pas. Il n'est que 7 h et je vais te déposer, on a amplement le temps.

Vingt minutes plus tard, Martha retrouvait Linden dans le coin à déjeuner qui donnait sur une pelouse soignée, des rocailles bien entretenues et un bain d'oiseaux entouré d'érables et de chênes murs.

— J'adore cette maison, a dit Linden, en servant le déjeuner et en s'asseyant à la table avec elle. J'y ai vécu toute ma vie. Mes parents enseignaient à l'université de Toronto et l'ont achetée à l'époque où les prix étaient peu élevés. Ils me l'ont laissée à leur mort. Je ne serais pas capable de m'offrir une résidence comme ça avec mon salaire actuel. Elle est remplie de bons souvenirs et est très bien située, au cœur de Forest Hill, à deux pas d'excellents magasins et restaurants. Il y a plein de sentiers de promenade tout près et j'ai beaucoup d'amis qui vivent dans le coin, des amis que je connais depuis l'enfance, à l'époque où je fréquentais le collège Upper Canada.

Après le repas, Linden a brièvement fait visiter la maison à Martha. Des livres trônaient partout : dans le salon, la salle commune, les couloirs et même les salles de bain.

— Les as tu tous lus? a t elle demandé.

Il lui a fièrement répondu par l'affirmative.

— Parce que, a t il ajouté, ils sont la principale passion de ma vie. Je ne pourrais pas vivre sans eux.

Ce soir là, Linden a téléphoné et lui a encore proposé de sortir prendre un verre. Martha, qui espérait qu'il appelle, a accepté, et bientôt ils ont commencé à se voir régulièrement. Martha allait souvent passer la fin de semaine chez Linden, du vendredi soir au dimanche soir, et une ou deux fois en semaine, ils se rencontraient pour prendre un repas, bavarder ou aller voir un film. Puis, un jour, Linden a fait une suggestion.

— Donnons un diner à l'ancienne. Mes amis meurent d'envie de te rencontrer. Pas plus d'une douzaine de personnes pour que ça reste intime. Ça serait l'occasion de nous endimancher et de sortir l'argenterie. Je connais un excellent traiteur. Pendant qu'il fera tout le travail, nous pourrons rester assis et nous amuser. Qu'en penses tu?

Martha craignait d'avoir du mal à s'intégrer dans l'univers de Linden, mais celui ci a balayé ses inquiétudes, disant qu'elle n'avait aucune raison d'être intimidée par quelques professeurs vieillissants.

Martha a fini par accepter à contrecœur et a demandé à Nora de l'aider à se préparer. Les deux amies ont visité plusieurs grands magasins afin de trouver une tenue adéquate. Elles ont fini par arrêter leur choix sur une petite robe noire vendue au rabais à La Baie. Les deux femmes ont convenu que la couleur de la robe s'harmoniserait bien avec une discrète broche haïda en argent martelé que Martha avait achetée auparavant, mais n'avait pas encore eu l'occasion de porter.

Le matin du diner, Nora l'a emmenée dans un salon de beauté où une coiffeuse a défait ses tresses et lavé puis séché ses cheveux avant de les relever en chignon. Le soir venu, après avoir mis une goutte de parfum derrière ses oreilles et s'être regardée dans le miroir avant de quitter son appartement, Martha était certaine que Linden serait fier d'elle.

À 20 h, Linden et Martha ont accueilli les invités à leur arrivée. La porte s'ouvrait, il y avait des petits cris de bienvenue et de plaisir, Linden serrait la main du mari et posait un léger baiser sur la joue de la femme.

Lorsqu'il leur présentait Martha, les invités disaient presque tous la même chose.

— C'est donc elle que tu nous cachais!

Pendant l'apéritif, ils l'ont bombardée de questions et de commentaires.

— Linden nous a dit que vous veniez de quelque part dans le Nord Ouest de l'Ontario. Le pays de la neige et des mouches noires, n'est ce pas?

— Parlez vous une langue autochtone? J'ai vu ce film, *Il danse avec les loups*, si je me souviens bien. L'avez vous vu? Il est censé être authentique. Ils ont utilisé de vrais Indiens dans certains rôles clés au lieu d'Américains d'origine grecque ou italienne très maquillés comme d'habitude, et ils parlaient des dialectes autochtones. Du moins, c'est ce que j'ai entendu dire.

— Que pensez vous faire après l'obtention de votre grade de premier cycle : aller en droit? En médecine? Allez vous retourner chez vous pour aider les vôtres par la suite?

Martha ne savait plus où donner de la tête, ne sachant comment répondre à un tel torrent de bonne volonté. Elle s'est repliée sur elle même, parlant peu. Linden est venu à son secours en riant.

— Ne sautez pas tous sur elle en même temps! Vous aurez l'occasion de l'interroger quand nous serons à table.

La situation ne s'est pas améliorée pendant le diner. Martha n'avait jamais vu une table si élégamment dressée. L'éclairage avait été tamisé, et la lumière d'une paire de chandeliers à trois branches se reflétait sur les verres à vin et à eau et sur l'argenterie brillante. Entre les chandeliers se trouvait un magnifique surtout en argent contenant des feuilles d'arbres dans leur splendeur automnale posées sur un lit de mousse espagnole. Il y avait des feuilles d'érable cramoisies, des feuilles de bouleau argentées et des feuilles de chêne brun roux.

Linden et Martha se sont assis à chaque extrémité de la table tandis que cinq convives prenaient place de chaque côté. Linden avait prévenu Martha qu'il s'occuperait des invités assis près de lui. Peut être, lui avait il demandé, pourrait elle divertir ceux placés près d'elle? Elle avait accepté, ne sachant pas trop ce qu'il voulait dire jusqu'à ce que le moment arrive.

Les serveurs impassibles portant smoking, chemise blanche empesée et nœud papillon noir sont entrés avec le premier plat, des queues de homards accompagnés d'une sauce tiède au beurre et à l'ail. Ils sont sortis pour revenir avec des bouteilles de sauvignon blanc, et tout le monde s'est tourné vers les hôtes, attendant qu'ils entament le repas. Un serveur a ouvert une bouteille et versé un peu de vin dans le verre de Linden. Il l'a gouté avec précaution, l'a déclaré bon à boire, a déplié sa serviette, l'a posée sur ses cuisses, a pris sa fourchette et son couteau, a fait signe à Martha de faire de même, et le repas a commencé.

Martha a examiné les couverts placés devant elle, ne sachant pas quel couteau ou quelle fourchette utiliser, craignant de se tromper et de révéler ainsi qu'elle n'avait pas sa place à la soirée huppée de Linden. Elle a résolu le problème en suivant l'exemple de quelqu'un. Entretemps, la personne à sa droite faisait de son mieux pour attirer son attention.

— Linden m'a dit, disait il, que vous étiez allée dans un pensionnat et aviez passé des moments très difficiles à cause d'un prêtre là bas, dans la baie James.

Toujours occupée à venir à bout des couverts, Martha s'est excusée et lui a demandé de répéter, ce qu'il a fait.

— Je suis désolé. Vous n'aimez peut être pas parler de ça.

Martha était embarrassée. Elle ne s'était pas attendue à ce que Linden partage ses confidences au sujet du père Antoine avec quelqu'un, même un ami. Ennuyée, elle n'a rien dit et s'est concentrée sur son repas.

— Je ne veux pas être indiscret, a continué l'invité entre une bouchée de nourriture et une gorgée de vin, mais la presse fait grand état des choses terribles qui se sont prétendument produites dans ces écoles. Par contre, a t il dit, espérant faire rire Martha par son esprit, la situation a un côté positif. Vous pourriez vous faire une belle somme en poursuivant l'Église!

Quand Martha a continué de se taire, il a essayé une autre approche.

— Avez vous entendu parler de l'auteur Vladimir Nabokov?

— Non, a dit Martha, soulagée que son voisin ait apparemment renoncé à fureter dans sa vie personnelle. Quelle sorte d'auteur est il? Pouvez-vous me recommander un de ses livres?

Le convive était heureux et impatient de transmettre ses connaissances sur l'emblématique auteur, émigré russe, à quelqu'un qui avait de toute évidence grand besoin d'être éclairé.

— Nabokov, lui a t il dit, est l'un des géants de la littérature du 20e siècle. Le livre que je vous recommande s'intitule *Lolita*. Il raconte l'histoire d'un pédophile d'un certain âge appelé Humbert Humbert qui s'éprend d'une fillette de 12 ans dont il abuse sur une période de deux ans. À première vue, il s'agit d'une histoire répugnante de viol et d'exploitation. Cependant, à un niveau plus profond, les critiques littéraires et les professeurs de littérature, comme ceux assis à cette table, considèrent depuis longtemps cette œuvre comme une merveilleuse et touchante histoire d'amour, remplie de passion et de tendresse ainsi qu'une satire sociale et politique.

Martha a posé sa fourchette, ayant perdu l'appétit. Pourquoi n'abandonnait il pas le sujet? Quelle sorte de personne ne pouvait faire la différence entre l'amour et un viol? Il était évident qu'il n'avait jamais rencontré le père Antoine. Est ce qu'il avait appris tout ce qu'il savait de la vie dans des livres? Avant qu'elle puisse lui donner son avis, le convive à sa gauche s'est mis à parler.

— J'ai toujours été fasciné par le Nord, a t il dit. Contrairement aux ignares ici présents, j'y suis allé. Tout en haut! Quand j'étais enfant, je passais mes étés dans un camp de pleine nature sur la rive du lac Temagami. Nous avions l'habitude de descendre la rivière Moose en canot jusqu'à la baie James et de revenir par le train de Moosonee à Cochrane. En faisant cette excursion, je me sentais comme un vrai Canadien.

Martha, offusquée par les remarques du premier convive au sujet de *Lolita*, a passé sa colère sur le second.

— Qu'est-ce que ça a de si extraordinaire? Beaucoup de gens originaires du Nord, comme moi, croient que les gens d'ici ne considèrent pas les Autochtones comme de véritables Canadiens. En tous cas, nous ne sommes pas traités comme tels.

— Vous avez probablement raison, a t il dit, surpris par la véhémence avec laquelle elle avait réagi. On se croit supérieurs aux Américains qui ont massacré leurs Indiens au 19e siècle, mais à voir comment on traite les nôtres aujourd'hui, on constate qu'on n'est pas mieux.

Martha n'a rien dit et un silence pesant s'est installé parmi les invités à son extrémité de la table. Le contraste avec l'autre extrémité, où Linden dirigeait une discussion animée avec les personnes attablées près de lui, était saisissant. On y discutait vivement des mérites de divers auteurs présélectionnés pour le prix littéraire le plus prestigieux du Canada, le Prix Giller. La cérémonie de remise devait avoir lieu dans les jours suivants, et chacune des personnes présentes avait une opinion sur l'œuvre qui devrait être choisie. Ceux qui appuyaient *The Polished Hoe* d'Austin Clarke s'opposaient à ceux qui croyaient que le prix devait être remis à Wayne Johnston pour son œuvre *The Navigator of New York*. Les argumentations bon enfant et les rires fusaient.

Une pause s'est faite quand les serveurs ont apporté le second plat, soit un carré d'agneau accompagné de pommes de terre, de haricots verts et de petites carottes caramélisées, et rempli les verres de merlot rouge. La discussion a repris, et cette fois, les gens attablés près de Martha sont entrés dans un nouveau débat avec ceux assis à l'extrémité de Linden. On discutait joyeusement et de manière peu concluante des mérites respectifs des vins canadiens et français. Cependant, pendant un temps mort au moment du dessert, tandis qu'ils dégustaient leur crème brulée et buvaient du vin de glace, les invités ont à nouveau porté leur attention sur Martha.

— J'enseigne la littérature anglaise, a dit une femme assise à côté de Linden, la scrutant de l'autre bout de la table, et j'ai toujours été frappée par la place du Nord et des Indiens dans notre littérature. À votre avis, quel auteur représente le mieux cette réalité?

À ce moment-là, Martha était frustrée de ne pas avoir été capable de prendre part à la discussion. Personne, parmi les gens qu'elle connaissait, ne parlait de prix littéraires, d'écrivains ou de grands vins. Le seul auteur qu'elle avait étudié en profondeur et qui avait écrit à propos des Autochtones était Duncan Campbell Scott, et elle n'avait aucunement l'intention de lancer un débat à son sujet avec des personnes qui partageaient probablement l'opinion de Linden selon laquelle c'était un poète d'une « grande sensibilité artistique et profonde humanité ».

— Je suis désolée, a-t-elle dit, mais je ne connais pas assez le sujet pour donner une opinion éclairée.

— Cependant, comme vous êtes Indienne, je parie que vous en savez beaucoup sur l'art autochtone, a dit une autre femme. C'est la grosse mode ici, à Toronto. Norval Morrisseau, ça vous dit quelque chose?

Martha était maintenant profondément irritée. Il était évident que la femme lui parlait avec condescendance étant donné que Morrisseau était le plus connu des artistes autochtones de l'école des Woodlands à s'être taillé une réputation enviable au cours des 30 dernières années. Elle savait toutefois quelque chose sur lui qu'aucune autre personne dans la pièce ne soupçonnait. Morrisseau venait de la Première Nation de Sandy Lake, non loin de sa propre communauté, et elle connaissait depuis l'enfance les légendes qu'il illustrait dans ses tableaux. À son arrivée à Toronto, elle avait été surprise qu'il ose révéler les enseignements sacrés des Ainés, proclamant même, à ce qu'il parait, qu'il était un chamane des temps modernes qui utilisait l'art pour partager son patrimoine avec le reste du monde. Cependant, après avoir lu qu'il était alcoolique, elle avait conclu qu'il n'était qu'un imposteur, produisant en série des œuvres qui trahissaient sa culture pour s'acheter de l'alcool et assouvir sa dépendance.

Puis, un midi, alors qu'elle faisait une marche dans Yorkville, l'un des districts commerciaux les plus élégants de Toronto, elle avait aperçu dans la vitrine d'une galerie d'art un tableau de Morrisseau représentant le Wendigo. Elle avait été horrifiée de constater que son visage avait l'expression lubrique du père Antoine tel qu'il lui était apparu dans le cauchemar qu'elle avait eu à son retour du pensionnat et qui était revenu la hanter plusieurs fois la nuit les années suivantes. Affolée, elle était repartie à la hâte, se frayant désespérément un chemin parmi les touristes se pressant sur les trottoirs, craignant que le monstre s'évade de sa prison de toile et se mette à sa poursuite. À partir de ce moment là, même si cela n'avait aucun sens d'un point de vue rationnel, elle n'a pas pu s'empêcher de croire que Morrisseau, s'il n'était pas chamane, était un ours métamorphe et quelqu'un dont il fallait se méfier.

Ne voulant pas être négative dans tous ses propos, Martha a cherché une façon de résumer ses sentiments contradictoires à l'endroit de Morrisseau sans faire rire le groupe d'étrangers. Avant qu'elle ait l'occasion de faire connaitre ses vues, quelqu'un, un homme cette fois, a pris la parole.

— J'ai toujours trouvé que les tableaux des peintres des Woodlands ressemblaient étrangement aux premières œuvres de Picasso. Aux *Demoiselles d'Avignon* en particulier, œuvre influencée par les masques africains primitifs. Il existe aussi un primitivisme et une émotion brute dans le ballet *Le Sacre du printemps* de Stravinsky. Qu'est ce que vous en pensez, Martha?

Martha était perplexe. Elle n'avait jamais entendu parler de Picasso ou de Stravinsky. Celui qui s'adressait à elle essayait il de l'humilier en lui posant délibérément une question à laquelle il savait bien qu'elle ne pouvait répondre? Venait il vraiment juste d'insinuer que l'art de son peuple était primitif? Primitif voulait dire sauvage, non? Au pensionnat, les religieuses avaient dit que les Indiens étaient des sauvages de l'âge de la pierre. Était il vraiment possible que cet individu appelle les gens de son peuple des sauvages de l'âge de la pierre? Elle était blessée dans son amour propre.

— Je n'ai pas la moindre idée de ce dont vous parlez, a-t-elle dit.

Les invités ont échangé des regards étonnés et la conversation autour de la table a cessé. Les adieux après le diner étaient moins enthousiastes que les salutations à l'arrivée, et Linden avait l'air soulagé quand Martha lui a dit qu'elle voulait dormir dans son propre lit et est partie chez elle.

Martha n'a pas bien dormi cette nuit là, se retournant dans son lit et revivant les évènements de la soirée. Le diner avait été raté et elle soupçonnait que Linden la tenait responsable. Il avait probablement raison. Elle avait été susceptible alors qu'elle aurait dû faire preuve de tact, et si elle voulait le garder, elle devait apprendre à tenir sa langue. Elle se promettait d'avoir une discussion franche avec lui pour redresser la situation.

Le lendemain matin, elle lui a donc téléphoné pour lui proposer un rendez¬ vous au café près de l'université où ils avaient eu leur première rencontre deux mois auparavant. Elle voulait qu'ils aient « une conversation à cœur ouvert », lui a-t-elle dit. Quand Linden est resté muet, Martha a demandé s'il était encore au bout du fil.

— Oui je toujours là, a-t-il dit. Tu m'as pris par surprise, c'est tout. On se retrouve dans une demi heure.

Martha est arrivée la première. Après avoir commandé un café noir, elle s'est assise à une table près d'une fenêtre ruisselante d'eau pour attendre l'arrivée de Linden. C'était un dimanche matin morne et pluvieux typique de la fin de novembre à Toronto. Dehors, un joyeux labrador chocolat est passé, tirant dans des flaques d'eau une adolescente habillée d'un imper jaune qui riait. Ils ont été suivis, quelques minutes plus tard, par une femme d'un certain âge au visage inexpressif et aux cheveux gris retenus par un foulard brun qui paraissait sale. Elle portait un lourd manteau, ample et démodé, et avançait d'une démarche trainante penchée vers l'avant, luttant contre le vent. Elle poussait un charriot d'épicerie rempli de sacs de plastique eux mêmes remplis de vieux vêtements et de bouteilles de bière et d'alcool vides. De temps en temps, une bourrasque dépouillait les arbres du voisinage de quelques unes de leurs feuilles mouillées qui venaient se plaquer contre la fenêtre.

Les cheveux trempés, Linden est entré dans le café et est venu retrouver Martha. Il lui a donné un baiser sur la joue, a enlevé son manteau et s'est assis.

— Tu dois avoir quelque chose d'important à me dire pour me demander de te rencontrer ici plutôt que chez moi, a-t-il dit, se penchant vers l'avant avec un sourire confiant. J'espère que je ne suis pas dans le pétrin.

— Bien sûr que non, a répondu Martha. Ça ne fait pas longtemps qu'on se connait, mais ça a cliqué tout de suite entre nous. J'ai pensé que ce serait une bonne idée de voir où on s'en va, surtout après hier. Mais d'abord, prends donc un café et parlons d'autre chose pendant un moment.

Pendant l'heure qui a suivi, Martha et Linden ont bu du café et se sont tranquillement remémoré les évènements de la veille. Ils ont tous les deux ri en se rappelant le sérieux de l'invité qui voulait que Martha donne un avis d'expert sur les liens existant entre Picasso et l'école des Woodlands.

Quand Martha a cru que le moment était opportun, elle a abordé la question de leur avenir à long terme, persuadée que Linden voudrait que leur relation se poursuive et s'intensifie. Si ça n'avait pas été le cas, il n'aurait certainement pas insisté pour organiser une soirée en son honneur.

— Tu me plais beaucoup, Linden, a-t-elle dit, mais nous venons de milieux très différents. Crois-tu que nous pouvons quand même avoir un futur ensemble?

La réponse de Linden n'a pas été celle à laquelle elle s'attendait.

— Martha, Martha, ma chère, adorable Martha du Nord, a t il dit. Je suis surpris. J'ai toujours essayé d'être honnête avec toi. J'ai vraiment beaucoup d'affection pour toi, mais ça m'inquiète de t'entendre parler d'un futur pour toi et moi. Quand mon divorce a été prononcé, je me suis dit que je ne serais jamais du genre à vouloir m'attacher. Nous sommes amis. Pourquoi ne pas en rester là? Si, à n'importe quel moment, un de nous veut fréquenter quelqu'un d'autre, nous devrions nous sentir libres de le faire.

— Dans ce cas, ce serait peut être mieux, a dit Martha, de ne plus se revoir.

Cette fois encore, Linden a dit qu'elle était ridicule, mais d'une façon telle que Martha a compris que leur relation était terminée.

Martha sentait son cœur battre à tout rompre tandis qu'elle retournait péniblement chez elle, sous la pluie. Comment avait elle pu si mal interpréter les signaux que lui envoyait Linden? Elle regrettait maintenant d'avoir été si empressée et de l'avoir forcé à s'engager. Si elle avait laissé à leur relation le temps de murir, il en serait peut être venu à avoir pour elle autant d'affection qu'elle en avait pour lui. C'était trop tard. Il ne lui restait que des regrets.

Lorsqu'elle a rencontré Nora un midi plusieurs jours après, Martha en était arrivée à une autre conclusion. Après lui avoir raconté en détail le déroulement du diner, elle a annoncé à son amie étonnée que Linden et elle ne se reverraient plus.

— J'étais naïve, et ça n'aurait pas fonctionné de toute façon. Mais ce qui m'enrage le plus maintenant, c'est qu'il s'est servi de ce diner stupide pour m'exhiber comme un animal exotique. Je pense que c'était une espèce de test pour évaluer comment je me comporterais avec ses amis, test que j'ai coulé. Comme j'ai échoué au travail de trimestre sur Duncan Campbell Scott.

Plus j'y pense, plus je suis fâchée, et plus je suis contente d'être débarrassée de lui.

— Les hommes sont tous les mêmes, a dit Nora. Mon expérience m'a montré que tout ce qu'ils veulent, c'est de coucher avec nous. Une fois qu'ils en ont assez, ils nous laissent tomber.

— Tu as probablement raison, a dit Martha, du moins en ce qui concerne Linden. Il est superficiel et manipulateur. Ce qui est triste dans tout ça, c'est que je l'aimais bien et qu'il va me manquer malgré tout. La prochaine fois, je vais choisir d'un autre genre d'homme.

— Elles disent toutes ça, a répondu Nora.

Les deux femmes ont éclaté de rire.

— OK, OK, a dit Nora. Changeons de sujet et faisons quelque chose de vraiment intéressant. Je vais toujours au grand pow-wow qui a lieu tous les ans à ce moment ci de l'année au Skydome. Viens donc avec moi!

10

Martha renoue avec le passé.

MARTHA NE S'ATTENDAIT PAS À GRAND CHOSE lorsque, dix jours plus tard, elle a retrouvé Nora à l'entrée du Skydome, le stade couvert où les Blue Jays de Toronto jouent leurs matchs à domicile. Les pow wow ne faisaient pas partie de la vie culturelle de la Première Nation Cat Lake ou de la plupart des réserves accessibles par avion du Nord de l'Ontario. Beaucoup de gens les considéraient comme vaguement antichrétiens, diaboliques même. Malgré toutes les années qu'elle avait passées à Toronto, Martha n'avait jamais assisté à un pow pow, croyant que ce genre de manifestations ne servait qu'à divertir et amuser le grand public.

Après avoir payé les droits d'entrée, les deux femmes se sont mêlées à la multitude de gens qui se dirigeaient vers les gradins. De leurs places, elles apercevaient tout en bas une tribune bordée de bannières, d'étendards, de drapeaux et de fanions. Autour de la tribune, un grand cercle avait été soigneusement râtelé. Au delà de ce cercle, il y avait des vendeurs d'artisanat, de musique, de livres et de vêtements autochtones ainsi que des stands où l'on servait du bannock, de la soupe au maïs et d'autres mets typiques. Martha aimait l'atmosphère de carnaval qui régnait et elle était contente de voir des personnes de tous les âges, des Blancs comme des Autochtones, avoir du plaisir.

Quand le pow wow a commencé, elle a constaté qu'il ne s'agissait pas du spectacle hollywoodien et commercial auquel elle s'était attendue. Le maitre de cérémonie, expert en danses autochtones de la Première Nation des Pieds-Noirs de l'Ouest canadien, a pris la parole sur la tribune.

— Vous vous apprêtez à voir, a t il dit à la foule, une célébration de la culture autochtone par des Autochtones et pour des Autochtones. Les personnes non autochtones sont les bienvenues et peuvent participer aux danses intertribales. Soyez respectueux envers les danseurs, les joueurs de tambours et les chanteurs, et souvenez vous qu'il est strictement interdit de consommer de l'alcool ou de la drogue.

Puis, dans un fracas de tonnerre, 150 joueurs de tambours ont frappé avec leurs bâtons sur deux douzaines de grands tambours, donnant à 1000 danseurs, dirigés par des vétérans et des Ainés portant des drapeaux du Canada ou des États Unis ou des bâtons à exploits, le signal de faire leur entrée cérémoniale. Partout dans les gradins, les spectateurs se sont levés pour montrer leur respect tandis que résonnaient les tambours, accompagnés cette fois de cris plaintifs aigus. Le maitre de cérémonie a informé la foule que les danseurs arriveraient par l'entrée est, du côté où se lève le soleil, et que comme le soleil durant sa trajectoire quotidienne, ils se déplaceraient dans le sens des aiguilles d'une montre autour du cercle.

Une voix s'est fait entendre, si intense que Martha en a eu la chair de poule. Les mots étaient inintelligibles, mais elle en comprenait la signification. Il s'agissait d'une complainte mélancolique pleurant les gloires du passé. Il s'agissait aussi d'un cri de défi franc et féroce contre ceux qui avaient pillé le monde des anciens. C'était comme un hurlement sauvage, semblable au cri du loup par ses gémissements de solitude et son écho primitif. Les paroles constituaient des prières au Grand Manitou et aux esprits des chamanes disparus, leur demandant de revenir des endroits où on les avait relégués pour prendre soin de leur peuple.

Martha a été transportée presque 40 ans en arrière, à l'époque où l'on célébrait le Jour du Traité sur la rive du lac Cat. Elle revoyait les gens de son enfance chanter, parler et pousser des cris. Le chef battait un tambour à eau dont le son voyageait sur la surface du lac, convoquant les esprits aux festivités. Des amis et des proches se déplaçaient à l'intérieur de la tente dans la direction empruntée par le soleil dans sa course quotidienne. Dehors, il faisait noir et un feu de camp flambait sur la plage, en attendant que la communauté arrive pour écouter les récits des conteurs.

Un chef en grande tenue de cérémonie s'est avancé au microphone, rompant le charme, et a demandé aux danseurs de s'aligner en formation en face de la tribune. Un autre chef, celui des Mississaugas de la Première Nation de New Credit, propriétaire de la portion de terre sur laquelle se tenait le pow wow, a souhaité la bienvenue à tous sur le territoire traditionnel de son peuple. Une Ainée l'a remplacé au micro. Elle a levé une plume d'aigle vers le ciel et a entamé une prière au Grand Esprit.

À l'occasion du pow wow d'aujourd'hui, comme à chaque fois que nous nous réunissons, nous formons un cercle, des nouveau-nés aux jeunes, des adultes aux grands parents. Nous sommes conscients que le cercle représente la vie et qu'il ne finit jamais. Le Grand Manitou est le maitre du cercle et son pouvoir s'exerce partout, même ici dans la plus grande ville canadienne. Nous le remercions pour la lumière de Grand père Soleil, l'illumination de Grand mère Lune, pour les animaux, les poissons, les insectes et les esprits dans le vent.

Après avoir allumé une tresse de foin d'odeur dans un bol, l'Ainée a ramené la fumée sacrée vers elle à l'aide de la plume pour purifier son corps, puis elle a béni les danseurs, les joueurs de tambours et le public. Il y a eu un moment de silence, puis Martha et Nora ont imité la foule qui quittait les gradins pour aller retrouver les danseurs sur la piste. Peu après, 5000 personnes, des Autochtones, des Métis, des Inuits et des Blancs, avançaient sur la piste au rythme des tambours.

Tout à coup, les tambours et les danses ont cessé et le maitre de cérémonie a annoncé qu'une plume d'aigle provenant d'un bâton à exploits était tombée. Tout le monde a patiemment attendu, sachant que la plume d'aigle représentait un guerrier mort au combat et qu'elle ne pouvait être touchée avant qu'une cérémonie spéciale ne soit accomplie. Quatre anciens combattants s'en sont approchés et lui ont adressé un chant de respect. Ils se sont penchés et l'ont touchée tour à tour, communiquant symboliquement avec l'esprit du guerrier mort. Le plus âgé des vétérans l'a ensuite ramassée avec sa main gauche, la plus proche du cœur, et l'a remise à son propriétaire.

L'incident étant clos, les percussionnistes ont recommencé à frapper avec force les tambours et à unir leurs voix en une célébration de fierté, affirmant que les Autochtones étaient les égaux des peuples des autres continents qui étaient venus s'établir sur leurs terres au fil des siècles. Les danses ont également repris. Des femmes vêtues de robes à clochettes se sont ébranlées en décrivant un cercle, sautant sur un pied, puis sur l'autre; d'autres danseurs portant des masques ornés de plumes d'aigle et de bois d'animaux criaient, s'accroupissaient et sautaient en l'air. Certains bougeaient comme des herbes balayées par le vent ou agitaient leur châle pour représenter des papillons volant de fleur en fleur. Des hommes, des femmes et des enfants avançaient petit à petit, se tenant bien droits, effectuant des cercles et faisant tourner des cerceaux autour de leur taille, de leur cou et de leurs bras.

Martha avançait, évoluant dans son propre monde, gardant les pieds près du sol, sentant l'attraction de Mère Terre. Elle n'était plus ni dans une tente à Cat Lake ni au Skydome. Elle ne savait plus qui elle était, d'où elle venait et où elle allait. Elle avait oublié ses années de bonheur passées dans la nature quand elle était enfant, les agressions qu'elle avait subies au pensionnat indien, les hommes qui l'avaient fait souffrir et le désir profond et douloureux qu'elle avait de retrouver les enfants qu'elle n'avait pas vus depuis des années.

Hypnotisée par le battement répétitif des grands tambours, les cris et les mélopées des chanteurs, les mouvements des danseurs et l'énergie contagieuse de la foule, elle ne voulait pas que la danse se termine. Elle s'abandonnait à la magie du pow wow comme Spider s'était laissé emporter par la musique des punks lors de sa première nuit à Toronto tant d'années auparavant.

Lorsque Martha a quitté le Skydome en compagnie de Nora ce soir là, elle était remplie d'une joie sereine, se sentant en étroite connexion avec ses racines autochtones, éprouvant une ferveur et un sentiment d'appartenance qu'elle n'avait pas ressentis depuis son enfance. Malheureusement, son bonheur a été de courte durée. Avant qu'elle ait la chance de prendre une part plus active à la vie autochtone urbaine, elle a reçu un appel téléphonique de Joshua, l'ami qui l'avait aidée quand elle avait souffert d'angoisse tant d'années auparavant. Joshua avait quitté son poste d'enseignant à Thunder Bay pour prendre sa retraite. Il était retourné dans sa communauté avec sa femme pour devenir un Ainé respecté et le chef de la Première Nation de Cat Lake. Il avait une mauvaise nouvelle à lui annoncer. Sa mère, Nokomis, était morte, et il voulait lui offrir ses condoléances.

Martha a éclaté en sanglots et a raccroché. Après avoir retrouvé son calme, elle l'a rappelé et s'est excusée d'avoir mis fin brusquement à la communication. Joshua lui a répondu qu'il comprenait parfaitement sa détresse, car il avait aimé sa mère et qu'elle lui manquait déjà. Il l'a informée qu'il y avait des questions d'ordre pratique à régler. Les funérailles auraient lieu dans trois jours. Pourrait elle arriver à temps pour y assister?

Et qu'est ce que Martha voulait faire à propos de Raven? Elle vivait chez lui pour l'instant, mais il fallait trouver une solution à long terme. Martha pouvait faire venir sa fille et l'élever dans la grande ville. Il lui recommandait toutefois de rentrer et de s'occuper d'elle dans un environnement familier. Si elle voulait un emploi, il y avait assez de travail pour une autre commis-comptable au bureau de la bande.

— Je vais rentrer chez nous, bien entendu, a dit Martha. Je ne pourrai pas arriver à temps pour les funérailles. Ça va me prendre à peu près un mois pour tout régler ici , mais je pourrai certainement être là à la fin de janvier. Au nom de notre amitié, est ce que je peux te demander de t'occuper des arrangements funéraires et de Raven jusqu'à mon retour?

— Tu peux compter sur moi, a t il dit. Je vais rester en contact avec toi et on règlera les détails au téléphone. N'oublie pas qu'un emploi t'attendra au bureau du conseil de bande à ton retour.

Martha a commencé ses préparatifs de départ à contrecœur. Elle était contente à l'idée que sa fille et elle soient enfin réunies, mais elle craignait que tant d'années de séparation les aient rendues étrangères l'une à l'autre. Elle était également consternée de devoir abandonner l'emploi auquel elle s'était attachée au fil des ans, l'appartement confortable où elle vivait depuis si longtemps et les amis qu'elle s'était faits à Toronto.

Pour couronner le tout, les histoires à sensation qui étaient constamment relatées dans la presse sur les misères des habitants des communautés autochtones du Nord de l'Ontario l'inquiétaient : aurait elle la force de reprendre sa vie là où elle l'avait laissée?

« Des enfants de la Première Nation Pikangikum brulent l'école »; « Quatre jeunes meurent par suite d'un pacte suicidaire dans la Première Nation de Webeque »; « Un incendie dans une demeure tue une famille de six personnes dans la Première Nation de North Spirit Lake »; « Une inondation force l'évacuation de 2000 personnes de la Première Nation de Kashechewan »; « Les Nations Unies condamnent le gouvernement canadien pour sa négligence envers les enfants autochtones »; « Le gouvernement réduit considérablement ses dépenses pour les Autochtones »; « Pollution : contamination de l'approvisionnement en eau dans les communautés éloignées de l'Ontario »; « Le niveau d'alphabétisation des enfants autochtones du Nord de l'Ontario constitue une honte nationale »; « Un enfant autochtone sur cinq est pris en charge dans les réserves du Canada ».

Même si Martha avait depuis longtemps perdu l'espoir de trouver Spider, elle regrettait amèrement de devoir quitter Toronto sans en savoir plus sur son sort qu'à son arrivée dans la capitale provinciale. Puis, un jour, elle est passée devant un homme émacié d'un âge incertain, grand et à la peau sombre qui mendiait à l'entrée du centre Eaton donnant sur la rue Yonge. Martha l'avait souvent vu à cet endroit en se rendant à son travail, mais elle l'avait toujours pris pour un simple alcoolique instable, prématurément vieilli et au bout du rouleau qui mendiait pour s'acheter de la boisson.

Toutefois, plus tard ce matin là, pendant une accalmie à son bureau, elle s'est mise à penser à Spider, comme elle le faisait souvent dans des moments semblables, et le souvenir du clochard lui est revenu. Il avait l'air autochtone; il ressemblait même à Russell. Était il possible qu'il ait une marque de naissance en forme de toile d'araignée sur le front? Elle aurait dû, se disait elle, lui accorder plus d'attention. C'était peut être Spider. C'était improbable, mais elle n'allait pas prendre de risque. Sans perdre de temps, elle est retournée là où il havait l'habitude de se tenir, mais il n'y était plus. Le lendemain matin, cependant, il s'y trouvait.

— Un peu d'argent, madame? J'ai faim.

Martha a sorti une pièce de 2 $ et l'a mise dans sa main. Elle en a profité pour examiner son front sans se faire remarquer. La marque de naissance était là, visible sous la crasse. Craignant de le faire fuir en révélant sa découverte, Martha l'a invité à déjeuner avec elle dans un Tim Hortons, non loin de là.

— Le café est bon et ils servent un excellent sandwich déjeuner, lui a t elle dit.

— Pourquoi pas. Si c'est toi qui paies…

Peu après, ils étaient attablés dans un box devant un café. Martha a examiné son fils, qui ne se doutait de rien, pendant qu'il prenait son déjeuner. Ses yeux étaient sans éclat, ses vêtements sales et déchirés; il dégageait une forte odeur d'ordures mouillées et de bière éventée; ses cheveux lui pendaient en mèches décolorées dans le visage; il avait des anneaux dans ses lèvres et ses sourcils percés. Elle avait retrouvé son fils, mais il était un soulon vivant dans la rue! Elle a dû faire un effort considérable pour ne pas pleurer.

Spider a commencé à se sentir mal à l'aise sous le regard scrutateur et persistant de la femme étrange.

— Prends donc une photo tant qu'à y être, a t il dit. T'as jamais vu de Peau Rouge?

— Je ne voulais pas être impolie, a dit Martha. Moi aussi je suis autochtone. Je viens d'une communauté éloignée du Nord et ça me désole toujours de voir un des nôtres dans une mauvaise passe. C'est quoi ton histoire?

— Je ne sais pas d'où je viens et je m'en fous complètement, a répondu Spider. Ma mère m'a donné en adoption quand j'étais bébé. Elle me trouvait probablement trop laid. Mais je ne me plains pas! Tu n'aurais pas un autre 2 $ à me donner?

Martha l'a regardé attentivement et lui a dit :

— Je parie que ta mère s'ennuie beaucoup de toi.

— Ouais, surement. Et ce 2 $?

Martha lui a remis sa pièce.

— Quand j'avais 17 ans, a t elle continué, mon ami et moi on a eu un petit garçon. On nous l'a pris et il a été placé en adoption. S'il est encore en vie, il devrait avoir à peu près ton âge. Il avait une marque de naissance en forme de toile d'araignée sur le front comme la tienne, et on lui avait donné le nom de Spider.

Spider a regardé Martha, refusant de croire un seul instant qu'elle puisse être sa mère, même si elle avait deviné son surnom. Toutefois, il s'est dit qu'en jouant le jeu, il pourrait lui soutirer plus d'argent. Après tout, elle était bien habillée et avait probablement un bon emploi.

— Dis donc, je suis peut être ton fils disparu! Salut m'man! Tu en mis du temps pour me trouver!

Les yeux de Martha se sont gonflés de larmes. En la voyant éclater en sanglots, Spider a changé d'idée.

— Écoute, je suis autochtone, mais je ne suis pas ton fils. Je ne suis qu'un minable qui vit dans la rue et qui passe son temps à quêter pour s'acheter de la boisson. Sais tu où je vis? Sous le viaduc en bas de Spadina, à l'intersection de Gardiner. Penses tu vraiment que ton fils vivrait dans un endroit pareil? Laisse moi si tu ne veux pas t'attirer d'ennuis. Je n'ai pas besoin de mère et je suis toxique.

Il s'est levé et est parti, en empochant tout de même le billet de 20 $ que Martha lui a tendu.

Spider n'était pas à l'entrée du centre Eaton le lendemain matin quand Martha s'y est rendue pour le voir. Elle a donc pris un taxi jusqu'au pont routier sous lequel il lui avait dit qu'il vivait, déterminée à le ramener avec elle. Il pleuvait, et un vent froid et humide soufflant du lac Ontario déposait des morceaux de vieux journaux, des sacs en plastique, des boites de cirage à chaussures et du papier de toilette usagé autour des piliers de béton. L'endroit était désert, et Martha a d'abord cru que personne ne vivait là. Puis, elle a remarqué de petits abris faits de morceaux de bois récupérés, des piles de vêtements, de couvertures et de sacs de couchage, des plateformes pour dormir aménagées en hauteur entre les poutres, et un baril rouillé fumant noirci par le feu.

Martha s'est rendue jusqu'aux abris, et s'est mise à frapper à une porte, puis à une autre, en appelant Spider. Elle s'attendait presque à arriver face à face avec l'itinérante qu'elle avait rencontrée le soir de son arrivée à Toronto.

À certains endroits, elle n'obtenait pas de réponse, et elle supposait que les occupants étaient déjà dans la rue en train de vaquer à leurs affaires, soit mendier, acheter de l'alcool ou fréquenter leurs amis. À d'autres, elle était accueillie par une voix endormie qui disait :

— Qui est là? Laissez moi tranquille. Laissez moi dormir.

Finalement, quelqu'un lui a suggéré de se rendre à une pile de vieux vêtements près du baril qui servait de foyer. Elle y a aperçu son fils, emmitouflé dans un sac de couchage recouvert d'une pile de guenilles.

— C'est moi, Spider, a t elle dit en le secouant. Je suis réellement ta mère. C'est vrai. Je veux t'aider. Allons déjeuner et parler.

Spider était recroquevillé et endormi. Voyant qu'il ne répondait pas, Martha l'a secoué jusqu'à ce qu'il gémisse et ouvre lentement ses yeux injectés de sang. Il a regardé fixement la femme affolée qui se trouvait au dessus de lui.

— Spider, c'est moi, ta mère. Tu te souviens? On a déjeuné ensemble hier. Il faut qu'on parle.

Spider avait un mal de tête lancinant et il était furieux que quelqu'un ose violer son intimité à un moment où il avait besoin de paix et de tranquillité pour faire disparaitre l'effet de l'alcool consommé la veille.

— Sacre ton camp. Tu vois bien que je suis malade! Ton histoire de mère ne me fait plus rire. Va t'en et laisse moi dormir.

Martha est partie acheter une demi bouteille de whisky et est revenue. Elle est restée assise à côté de son fils endormi jusqu'à ce qu'il se réveille, en après midi.

— Pas encore toi! Va te trouver un autre fils à couver! Tu commences à me taper sur les nerfs!

Lorsque Martha lui a montré la bouteille, Spider l'a saisie et en a pris une longue gorgée.

— Ça fait du bien ça! Ton tour, m'man, a t il dit, en lui tendant la bouteille en souriant. Comme on dit, la famille qui boit ensemble reste unie!

Devant le refus de Martha, Spider s'est fâché.

— Qu'est ce que tu as? Je ne suis pas assez bon pour toi? Fous le camp et laisse moi tranquille.

Martha a pris la bouteille et a bu.

— J'aime mieux ça. Tu peux redevenir ma mère. J'ai faim : qu'est ce que tu penses servir à ton fils pour souper?

— Viens donc chez moi. Je sais que tu ne crois pas que je suis ta mère, mais ce n'est pas grave. J'ai une chambre d'amis, et je vais te préparer de bons repas et te donner à boire si ça peut t'aider. Par contre, sache que je ne boirai pas avec toi.

— Wow, c'est bien la première fois qu'on me fait une offre comme ça! OK, je vais te suivre et t'appeler « maman » si ça te fait plaisir, tant et aussi longtemps que tu vas me fournir de la boisson.

Martha a hélé un taxi et a emmené Spider à son appartement. Une fois à l'intérieur, elle lui a montré sa chambre et lui a dit de faire comme chez lui.

— La salle de bain est là, a t elle dit. Je t'ai mis une serviette propre, un rasoir, une brosse à dents et des vêtements de rechange. J'imagine que tu n'as pas souvent l'occasion de te laver sous la Gardiner.

Spider est resté plus d'une heure dans la salle de bains. Quand il en est ressorti, on lui aurait donné 10 ans de moins. Il avait enlevé les anneaux de ses lèvres et de ses sourcils, ses cheveux étaient propres et soigneusement attachés en queue de cheval, sa barbe clairsemée avait disparu, et il avait mis les vêtements neufs que Martha lui avait fournis.

Pendant le souper, après un verre, Spider a encore surpris Martha en parlant sans retenue et en montrant qu'il pouvait tenir des propos réfléchis.

— Tu sais, c'est la première fois depuis des années que je mets les pieds dans une maison normale. Mes parents adoptifs étaient corrects, mais j'étais un sans allure et je suis parti pour devenir punk. Pendant des années, j'ai vécu dans des squats en me pensant vraiment cool. Puis, j'ai vieilli, et j'ai commencé à boire trop et à être trop violent pour les punks. Ils n'ont plus voulu de moi et je me suis retrouvé sous la Gardiner. Tu ne peux pas t'imaginer comment je déteste la vie que je mène : faire des choses vraiment stupides, quêter pour me procurer de la boisson ou pire, vivre avec une bande de ratés, n'avoir aucun espoir. Je ferais n'importe quoi pour changer ma vie.

— C'est peut être faisable, a dit Martha. Regarde cette photo.

Elle lui a remis une photo d'un groupe de personnes qui riaient, bouteille de bière en main, en face d'une vieille cabane.

— Reconnais tu quelqu'un? Prends ton temps.

— Ça doit être toi, a dit Spider, en pointant une Martha beaucoup plus jeune.

— Et à côté de moi?

Spider a longuement examiné le jeune homme qui se trouvait à côté de Martha.

— On dirait que c'est moi, a t ¬il dit faiblement, mais c'est impossible.

— C'est ton père, a dit Martha. Je l'aimais, mais on ne s'entendait pas. Tu es notre premier enfant, mais j'ai honte de le dire, on était des mauvais parents et les services d'aide à l'enfance sont venus te chercher. J'espère que tu pourras me pardonner un jour.

Spider a examiné la photo attentivement.

— C'est vraiment toi? Et lui, c'est mon père?

— Oui, a répondu Martha, mais je ne l'ai pas vu depuis des années. Je ne sais pas où il vit, j'ignore même s'il est encore en vie! Tu as une sœur, elle s'appelle Raven. Elle a 12 ans et vit dans la réserve.

— Tu devais avoir de bonnes raisons pour ne pas les empêcher de me prendre, mais qu'est ce qui s'est passé? Tu ne voulais pas de moi? Avais tu décidé de me donner? As tu essayé de me retrouver?

— C'est une longue histoire, Spider, et je ne suis pas fière de ce qui est arrivé. Accompagne moi dans la réserve et je vais tout te raconter. Ta sœur a besoin de moi, et elle sera contente de faire la connaissance du frère qu'elle pensait disparu pour toujours. Une fois qu'on sera chez nous, je vais t'aider à surmonter ton problème d'abus d'alcool.

TROISIÈME PARTIE

Le cercle de guérison
2003

11

Le retour aux sources

UN JOUR DE JANVIER DE L'ANNÉE 2003, en début d'après midi, Martha a rempli sa voiture de vêtements, de livres et de souvenirs, et a entrepris avec Spider le long trajet menant à la communauté. Le matin même, elle avait apporté ses meubles, ses tapis et ses électroménagers à Nora pour utilisation au refuge.

En quittant la dense circulation de Toronto pour s'engager sur l'autoroute 400 Nord en direction de Sudbury, elle s'est revue en train d'effectuer le même trajet en sens inverse à bord d'un autocar des années auparavant. À l'époque, elle était très mal préparée à vivre dans la grande ville. Tant de choses avaient changé depuis. La femme dans la mi quarantaine à la chevelure grisonnante qu'elle était devenue était satisfaite de ce qu'elle avait accompli à Toronto. En dépit de quelques échecs, elle avait acquis une éducation et appris un métier.

Contre toute attente, elle avait découvert qu'elle se sentait autant, sinon plus, chez elle en ville que dans sa communauté d'origine. Des dizaines de milliers d'Autochtones, dont beaucoup appartenaient maintenant à la classe moyenne, vivaient désormais dans la grande ville. Si elle l'avait voulu, elle aurait pu assister à des spectacles de danse, de théâtre et de musique autochtones chaque jour de la semaine. En outre, en tant que Canadienne autochtone au teint foncé, elle s'était sentie à l'aise dans la foule composée des nouveaux arrivants de l'Asie, de l'Afrique et de l'Amérique du

Sud qui s'étaient établis dans la capitale de l'Ontario depuis qu'elle était partie de chez elle.

Toutefois, sur la Transcanadienne à l'ouest de Sudbury, alors qu'elle cherchait un endroit où passer la nuit, elle s'est aperçue que même en ce début de nouveau millénaire, certaines choses n'avaient pas évolué au Canada. Elle s'est arrêtée devant un motel dont l'enseigne clignotante au néon annonçait des chambres libres. Accompagnée de Spider, elle a ouvert la porte et est entrée.

Le gérant chauve et corpulent d'âge moyen affecté au quart de nuit regardait les nouvelles locales du soir à un téléviseur accroché au plafond de la réception. Expert autoproclamé des Autochtones, il ne les aimait pas. Dans les années 1960, à l'époque où la petite Martha était pensionnaire, il avait été un décrocheur boutonneux à la mauvaise dentition portant les cheveux longs et de grosses lunettes qui remplissait les étagères dans une épicerie. Il avait alors deux passions dans la vie : les automobiles et les filles. L'achat, pour la modique somme de 300 dollars, d'un faux cabriolet Pontiac d'occasion rouillé 1953 de couleur jaune et noir à servodirection, servofrein, glaces à commande électrique, banquettes en cuir et radio à bouton poussoir et dont l'odomètre indiquait 322 000 kilomètres avait comblé son désir de posséder la voiture parfaite.

Pourtant, lorsqu'il avait essayé de convaincre des filles blanches de sa ville de monter dans sa Pontiac pour boire du gin fabriqué illégalement et échanger des caresses, elles s'étaient moquées de lui. Il s'était alors mis à rouler sur les routes de campagne desservant les nombreuses réserves de l'ile Manitoulin et des rives nord de la baie Georgienne et du lac Huron à la recherche d'une fille autochtone tellement impressionnée par son auto qu'elle accepterait de prendre place sur la banquette arrière et d'avoir des relations sexuelles avec lui. Malheureusement pour lui, toutes les Autochtones qu'il avait croisées l'avaient envoyé promener.

Lorsqu'il assistait à des parties de hockey avec ses amis, il lançait des cris de guerre et hurlait « Bruleurs de charriots! » quand des joueurs autochtones embarquaient sur la glace. Un soir, après une partie, un groupe d'adolescents autochtones avaient saccagé sa Pontiac bienaimée et lui avaient donné une raclée qu'il n'avait toujours pas oubliée lorsque Martha et Spider sont arrivés du froid hivernal en demandant un gite pour la nuit.

— Il faut payer avec une carte de crédit si vous voulez rester ici, a dit le gérant, arrêtant son regard sur la queue de cheval de Spider en baissant le volume de la télévision.

— Pas de problème, a répondu Martha. Elle a sorti une carte de son sac et l'a remise à l'homme.

— Deux chambres s'il vous plait.

Sans même la regarder, il a placé la carte sur le comptoir et l'a repoussée vers elle.

— C'est complet. Essayez ailleurs.

— Comment ça? Votre enseigne indique que vous avez des chambres!

— C'est vrai, a t il dit, je vais arranger ça tout de suite.

Il a glissé sa main sous le comptoir et a éteint l'enseigne lumineuse. Se rassoyant, il a pris la télécommande, a remonté le son du téléviseur et a continué de regarder les nouvelles.

Martha l'a fixé tranquillement jusqu'à ce qu'il lève les yeux.

— Écoutez madame, comprenez moi, je n'ai rien contre vous personnellement, mais je dois gagner ma vie. Je ne loue jamais de chambres à des Indiens parce qu'ils créent toujours des problèmes : ils boivent, se battent et dérangent les autres clients. Alors, rendez moi service et laissez moi regarder mes nouvelles en paix. Et pendant que vous y êtes, allez quelque part où vous êtes les bienvenus. Il y a au moins une douzaine de réserves dans le coin, vous trouverez bien une place. Et vous serez en compagnie des vôtres.

Martha a protesté.

— Mais on a des droits! La Chartre dit qu'on doit être traités équitablement. Je pourrais vous trainer en cour.

— Allez y, poursuivez moi. On vit dans un pays libre.

Martha se sentait comme si elle venait de recevoir un coup de massue. Elle revivait le racisme dont elle avait fait l'expérience au pensionnat et en descendant vers le Sud. Capitulant, elle a repris sa carte et a fait signe à Spider de la suivre jusqu'à l'auto.

Cependant, Spider n'avait pas l'habitude de fuir devant un affrontement.

— Comme ça tu veux qu'on te poursuive? a t il dit en s'avançant vers le bureau.

D'un geste, il a tout balancé par terre : un présentoir de brochures sur les attractions touristiques de la région, des stylos, des papiers, le cahier d'inscription, les plaques stipulant que le motel acceptait les cartes Visa et MasterCard et était un membre en règle du Bureau d'éthique commerciale et de la Chambre de commerce du Canada.

Levant le bras pour se protéger des papiers et du bric à brac qui volaient en tous sens, le gérant s'est levé brusquement de sa chaise et a reculé.

— Tu t'es amusé, a t il dit, maintenant va t'en ou j'appelle la police.

— Pour quel motif? Je t'ai pas fait mal, pas encore du moins. Donne nous tout de suite les clés de deux chambres si tu sais ce qui vaut mieux pour toi!

Mais Martha voulait seulement s'en aller.

— Viens Spider, je refuserais de rester ici même s'il se mettait à genoux et nous suppliait.

Elle a franchi la porte suivie de son fils et a repris la route, s'enfonçant dans la nuit. Deux heures plus tard, incapable de garder les yeux ouverts plus longtemps, elle a tenté sa chance à un motel près de Blind River. Cette fois, elle tremblait quand elle a demandé des chambres, craignant que la femme derrière le comptoir refuse de leur en donner. Elle s'en est ensuite voulu de ressentir de la gratitude quand celle ci leur a remis deux clés en leur souhaitant joyeusement un bon séjour.

Le jour suivant, Martha était de mauvaise humeur, ignorant Spider qui buvait tranquillement son whisky à petites gorgées et faisait de son mieux pour lui remonter le moral tandis qu'ils poursuivaient leur voyage. À Pickle Lake, ils ont encore dormi dans un motel, mais, pressée de reprendre la route, Martha a réveillé Spider à deux heures du matin. Au clair de lune, elle a refait en sens inverse le trajet qu'elle avait parcouru avec Olavi sur la route d'hiver. Lorsque, le lendemain matin, elle a aperçu sa communauté au loin, par delà la vaste étendue de glace du lac Cat, elle a été envahie par une foule de souvenirs amers : son départ par hydravion pour le pensionnat 40 ans plus tôt, la naissance et la perte de son fils, les années passées loin de sa fille et la mort de Nokomis.

Arrivant difficilement à se maitriser, Martha est allée directement au bureau de la bande pour voir Joshua et a garé sa voiture à proximité des nombreuses camionnettes et motoneiges dispersées un peu partout sur l'aire de stationnement. Après avoir dit à Spider de l'attendre dans l'auto, elle en est sortie en laissant rouler le moteur afin qu'il n'ait pas froid. Un chien errant, dont on pouvait voir les côtes, s'est timidement approché d'elle, agitant sa queue dans l'espoir qu'elle lui donne des restes de nourriture. Trois enfants, qui auraient dû se trouver à l'école à ce moment de la journée, étaient appuyés contre un grand panneau noir et jaune couvert de graffitis vissé sur un mur. On pouvait y lire le message suivant : Quand les parents boivent, les enfants snifent. Tête et mains nues, portant de légères chaussures de course malgré une température dans les moins 30 degrés, cigarette aux doigts, ils la regardaient, le regard vide, tandis que de la fumée s'échappait de leur bouche entrouverte.

Martha a gravi les marches menant au palier, a ouvert la porte en acier abimée et est entrée. Un avis manuscrit rédigé en anglais et en écriture syllabique anishinaabe invitait poliment les visiteurs à enlever leurs bottes avant de franchir l'entrée de l'immeuble. Après avoir placé les siennes à côté des autres soigneusement alignées sur de vieux journaux le long du mur, elle a enlevé son manteau et l'a emporté à la réception. Une douzaine de résidents, dont beaucoup de parents et d'amis, étaient assis sur des chaises en plastique, leur parka sur les cuisses, bavardant d'un ton animé. Certains n'étaient venus que pour passer le temps. D'autres attendaient de voir le chef ou l'un des membres du conseil de bande pour faire pression afin d'obtenir un meilleur logement, un emploi ou de l'argent pour envoyer l'un de leurs enfants faire des études postsecondaires à Thunder Bay, Sudbury ou North Bay.

Une petite fille de quatre mois bien emmitouflée dépassait d'un *tikinagan* posé sur une chaise à côté de sa grand mère. Deux gamins de cinq ans jouaient à cachecache derrière une poubelle sur le plancher de linoléum propre, mais usé. Sur un mur, des affiches colorées à l'intention des femmes enceintes, des personnes souffrant d'embonpoint et des jeunes avertissaient respectivement leur public cible des risques et dangers du syndrome d'alcoolisation fœtale, du diabète de type 2 et de la consommation de drogues. Sur un autre mur, on voyait des photographies grand format de joueurs et d'entraineurs de hockey autochtones ayant connu du succès dans la Ligue nationale de hockey : Jonathan Cheechoo, Reggie Leach, Bryan Trottier et Ted Nolan.

Une carte à grande échelle de la communauté ornait un troisième mur. Au dessus, on pouvait lire :

Patrie des membres de la Première Nation de Cat Lake

Les promoteurs doivent s'inscrire au bureau du conseil de bande

— Hé, c'est Martha! Bienvenue chez toi, on t'attendait!

— C'était comment, la grande ville? Es-tu revenue pour de bon?

— Vas tu recommencer à travailler au bureau du conseil?

— C'est beau ce que tu portes!

— La mort de ta mère a dû être un choc terrible pour toi. Dommage que t'aies pas pu venir aux funérailles.

Martha était très émue par la chaleur qu'on lui manifestait et le concert des voix amicales. Elle déambulait dans la pièce, distribuant les poignées de main.

— *Bojo! Bojo!* Les nouvelles vont vite! Je suis très contente de vous voir. Je suis là pour rester, on aura en masse le temps de se rattraper plus tard!

Au même moment, Joshua est apparu dans le couloir. Maintenant dans la soixantaine, il était le portrait fidèle du grand père qu'il était devenu avec ses cheveux blancs, son ventre rebondi, son visage ridé amical, les lunettes de lecture retenues par une chaine qui pendaient à son cou.

— Bienvenue chez toi, Martha, a t il dit, l'embrassant sur la joue. Suis moi dans mon bureau, nous avons beaucoup de choses à discuter.

Martha s'est laissé guider par Joshua dans un couloir étroit donnant accès à des bureaux identifiés comme suit : Hébergement, Éducation, Soins de santé, Service d'aide sociale à l'enfance, Emploi, Développement économique et Comptabilité.

— Nous avons l'autonomie, a t il précisé, du moins en théorie. Ottawa nous a donné la responsabilité de gérer une plus grande part de nos affaires et nous faisons de notre mieux. Mais pour des raisons connues de lui seul, le gouvernement nous donne moins d'argent pour l'éducation et l'aide à l'enfance qu'il en affecte aux services semblables offerts aux Blancs. C'est injuste et, pour dire franchement, raciste.

Joshua l'a invitée à entrer dans son bureau, a fermé la porte, lui a dit de s'assoir et s'est installé dans une chaise grinçante derrière un bureau sur lequel s'empilaient des feuilles de papier.

— Ça fait longtemps que je ne t'ai pas vue, Martha. Tu as l'air en pleine forme. Ma femme et moi on a souvent parlé de toi pendant toutes ces années. On se demandait comment tu te débrouillais à Toronto. Maintenant que tu es ici, je veux que tu saches que tu peux compter sur moi. Je vais faire tout ce que je peux pour t'aider, comme dans le bon vieux temps!

Martha a fait un signe de tête, mais n'a rien dit. Joshua a poursuivi, lui racontant comment s'étaient passées les funérailles de sa mère ainsi que les dernières nouvelles locales. Il lui a dit que Raven avait décidé de s'absenter de l'école pendant quelques jours et se trouvait chez lui.

— Allons la chercher.

Martha est restée immobile. Et si Raven lui reprochait de ne pas être revenue une seule fois pendant toutes ces années? Devait elle lui dire que c'était la faute de sa Nokimis bienaimée, ou devait elle se taire et porter tout le blâme?

Joshua lui a demandé ce qui n'allait pas.

— Excuse moi si j'ai l'air distraite, a t elle répondu. C'est juste que j'ai peur de ce qui va se passer quand je vais me retrouver devant Raven.

— Je ne peux pas nier que ça risque d'être difficile pour toi, a dit Joshua, étant donné qu'elle pense que tu l'as abandonnée. Je ne sais pas quoi te dire. Pour ce que ça vaut, Raven est extraordinairement sensible pour une fille de 12 ans et elle aime beaucoup la vie. Elle se tient loin des jeunes perdus qui flânent ici le soir et font des mauvais coups. Ma femme et moi, on a un faible pour elle depuis que nos enfants sont grands et qu'ils font leur vie à Thunder Bay. Elle est aussi une leadeuse née, parle couramment l'anishinaabemowin et connait par cœur toutes les histoires de Nanabush, du Grand Manitou et de l'Oiseau Tonnerre.

Martha a regardé Joshua sans comprendre, les yeux écarquillés.

— Nokomis a enseigné les connaissances traditionnelles à Raven, a t il expliqué. Quand elle était encore capable de le faire, elle l'a même emmenée à la vieille cabane de trappage en été. Raven, quant à elle, a pris soin de Nokomis toute seule ces dernières années et elle a très bien fait ça. J'aimerais donc que tous les autres enfants de la communauté soient aussi bien élevés qu'elle!

— Ce n'est pas tout, a interrompu Martha. J'ai ramené Spider avec moi. C'est maintenant un homme de 30 ans qui a de gros problèmes. Il vivait dans la rue à Toronto et est alcoolique, comme Russell l'était. Il ne peut passer un jour sans boire. Ça ne sera pas facile de m'occuper des deux.

— Tu as du pain sur la planche, a répondu Joshua. Mais c'est une bonne nouvelle. La place de Spider et de tous les autres qui ont été pris il y a tant d'années est avec leurs proches, pas avec les Blancs en ville.

Retardant le moment où elle devrait voir Raven, Martha a demandé quand elle pourrait commencer son nouveau travail.

— Aussitôt que tu pourras. On est débordés, et la demande ne ralentit pas. Tout le monde veut un meilleur logement, mais personne ne fait d'efforts pour garder ce qu'il a en bon état. À part ça, les bris mécaniques n'arrêtent pas à l'usine de traitement de l'eau, les gens n'essaient même pas de s'alimenter avec la nourriture du pays, les prix de la coopérative sont élevés, presque tout le monde vit de l'assistance sociale; le trafiquant d'alcool est le seul qui fait un peu d'argent dans le coin, et il n'y a pas de travail, sauf au bureau du conseil de bande.

Joshua a poussé un long soupir.

— Tout le monde, surtout les membres de ma propre famille, vient me voir jour et nuit pour se plaindre et obtenir quelque chose pour rien. Je ne peux pas faire de miracles!

Trois mois plus tôt, Raven avait écrit une lettre à sa mère pour l'informer que Nokomis souffrait de diabète depuis de nombreuses années, mais qu'elle avait réussi à le maitriser en prenant des médicaments et en surveillant son poids. Récemment, cependant, sa vision s'était embrouillée à un point tel qu'elle avait peine à voir, sa pression artérielle était montée en flèche et elle ressentait une douleur au cœur. À l'occasion de l'une de ses visites régulières, le médecin avait recommandé qu'elle soit emmenée par avion à Thunder Bay pour subir des traitements dans un hôpital.

Nokomis avait refusé, disant qu'elle préférait finir ses jours chez elle plutôt que d'aller au loin dans un grand hôpital impersonnel.

Raven avait terminé sa lettre en demandant à sa mère de venir pendant qu'il était encore temps, mais elle l'avait déchirée à la demande de Nokomis.

— Je préfère passer mes derniers jours avec ma petite fille plutôt qu'avec une fille que je n'ai pas vue depuis des années, avait elle dit.

Par conséquent, en apercevant sa mère chez Joshua, Raven était déchirée entre la joie de la voir et la colère d'avoir été abandonnée bébé. Ne sachant trop comment réagir, elle a opté pour la dureté, donnant libre cours à des années de frustration.

— T'es qui toi? Je t'ai jamais vue. Qu'est ce que tu me veux?

Déçue, mais non surprise de l'accueil de sa fille, Martha s'est assise sur le divan. Elle a décidé de taire les véritables raisons de son absence, ne voulant pas entacher la mémoire de Nokomis aux yeux de sa fille. Elle a laissé Spider prendre l'initiative.

— Salut sœurette. Je suis le grand méchant frère dont tu n'as probablement jamais entendu parler. Tout le monde m'appelle Spider à cause de la marque que j'ai sur le front. J'ai fait la connaissance de maman il y a à peu près une semaine, et je ne la connais pas vraiment plus que toi. J'ai décidé de venir ici pour renouer avec mes racines et mettre de l'ordre dans ma vie.

— J'ai entendu parler de toi. Nokomis m'a tout raconté. Comment cette femme était une mère tellement nulle que les services d'aide à l'enfance sont venus te chercher pour te protéger. Elle ne m'a pas mieux traitée. Elle m'a abandonnée quand j'étais bébé et n'est même pas venue aux funérailles de sa propre mère. Je ne sais pas pourquoi elle est revenue maintenant qu'il est trop tard.

— Écoute Raven, est intervenue Martha. Je comprends ce que tu ressens, mais je suis ta mère et je suis responsable de toi. Joshua m'a appris la mort de Nokomis au téléphone. J'ai voulu revenir ici pour te voir souvent pendant toutes ces années, mais ce n'était pas possible. J'ai beaucoup de rattrapage à faire, mais j'ai l'intention de faire mon possible pour être urne bonne mère. Prends tes affaires, on s'en va chez nous.

Au cours des mois qui ont suivi le retour de Martha, la mère et la fille se sont ignorées l'une l'autre, et l'atmosphère qui régnait dans la maison familiale était glaciale. Martha composait avec la situation en quittant la maison très tôt chaque matin pour aller au bureau de la bande se plonger dans le travail et en rentrant le plus tard possible. Après avoir préparé le souper de sa famille, elle lavait la vaisselle et se retirait dans sa chambre, laissant Raven et Spider seuls devant la télévision. Spider sortait et passait ses soirées chez Lester Weasel, le trafiquant d'alcool de la communauté, s'achetant à boire avec l'argent de poche que lui donnait Martha. Quand il n'en avait plus, il n'avait qu'à demander et sa mère lui en redonnait.

Un soir de printemps, plusieurs mois plus tard, il est rentré de mauvaise humeur à l'aube. Un groupe de soulons réunis chez Lester s'étaient moqués de lui, le traitant d'« Indien des villes » qui ne parlait pas sa propre langue et de raté qui n'avait rien à faire dans leur communauté.

— Vous pouvez bien parler, a répondu Spider. Vous êtes juste une bande d'Indiens épais qui pensent que la musique moderne, c'est ce qui joue au *Grand Ole Opry.* Je parie que vous pensez qu'Elvis est toujours en vie et que vous n'avez jamais entendu parler de Mick Jagger, de Kurt Cobain ou de John Lennon!

— Tu te penses ben bon, hein? a dit un régulier d'âge moyen et de grande taille qui avait un bedon de bière énorme. T'es rien qu'un ivrogne des rues sales de Toronto. Le fils d'une fille qui couchait avec tous les gars au pensionnat. Je le sais, parce que j'étais là!

Tandis que Spider, fou de rage, fonçait sur lui, le régulier a fait un clin d'œil aux autres avant de poursuivre.

— J'ai aussi entendu dire qu'elle est restée longtemps en ville parce qu'elle y gagnait bien sa vie comme putain!

Spider l'a fait taire en lui enfonçant le poing dans l'estomac, mais, bientôt, il s'est mis à échanger des coups avec tous les clients de l'endroit. Le combat étant inégal, il a reçu une bonne raclée, a été traîné jusqu'à la porte puis poussé dans l'escalier. Il est tombé par terre, tête la première. Humilié, il s'est relevé et est rentré chez lui en boitant. Ensanglanté et ivre, il a ouvert la porte avant d'un coup de pied, exactement l'avait fait son père 13 ans plus tôt quand la maison appartenait à la mère de Martha.

— Sale putain, a t il crié, quand Martha est sortie de sa chambre. Tu as gâché ma vie autrefois, et tu l'as gâchée une autre fois en m'emmenant dans cette fichue réserve! Pourquoi est ce que tu m'as pas laissé en paix sous la Gardiner?

Il lui a asséné un coup de poing au visage, lui donnant un œil au beurre noir et l'envoyant au sol avant de s'affaler dans un fauteuil, gémissant, les larmes aux yeux.

— Excuse moi, m'man. Je voulais pas te faire mal. Je sais pas pourquoi je fais des choses comme ça. Dis moi que tu me pardonnes!

À ce moment là, Raven est sortie de sa chambre.

— Regarde ce que tu as fait à Martha, salaud! Frapper ta propre mère! Sors ta carcasse d'ivrogne d'ici et ne reviens plus jamais!

— Non! Reste, s'il te plait, a dit Martha. Raven, c'est une erreur, il ne voulait pas me faire mal. Sa vie n'a pas été facile.

— Il est pas le seul, a répondu Raven, en se dirigeant vers le râtelier d'armes. Elle a pris le fusil de chasse familial et s'en est servi pour faire sortir son frère, qui a disparu dans la nuit, comme sa mère avait éloigné leur père tant d'années auparavant.

Le lendemain matin, Spider était introuvable et Martha contrariée.

— S'il arrive quelque chose à ton frère, ce sera ta faute, a t elle dit à Raven. Il avait raison de dire que j'ai gâché sa vie. Il s'était calmé quand tu es sortie de la chambre avec le fusil. Ce n'était pas nécessaire de le chasser, et tu aurais pu lui tirer dessus accidentellement. Il se sent probablement abandonné, et qui sait ce qu'il pourrait faire? Peut-être bien se tuer!

Raven n'a pas répondu, mais elle a vite deviné ce qui s'était passé, car un canot avait disparu de la plage.

— Il est parti se cacher sur la rivière, a t elle dit à sa mère.

Joshua, qui s'était joint aux efforts déployés pour trouver Spider, était du même avis.

— Chez Lester, il n'arrêtait pas de dire comment il aimerait vivre de la nature comme on le faisait autrefois. Certains Ainés lui ont raconté comment ils pêchaient et chassaient dans ce temps là. C'est ça qu'il est parti faire.

— Partons à sa recherche et ramenons le, a dit Martha.

— Qu'est ce que ça donnerait? a répliqué Joshua. Si on le ramène ici, il va recommencer à boire et à s'attirer des ennuis comme avant. Pour se débarrasser d'un problème de boisson, il n'y a rien de mieux que d'aller dans le bois et d'arrêter d'un coup sec. Je pense qu'on ne devrait pas intervenir. Seul, il a des chances de se trouver. Je vais aller voir les propriétaires du canot qu'il a pris et leur expliquer la situation pour qu'ils ne disent pas à la police qu'il a été volé.

12

Spider et la rivière

APRÈS AVOIR FRANCHI LE SEUIL DE LA PORTE EN CHANCELANT, Spider s'est rendu jusqu'à la plage, s'est assis sur une buche à demi ensevelie sous le sable et a enfoui son visage dans ses mains. Pourquoi avait il un comportement si autodestructeur? Était il configuré autrement que les autres? Il avait tourné le dos à ses parents adoptifs qui avaient déployé tant d'efforts pour l'aimer et l'aider. Les punks l'avaient accepté, mais son caractère violent et ses colères d'ivrogne leur avaient fait peur à un point tel que même eux avaient fini par l'éviter. C'est ainsi qu'il s'était retrouvé sous la Gardiner. Et il venait de frapper la seule personne qui lui avait manifesté de l'amour depuis des années.

Il ne lui restait qu'une chose à faire : se tuer. Mais comment? Il n'avait pas de corde, pas d'arme à feu, pas de couteau ni de drogues. La vue du lac Cat s'étendant devant lui a fait germer une idée dans son esprit : il n'avait qu'à prendre un des canots tirés sur la rive, ramer jusqu'au milieu du lac et faire en sorte qu'il chavire! Comme il ne savait pas nager, il se noierait. Peut être que ça ferait même de la peine à certains!

Empoignant l'un des canots, il l'a poussé dans l'eau, y est monté avec difficulté et s'est assis au fond, en plein centre, le dos appuyé contre un banc. Il y avait une pagaie à ses pieds, mais il ne savait pas comment s'en servir. Il a donc décidé d'attendre que le canot soit entrainé en eau profonde avant de passer à l'acte.

Quelle humiliation ce serait s'il ne réussissait pas à se noyer par manque d'eau! Le clapotis des vagues contre le flanc du canot et l'alcool qu'il avait consommé l'ont toutefois vite rendu somnolent. Il s'est mis à cogner des clous jusqu'à ce que son menton vienne s'appuyer contre sa poitrine. Oubliant où il se trouvait, il a poussé un grognement endormi, s'est allongé dans une position confortable et a sombré dans un profond sommeil éthylique.

Pendant qu'il dormait, un courant rapide a entrainé le canot en aval, vers les rapides.

Il était environ midi le jour suivant quand Spider est lentement revenu à la vie. Il a d'abord cru qu'il avait dormi sous la Gardiner et qu'un convoi de lourds camions gros porteurs grondait au-dessus de lui. Toutefois, lorsqu'il a ouvert les yeux, plutôt que de voir le dessous de béton rugueux gris et familier du viaduc, il a aperçu un ciel qu'il n'aurait jamais cru possible : sans nuages, si grand et si bleu qu'il semblait n'avoir ni commencement ni fin.

Pendant un moment, il est resté muet. Un filet d'eau froide est passé par dessus bord et l'a atteint en plein visage. Il s'est alors rendu compte qu'il était allongé sur le dos dans le fond d'un canot qui l'emmenait comme un manège assourdissant dans un endroit inconnu. Quand il s'est assis, il a constaté avec stupéfaction que le canot plongeait vers des rochers et des troncs d'arbres à demi submergés. Certain d'être projeté à l'eau, il a empoigné les bords de l'embarcation, s'est remis en position allongée, a fermé les yeux et a attendu la fin.

Cependant, à peine quelques secondes plus tard, le mugissement et le tangage ont cessé, et il se trouvait toujours dans le canot, en vie. Il s'est redressé encore une fois, trempé et tremblant, et a jeté un coup d'œil autour de lui. Le canot était maintenant porté par le courant d'une rivière déserte large de plus d'un demi kilomètre et flanquée de massifs denses.

Soudain, tout lui est revenu : la raclée chez Lester, la dispute avec sa mère et sa sœur, et son projet de suicide par noyade. Toutefois, il n'avait maintenant plus du tout l'intention de s'enlever la vie. Ignorant la douleur que lui causaient les coupures et les bleus qu'il s'était faits en se bagarrant, il ne voulait que retourner au village et quémander de l'argent à Martha afin de s'acheter de la boisson pour étancher sa soif pressante. Pour arriver à ses fins toutefois, il devait rebrousser chemin et rentrer en canot, même si ça voulait dire qu'il devait remonter les rapides.

Il s'est penché et a pris la pagaie. C'était un début, mais que devait il faire maintenant? Il ignorait totalement comment s'en servir. Du reste, c'était la première fois qu'il montait dans un canot. Bah, ça ne devait pas être si compliqué. Il avait vu de jeunes enfants manier des canots avec aisance au lac Cat. Après tout, il était adulte, et autochtone, même s'il n'était qu'un Amérindien des villes. Le maniement de la pagaie était probablement inscrit dans son sang.

Se penchant d'un côté, et sentant qu'il devait rester bas pour éviter que le canot chavire, il a plongé sa pagaie dans l'eau et l'a ramenée vers lui. Il ne s'est rien passé. Il a répété la manœuvre, en tirant encore plus fort.

Le canot a bougé très légèrement, ce qui l'a encouragé. Augmentant la cadence, il a continué à frapper dans l'eau et tirer, frapper dans l'eau et tirer, frapper dans l'eau et tirer. Le canot a lentement décrit un demi cercle. Ça y est, il avançait!

Son triomphe a été de courte durée. Le courant a repris le dessus, et le canot et son occupant se sont mis à descendre la rivière latéralement. Spider s'est mis à pagayer désespérément, essayant d'imposer sa volonté à l'eau impétueuse, mais en vain. La rivière se moquait de lui.

— Essaie tant que tu peux, semblait elle lui dire, ça ne changera rien. C'est moi qui commande ici et tu vas me suivre, que ça te plaise ou non!

Épuisé, Spider a cessé de lutter. Il a laissé le canot se faire emporter, n'utilisant la pagaie que pour le garder droit. Il a dérivé tout l'après midi et pendant une bonne partie de la longue soirée estivale, passant devant des peuplements denses d'épinettes noires, de sapins baumiers, de mélèzes, de peupliers et de bouleaux. À certains endroits, des inondations printanières avaient rongé les rives boueuses et y avaient déposé un enchevêtrement d'arbres déracinés et de branches cassées. À d'autres, de vastes marécages remplis de troncs noirs d'arbres noyés s'étendaient à perte de vue. Ailleurs, des parois rocheuses envahissantes étranglaient la rivière et accéléraient son débit dans d'étroits chenaux qui relançaient le canot dans de folles descentes de rapides.

Pendant ce temps, Spider ne faisait que penser à du whisky, à de la bière, à du vin et à du gin, n'importe quoi qui pourrait satisfaire son dévorant besoin d'alcool. L'eau couleur de thé de la rivière qu'il puisait avec les mains et avalait était rafraichissante, mais ne lui donnait aucune satisfaction. Il espérait contre toute attente rencontrer des gens, des campeurs ou des pêcheurs, qui pourraient lui donner une bouteille. Si ce n'était pas le cas, il savait ce qui lui arriverait.

Trop souvent, sous la Gardiner, il avait vu des ivrognes en manque quand ils n'avaient pas été capables de recueillir assez d'argent pour se procurer de la boisson, du rince bouche ou du Lysol : ils criaient de terreur, en proie aux tremblements et hallucinations dont sont victimes les alcooliques privés d'alcool. Parfois, d'autres ivrognes leur venaient en aide, partageant avec eux leurs bouteilles, grâce auxquelles ils survivaient. Mais à d'autres moments, ils entraient en état de choc, se mettaient à avoir des convulsions et mouraient avant d'être emmenés à l'hôpital.

Il a alors entendu au dessus de sa tête le cri de détresse perçant et déchirant d'un bébé appelant frénétiquement sa mère. Une buse à queue rousse survolait la rivière à basse altitude, tenant dans ses serres un lapin affolé hurlant de douleur et d'angoisse, comme s'il savait ce qui l'attendait une fois qu'il arriverait au nid du grand oiseau.

Juste avant le coucher du soleil, Spider s'est approché de la rive et a tiré le canot sur une plage de sable au pied d'une falaise.

Il transpirait malgré l'air frais de la nuit, et dès qu'il s'est endormi, il a eu sa première vision.

Les skinheads qu'il avait attaqués avec un couteau pour défendre ses amis punks des années plus tôt étaient de retour, et l'entouraient sur le trottoir devant le centre Eaton.

— C'est qui le plus fort, maintenant? disaient ils. Tu vas te mettre à genoux et crier « Pitié! » avant qu'on en finisse avec toi.

Il a crié à l'aide, et une bande de punks aux cheveux violets s'est approchée. Il s'agissait d'amis de l'époque, mais ils regardaient la scène avec froideur en scandant des slogans.

— Cassez lui les poignets! Cassez lui les poignets!

— Il doit mourir! Il doit mourir!

Spider a voulu sortir son couteau, mais il n'était pas à sa place. Sous les applaudissements des punks, les skinheads ont commencé à lui fouetter les pieds, les jambes, le torse et la tête avec des chaines d'acier.

La douleur était insupportable, et il s'est réveillé en criant.

— Arrêtez! Arrêtez! Dites moi ce que j'ai fait et je ne le ferai plus jamais. Je le jure! Je vais bien me comporter. Pitié! Je vous supplie d'avoir pitié de moi. Je suis seul, personne ne m'aime, arrêtez, j'en peux plus!

Les muscles des jambes de Spider se contractaient, et des crampes se propageaient depuis la plante de ses pieds jusqu'à ses jambes, ses aines, sa poitrine et son dos. Elles attaquaient ses bras, son cou, ses mâchoires, ses joues, même son front et son cuir chevelu, jusqu'à ce qu'il ne soit plus qu'une masse de chair prise de convulsions. Il tremblait, avait peine à respirer, éprouvait un mal de tête lancinant, s'étouffait, chiait, pétait, urinait et vomissait. Son cœur s'est mis à battre très fort jusqu'à ce qu'il soit entrainé dans une autre vision.

Cette fois, c'est lui qui cognait. Robert et Amanda l'observaient d'un air résigné tandis qu'il rouait ses parents adoptifs de coups de pieds avec ses bottes à embout d'acier Doc Marten. À genoux et acceptant calmement leur sort, ils lui parlaient.

— On a vraiment essayé. On t'aimait, mais tu étais abimé quand tu es arrivé et tu étais devenu un punk ingrat quand tu es parti. Ne viens plus nous demander de l'aide. Ça fait longtemps qu'on ne t'aime plus et on ne veut pas te ravoir.

C'était ensuite au tour de Martha à qui il donnait des coups de poing.

— Pourquoi m'as tu abandonné? Tu ne m'aimais pas?

Martha le suppliait de ne pas la tuer.

— Je t'ai toujours aimé et tu m'as tellement manqué! Je fais mon possible, crois moi, je fais mon possible. Donne moi une chance!

Tandis que l'image de Martha s'effaçait, les monstres sont apparus. Un policier de la division 51 mesurant plus de deux mètres et portant un costume de lapin rose s'est transformé en propriétaire de dépanneur de l'Asie du Sud. Il l'avait pris en chasse à son abri douillet fait d'un ramassis de vieux vêtements sous la Gardiner et le poursuivait, le faisant fuir au nord, toujours plus au nord. Il est passé devant un motel muni d'une immense enseigne au néon sur laquelle on lisait « Peaux Rouges interdits » avant de se retrouver dans la Première Nation de Cat Lake où il était, encore une fois, entouré d'ennemis. Cette fois, ça se passait chez Lester, où des démons baveux de trois mètres dont l'haleine sentait la chair pourrie le battaient au son de la pièce *I Walk the Line* chantée par Johnny Cash au *Grand Ole Opry*.

Au moment où son angoisse atteignait son paroxysme, il a entendu la voix de la rivière.

— Ça va passer. Tout finira par passer, même ton tourment.

Le lendemain matin, Spider s'est réveillé couvert de vomissure et de diarrhée. Les monstres étaient partis, mais il savait qu'ils reviendraient s'il ne les apaisait pas avec de l'alcool. Trop fatigué pour se lever, il s'est roulé sur la rive jusque dans l'eau peu profonde et s'est immobilisé sur le dos, à demi submergé, sur le fond sablonneux. Il a laissé les vagues déferler sur lui, le lavant et le ravivant. Après s'être ainsi reposé pendant un bon moment, il s'est levé avec peine et a marché en amont de la rivière, déterminé à se rendre chez Lester.

Un marécage lui a bientôt bloqué la route. Pas de problème, il allait le contourner. Mais après avoir passé des heures à enjamber des amoncèlements d'arbres et de souches pourries, à trébucher sur des racines et des pierres, et à se frayer un passage à travers des rideaux de branches mortes de pruches et d'épinettes noires enchevêtrées, il n'était pas plus près de son but, et le marécage s'étendait encore loin à l'intérieur des terres.

En désespoir de cause, il a plongé dans l'eau trouble et tiède, ce qui a eu pour effet de remuer la bourbe du fond et de relâcher une odeur putride de végétation en décomposition. Il a avancé péniblement à travers les rangs serrés de quenouilles et d'aulnes rugueux dans le but d'atteindre l'autre côté. L'eau est devenue de plus en plus profonde, jusqu'à ce qu'il en ait jusqu'au cou. Un pas de plus, et il en aurait par dessus la tête. Ne voulant pas mourir, il a rebroussé chemin, rampant hors du bourbier couvert de sangsues. Ses bras, ses jambes et son torse étaient irrités et égratignés, tandis que sa tête et son cou étaient criblés de piqures de moustiques et de mouches noires. Après s'être reposé pendant une heure, il s'est levé et est retourné en titubant dans le canot pour y attendre les visions.

Une fois la nuit tombée, il a subi de nouveau les horreurs du sevrage alcoolique. Pour la seconde fois, au moment où il pensait ne plus être capable d'endurer la douleur, la rivière lui a parlé, lui disant de tenir bon.

Les jours suivants, Spider a puisé dans une force intérieure qu'il ne croyait pas posséder et a concentré toute son énergie à sa lutte pour survivre. Il ne resterait pas longtemps en vie s'il ne réussissait pas à se trouver de quoi manger. Entre les crises, il a ratissé le bas de la falaise à la recherche de petits fruits, mais ceux qu'il a trouvés étaient verts et immangeables. Il a commencé à grimper, espérant trouver des fruits murs au sommet. Pendant qu'il montait, un nuage de goélands piaillant de colère a foncé sur son visage. Les oiseaux le frappaient de leurs ailes, essayant de l'empêcher d'aller plus loin.

En haut, il a trouvé une plateforme rocheuse blanchie par les excréments et recouverte de nids dans lesquels se trouvaient des oisillons et des œufs. Ignorant les tentatives désespérées des goélands pour l'éloigner, il s'est lancé sur les œufs, les cassant un après l'autre, aspirant gloutonnement les blancs liquides et avalant les jaunes orange foncé au gout prononcé de charogne et de chair sauvage. Pendant une minute, il s'est senti merveilleusement bien, puis son estomac s'est révolté et, en une convulsion explosive, a rejeté l'étrange nourriture. Après avoir fait une pause pour laisser à son corps le temps de s'ajuster, il a mangé un autre œuf. Cette fois, son estomac l'a gardé.

Jour après jour, il retournait à la colonie pour se gaver d'œufs après avoir repoussé les goélands, et jour après jour, l'intensité de ses convulsions diminuait. Un matin, au réveil, tandis qu'une pluie d'été tiède lui tombait doucement sur le visage, il s'est senti en paix. Enveloppée d'un épais brouillard, la rivière était invisible, mais il pouvait l'entendre murmurer près de lui, lui dire qu'il avait gagné la bataille et qu'il était prêt à poursuivre son chemin.

Le cri d'un huard lui est parvenu de quelque part sur la rivière, un son étrange et obsédant qu'il n'aurait jamais pu imaginer pendant ses années en ville. Il allait en augmentant, diminuait, augmentait et diminuait. Peu après, un chant s'est fait entendre en réponse au premier, puis un autre et un autre.

— Fais ce que la rivière te dit de faire, semblaient ils dire. Nous sommes la voix de tes ancêtres et nous savons ce qui est bon pour toi.

Lorsque la pluie a cessé et que le brouillard s'est levé, révélant un monde luxuriant et nettoyé de ses impuretés, il a mis le canot à l'eau, y est monté et a laissé le courant faire à sa guise, maintenant persuadé que son voyage avait un but. Pour la première fois depuis qu'il s'était enfui pour se joindre aux punks, son corps était exempt d'alcool.

Toutes les choses de la création, soit l'eau vive, le chant des oiseaux, un morceau d'écorce de bouleau qui flottait, le bourdonnement d'un moustique, le cri d'un corbeau, les traces d'un ongulé de grande taille sur la rive, lui semblaient maintenant empreintes d'une vitalité aussi belle qu'inattendue. Même les marécages, qui lui étaient apparus auparavant comme de sinistres bourbiers, étaient devenus des jardins flottants couverts de nénufars à fleurs blanches et lilas. Rempli d'exaltation, il se sentait pour la première fois connecté à ses racines autochtones et au monde tel qu'il existait avant l'arrivée des Blancs.

Plus tard, ce matin là, il a aperçu au loin la fumée d'un feu de camp, une tente et un bateau à moteur amarré sur un grand banc de roche lisse le long de la rive. Quand il s'est approché, un vieux couple est sorti de la tente et lui a fait signe de venir.

— Je m'appelle Spider, a t il dit une fois débarqué. Il y a une semaine ou un peu plus, le courant m'a emporté dans les rapides depuis le lac Cat Lake. C'est trop difficile de les remonter en pagayant.

Si les Ainés étaient surpris de voir quelqu'un arriver soudainement à leur camp sans nourriture, vêtements de rechange ou tente, ils étaient trop polis pour le laisser paraitre.

— *Gdi nesh naabem nah?* a dit la femme, lui demandant s'il parlait sa langue.

— Désolé, a t il répondu, je ne comprends pas ce que vous dites. J'ai été adopté quand j'étais bébé et je n'ai jamais appris ma langue maternelle. Mais je viens de la réserve. Ma mère est venue me chercher à Toronto et m'a ramené il y a quelques semaines. Ça n'a pas été facile pour moi sur la rivière, mais j'ai appris beaucoup de choses.

— Mangeons quelque chose avant de parler de tout ça, a t elle dit. Tu as l'air affamé.

En moins de 30 minutes, un repas de bannock et de brochet frit a été préparé et englouti. Puis, le mari a tendu à Spider une tasse d'étain rempli de thé sucré chaud et lui a demandé quel était son nom de famille. Quand il a répondu que Martha Whiteduck était sa mère et que Raven était sa sœur, les deux vieux étaient visiblement contents.

— Tes grands parents étaient des gens formidables et de bons amis, a dit le vieil homme. Évidemment, nous connaissons aussi ta mère, Martha, et ta sœur, Raven. Nous avons eu de la peine quand l'Aide à l'enfance est venue te chercher il y a tant d'années. Tu as dû passer de mauvais moments dans la grande ville avec tous ces Blancs.

Devant le silence de Spider, la vieille femme, qui était la plus directe des deux, l'a interrogé sans détour.

— Peux tu nous dire pour quelle raison tu es ici au juste, et comment tu as survécu tout ce temps sans nourriture?

— La rivière m'a sauvé, a répondu Spider. Elle m'a emmené loin de la communauté à un moment où j'avais trop bu et pensais me tuer. Elle m'a parlé, m'a dit de ne pas lâcher quand j'ai cru que j'allais y passer.

Les deux ainés ont échangé des regards entendus, et Spider a cru qu'ils se moquaient de lui.

— Je sais que ça parait étrange, mais je suis sérieux! Peut être que je délirais, mais quelque chose ou quelqu'un m'a sauvé la vie.

— On ne riait pas de toi, a dit l'homme. Les Blancs et bien du monde de la communauté diraient que tu as imaginé des choses, mais nous, on te croit. Tes grands parents aussi t'auraient cru. On pense que la rivière ne t'a pas conduit jusqu'à nous par hasard.

13
La quête de l'oubli

À MESURE QUE LE TEMPS PASSAIT ET QU'ELLE RESTAIT SANS NOUVELLES de Spider, Martha a commencé à s'affoler.

— Il ne sait probablement pas nager. Il a dû tomber du canot et se noyer, a t elle dit à Raven. Ou il est peut-être blessé, tout seul sur une plage déserte. À moins qu'il ait été attaqué par un ours ou des loups. D'une façon ou d'une autre, je voudrais être à ses côtés, car il a besoin de moi!

— Je ne pense pas, a répondu Raven. Il est assez grand pour se débrouiller tout seul. De toute façon, tu ne trouves pas qu'il est un peu tard pour t'inquiéter de lui?

Joshua lui a essentiellement dit la même chose, mais avec plus de tact, quand Martha s'est tournée vers lui pour obtenir de l'aide.

— Ça ne fait pas longtemps qu'il est parti. C'est l'été, et il y a des membres de la communauté qui campent le long de la rivière. Quelqu'un va s'occuper de lui.

Martha était profondément blessée. Les seules personnes susceptibles de l'aider ne la prenaient pas au sérieux. Son fardeau est devenu trop lourd. Un matin, après avoir passé la première moitié de la nuit à s'agiter dans son lit et la seconde dans un sommeil profond sans rêves, elle s'est levée à sept heures, selon son habitude, mais ses yeux étaient gonflés de larmes et le gout amer du désespoir l'envahissait. Ça recommençait : cette vague sensation de terreur, cet ardent désir de tout oublier. La dépression dont elle avait souffert une trentaine d'années auparavant à son retour du pensionnat était revenue.

Cette fois ci, elle n'allait pas se laisser torturer comme ça s'était passé quand elle avait 16 ans. Pourtant, quand elle a essayé de se lever, l'impression d'être moins que rien et un sentiment de haine de soi se sont répandus comme un poison dans son corps, la remplissant d'appréhension en ce début de journée. Secouée de sanglots déchirants, elle s'est forcée à s'assoir et à se tirer du lit, puis elle s'est trainée jusqu'à la garde robe pour choisir ses vêtements.

Jusque là, ça allait. Si seulement elle arrivait à se rendre au bureau, elle parviendrait peut-être à chasser le monstre en se plongeant dans la routine de son travail. Ne voulant rien dire à Raven de peur de craquer complètement, Martha a réprimé ses larmes, ignoré sa fille qui l'observait avec inquiétude en prenant son déjeuner et canalisé toute son énergie pour se rendre prendre les clés de sa voiture qui pendaient à un crochet près de la porte. Ses jambes ont protesté.

— Nous refusons d'aller plus loin. Fais demi tour et retourne te coucher.

Martha a refusé d'abandonner et les a forcées à obéir, se concentrant sur l'une, puis sur l'autre, titubant comme un enfant qui apprend à marcher jusqu'à ce qu'elle atteigne le crochet. Elle a saisi ses clés, les a décrochées de leur perchoir, a fait une pause pour regagner ses forces, a ouvert la porte et est sortie sur la véranda.

Se sentant soudainement étourdie, elle s'est laissé glisser contre le mur. Une fois les vertiges passés, elle s'est relevée et s'est rendue à son auto avec lenteur et précaution. Une fois assise à l'intérieur, elle a saisi le volant fermement, s'est penchée vers l'avant, a fermé les yeux et s'est efforcée de regagner la maitrise de soi.

Le nuage s'est graduellement dissipé, et elle a été capable de démarrer la voiture, d'enclencher les vitesses et de se mettre en route vers le bureau. À son arrivée, elle se sentait déjà mieux, et elle a réussi à ignorer la maladie toute la journée en se tenant occupée. Mais ce soir là, en rentrant chez elle, elle a une fois de plus ressenti du désespoir.

— Je ne me sens vraiment pas bien, Raven, a t elle dit en pénétrant dans la maison. Pourrais tu te faire à manger toi même? Je dois aller me coucher.

Sans même attendre la réponse, Martha est allée dans sa chambre, a fermé la porte et s'est écroulée tout habillée sur son lit. Douze heures plus tard, après un profond sommeil sans rêves, elle s'est réveillée en larmes et s'est encore rendue de peine et de misère au bureau de la bande. Et quand elle en est revenue, elle est allée directement dans sa chambre, s'est effondrée sur son lit et s'est endormie immédiatement.

Cette fois, Raven est venue dans sa chambre, l'a réveillée, déshabillée et forcée à manger de la soupe. Martha a obéi mécaniquement et s'est rendormie avant même que sa fille ait quitté la pièce.

— Tu as un problème, a dit Raven à sa mère le lendemain matin en la voyant émerger de sa chambre les yeux troubles. C'est pas normal de dormir tant que ça. Est-ce que c'est parce que tu t'inquiètes à propos de Spider? Je suis sure qu'il va bien, mais si tu veux, je peux organiser des recherches. C'est ça que tu veux?

— Non, ce n'est pas à cause de Spider. J'ai juste besoin de repos. Ça m'est déjà arrivé et je sais comment m'en sortir.

— Tu pourras pas y arriver toute seule. Va donc à l'infirmerie te faire prescrire des médicaments. Ou le médecin de Thunder Bay pourrait t'aider à sa prochaine visite. Il pourrait t'envoyer voir un spécialiste en avion.

Martha, toutefois, a refusé d'obtenir de l'aide et sa dépression s'est aggravée. Au lieu de sombrer profondément dans un sommeil sans rêves, elle passait maintenant des nuits agitées remplies de rêves fous à propos du père Antoine, du pensionnat indien, d'ours métamorphes et du Wendigo. Elle a bientôt commencé à rester debout tard à boire du café, repoussant le moment où elle se mettait au lit. Les cauchemars l'envahissaient aussi pendant qu'elle était éveillée, prenant la forme de flashbacks où se mêlaient des sentiments de culpabilité et de solitude ainsi que des images de viol. Ils la paralysaient d'effroi et d'anxiété.

— Pourquoi ne pas mettre fin à ce calvaire en me tuant? se demandait elle. Mais, malgré l'étendue de sa souffrance, quelque chose au plus profond d'elle lui disait qu'elle n'avait pas le droit de s'enlever la vie, qu'elle devait continuer à vivre pour le bien de ses enfants.

Une fin d'après midi, se disant que boire de l'alcool pourrait l'aider à mieux se sentir, elle est allée chez Lester plutôt que de rentrer directement chez elle après le travail.

Grand, maigre et arborant une barbe hirsute sur son visage marqué de cicatrices d'acné, Lester avait quelques années de plus que Martha. Ils se connaissaient depuis l'enfance. Ils avaient tous les deux passé le début de leur vie près de la nature, écouté les Ainés raconter les histoires d'antan l'été autour d'un feu de camp et été envoyés au pensionnat indien vers l'âge de six ans. Lester avait été l'un des grands gars qui avaient intimidé son petit cousin et volé sa nourriture avant sa mort. Par la suite, Martha lui avait clairement manifesté son dédain et ne lui avait adressé la parole que lorsqu'elle devait absolument le faire.

Par conséquent, lorsque Lester a vu Martha à sa porte, il a eu du mal à réprimer un sourire suffisant. *Malgré son séjour à Toronto et le fait qu'elle va supposément bien, elle n'est pas mieux que nous autres, s'est il dit. Et si elle n'était pas venue chercher à boire, mais plutôt faire des histoires à propos de la façon dont son fils s'est fait malmener?*

— Écoute Martha, a t il dit avant qu'elle ait le temps de prononcer un mot. Spider s'est fait tabasser ici le soir où il a disparu, mais ce n'était pas ma faute. Tout le monde peut te le dire, j'évite les problèmes et j'interdis les batailles chez moi, mais il a provoqué tout le monde et s'est attaqué à plus fort que lui.

Devant le silence de Martha, Lester lui a offert un verre.

— On se connait depuis qu'on est tout petits. Pendant que tu étais partie faire fortune en ville, je suis resté ici et je me suis lancé dans la vente de boisson.

— Je ne me cache pas pour le dire, a t il poursuivi, même s'il y a des gens qui me regardent de haut, j'ai mieux réussi que toi ou n'importe quel autre membre de la gang de l'époque : un nouveau camion à quatre roues motrices tous les deux ans, une nouvelle motoneige Bombardier à chaque hiver, une télé grand écran, deux Yamaha V6 sur mon bateau…

Martha l'a interrompu en lui disant qu'elle prendrait du *rye*.

— OK, je comprends, tu n'as pas le gout de bavarder. Vu que le client a toujours raison et que tu veux du fort, je vais t'en donner. Personnellement, je préfère le vin. Je ne peux pas me permettre d'être trop paf quand je dois m'occuper de mes clients.

Il a pris une bouteille à moitié pleine sur une étagère au dessus de l'évier de la cuisine. Il a versé une bonne rasade dans un verre à eau qu'il lui a ensuite présenté.

— Un peu de gingembre avec ça?

Martha a fait non de la tête, a pris le verre et, après avoir fermé les yeux, en a englouti le contenu d'un trait.

— C'est exactement ce qu'il me faut, a t elle dit, en frémissant tandis que le whisky lui brulait la gorge. J'en prendrais bien une bouteille.

Même si Martha devait endurer les remarques sarcastiques des autres clients, elle a commencé à aller chez Lester tous les vendredis soir après avoir reçu sa paie. Elle achetait deux bouteilles de whisky coutant 200 $ chacune. Une fois rendue chez elle, elle remettait le reste de l'argent à Raven pour l'achat de nourriture et d'autres choses essentielles, puis disparaissait dans sa chambre. Elle s'enivrait jusqu'à l'inconscience jusqu'au lundi matin, moment où elle émergeait de sa torpeur souffrant d'un mal de tête lancinant et accablée de remords.

Même si elle parvenait à se trainer au bureau chaque jour de semaine, elle était maussade, se laissait facilement distraire et ne participait plus aux échanges de plaisanteries amicaux entre les employés. Lorsqu'elle a commencé à commettre des erreurs dans l'exécution de son travail, Joshua l'a prise à part.

— Martha, on dirait que tu traverses une période difficile. Est ce que je peux te parler franchement, en tant qu'ami et Ainé, pas en tant que patron?

— J'avais aussi l'intention de te parler, a répondu Martha. Je sais que la qualité de mon travail a diminué. Je combats une dépression. C'est probablement une rechute de celle que j'ai faite au retour du pensionnat. Tu te souviens? Celle que tu m'as aidée à traverser la fois qu'on s'est assis et qu'on a parlé sur la plage. Quand on a vu les ancêtres dans les nuages. Les mauvaises expériences passées me reviennent. Je revis les agressions de ce prêtre pédophile, le père Antoine.

— Je te propose qu'on travaille ensemble pour soigner ta dépression, a dit Joshua. Mais tu dois reconnaitre que tu as un problème de boisson et que si tu ne fais pas attention, tu vas devenir alcoolique.

— Je te fais confiance, Joshua. Dis moi quoi faire et je vais t'obéir. Je suis désespérée.

— La première chose que tu dois faire, c'est arrêter de boire. Réellement arrêter. Ça veut dire ne plus aller chez Lester et ne plus utiliser ta dépression comme excuse pour continuer à boire. Promis?

Martha a promis et a annulé sa visite chez Lester après le travail le vendredi suivant. Mais, le lendemain, après une nuit sans sommeil particulièrement difficile, sa détermination a faibli et elle est allée s'acheter une bouteille de whisky. En se rendant chez le trafiquant, elle est passée devant un petit immeuble où le prédicateur autochtone d'une Première Nation voisine célébrait régulièrement des services religieux, des réunions de prières et des soirées de chant gospel. Préoccupée par ses propres problèmes, elle y avait jusqu'alors porté peu d'attention. Mais cette fois, peut être parce qu'elle se sentait coupable d'avoir trahi sa promesse à Joshua, elle a arrêté sa voiture et est allée lire l'avis épinglé sur la porte avant.

Vivez vous dans la solitude?
Menez vous une vie vide de sens et remplie de souffrances?
La Bible contient les réponses.
Services tous les dimanches à 10 h.

Martha est retournée chez elle et le lendemain, elle s'est jointe à un petit groupe de membres de la communauté qui se retrouvaient le dimanche pour une célébration religieuse. Après les hymnes d'ouverture et des annonces communautaires, le célébrant est monté sur une plateforme surélevée et s'est approché de la chaire. Tenant fermement sa bible de la main gauche, il a pointé l'assemblée avec sa main droite et a commencé son homélie.

— Mes frères et mes sœurs! Bienvenue en ce lieu de culte. Je sens un trouble chez beaucoup d'entre vous. Je sais que vous êtes nombreux à vouloir mener une meilleure vie. Je suis certain que beaucoup essaient de comprendre la cause de leur souffrance.

— Savez vous pourquoi vous souffrez? a t il poursuivi. Je peux vous le dire. C'est à cause de votre dépravation. Et vous êtes dépravés parce que vous êtes nés dans le péché. Le diable a tenté Adam et Ève et ils ont péché! Ils ont perdu leur innocence et ont été expulsés du jardin d'Éden par Dieu pour avoir péché!

— Les hommes et les femmes nés depuis sont issus du péché! Peu importe votre statut. Le fait d'être roi, reine, premier ministre ou même prêtre n'y change rien. Nous sommes tous, mes chers amis, le fruit de la dépravation et du péché!

— Cela dit, je vous apporte de bonnes nouvelles. Même si vos péchés sont aussi noirs que le charbon et puent la dépravation, vous pouvez être sauvés et aller au paradis! Vous n'avez qu'à vous repentir, croire en Dieu, et renaitre.

— Mes frères et mes sœurs, soyez de bons parents. Utilisez vos prestations d'aide sociale pour acheter de la nourriture et des vêtements pour vos petits, pas pour dépenser chez Lester. Couchez vos enfants de bonne heure, faites leur abandonner leurs mauvaises habitudes.

— S'ils refusent d'obéir, souvenez vous de ce passage de la bible : *Qui aime bien châtie bien.*

Un jeune homme assis seul au fond de la salle a plaqué un accord sur sa guitare électrique. Les fidèles se sont alors levés et ont entamé un chant mélancolique bien connu.

Nobody knows the trouble I've seen,
Nobody knows but Jesus.
Nobody knows the trouble I've seen,
Glory Hallelujah!
Sometimes I'm up, sometimes I'm down,
Oh, yes, Lord.
Sometimes I'm almost to the ground,
Oh, yes, Lord.
(traduction libre en annexe)

— Et maintenant, chers frères et sœurs, écoutez attentivement ce que je vais vous dire, a déclaré le prédicateur, une fois les fidèles assis. Un fardeau particulier a été placé sur nos épaules, nous les Autochtones. Lorsque j'étais enfant, j'aimais entendre les Ainés raconter les histoires traditionnelles sur Nanabush, l'Oiseau Tonnerre et le Wendigo. Elles affirmaient que les humains étaient apparentés aux animaux et que les Anishinaabeg pouvaient compter sur l'aide d'esprits venant de la terre des ancêtres. On nous disait que le Grand Manitou était un esprit divin.

— Ce ne sont que des superstitions attribuables à l'ignorance. Vous devez renoncer à de telles croyances si vous voulez être sauvés. C'est ce que nous enseigne la Bible dans le passage suivant : *Tu n'auras pas d'autres dieux devant ma face.* Nanabush, l'Oiseau Tonnerre et le Wendigo sont de faux dieux.

— La bible est la parole de Dieu. Elle affirme que l'homme a été créé à son image. Nous devons rejeter la conception ancienne selon laquelle l'homme est relié aux animaux d'une façon ou d'une autre! Mes frères et mes sœurs, nous ne sommes pas des animaux. Dieu n'est pas le dieu des animaux. Si nous étions des animaux, le bien et le mal n'existeraient pas. Vous pourriez aussi bien aimer ou aider quelqu'un que le torturer ou le tuer. Ça ne changerait rien. Il n'y aurait pas d'ordre moral.

— Par conséquent, je vous implore, mes frères et mes sœurs, de sauver votre âme immortelle en faisant aujourd'hui les premiers pas vers le salut. Échappez au sort de nos ancêtres qui ne connaissaient pas la bible et ont été condamnés à la damnation éternelle. Rejetez les pow wow et leur glorification des pratiques païennes. Ne tolérez pas les cercles de tambours et les danses autochtones dans la communauté, même si vos enfants vous supplient de ramener les coutumes d'antan.

— Enlevez des murs de vos maisons les œuvres d'art qui représentent Nanabush et l'Oiseau Tonnerre, car ce sont des idoles et de faux dieux.

— Maintenant, je vous conjure de vous rallier! Emboitez le pas, je vous en supplie! Ralliez vous et vous serez sauvés!

Le prédicateur brandissait le poing pour renforcer ses propos, et l'assemblée, tombant progressivement en extase, y répondait avec passion. Certains se sont levés et ont crié *amen!* D'autres ont commencé à trembler et à parler en langues.

Martha a ressenti une joie immense. Elle n'avait que de mauvais souvenirs, ayant oublié les moments heureux de sa vie. Son existence entière avait été un enfer, et elle savait maintenant pourquoi : elle était née du péché et avait vécu dans la dépravation, forniquant, buvant et croyant à de faux dieux. Elle voulait noyer son chagrin dans son amour pour Dieu et recommencer à zéro. Un sentiment d'euphorie et de plénitude spirituelle l'a envahie, et elle a commencé à trembler. La salle s'est remplie d'une lumière aveuglante. Elle a bondi sur ses pieds, a levé les bras au ciel, et les joues inondées de larmes, s'est mise à crier.

— J'ai vu la lumière! J'ai vu la lumière! Je suis sauvée! Merci, Jésus, merci!

Le prédicateur s'est avancé vers elle et l'a emmenée en avant. Il lui a demandé de s'agenouiller, ce qu'elle a fait. Il l'a bénie et lui a dit qu'elle était sauvée et que son âme irait au paradis à sa mort.

— Merci, Jésus, a dit Martha, avant de crier amen.

Tandis qu'elle se relevait et retournait lentement à son siège, le prédicateur s'est mis à chanter.

Amazing Grace, how sweet the sound,
That saved a wretch like me.
I once was lost but now am found,
Was blind, but now can see.
'Twas Grace that taught My heart to fear.
Grace, my fears relieved.
How precious did that Grace appear
The hour I first believed.

Les fidèles rassemblés se sont joints à lui avec tant d'ardeur qu'on aurait dit que les murs du modeste bâtiment tremblaient.

Une fois rentrée chez elle après le service, Martha s'est mise à avoir des doutes. *Que j'ai été idiote! s'est elle dit. Me donner en spectacle comme ça! Comment pourrai-je regarder ces gens dans les yeux dorénavant? À bien y penser, le message du prédicateur sonne faux. Il n'est pas différent de ce que nous racontaient les religieuses et le père Antoine. Il a peut être raison, mais je ne suis pas prête à faire une croix aussi facilement sur les croyances des ancêtres. Ça n'a aucun sens qu'un dieu juste voue à la damnation éternelle les Autochtones parce qu'ils n'ont pas eu la chance d'entendre sa parole à travers les époques. Dans mon cœur, je ne renierai jamais ma conviction selon laquelle le Grand Manitou est l'esprit qui anime tous les êtres.*

Martha, toutefois, était capable d'adhérer aux deux croyances apparemment contradictoires en même temps. Elle a donc gardé secrète sa profonde foi en la spiritualité autochtone tout en embrassant le christianisme pendant les services dominicaux et les jeudis soir lorsqu'elle se joignait à ses nouveaux amis pour chanter du négrospiritual. Ces chants traditionnels promettaient aux gens humbles et opprimés d'ici-bas qu'ils seraient récompensés dans l'autre monde. En ces occasions, elle réussissait à oublier momentanément sa dépression et ses flashbacks, mais ces derniers revenaient la hanter de plus belle une fois qu'elle était chez elle et que sa ferveur religieuse s'était refroidie. Elle a donc recommencé à boire à l'excès les vendredis et les samedis soir, vaguement consciente que son comportement n'avait aucun sens, mais convaincue qu'il lui était impossible de fonctionner autrement.

Sans s'en rendre compte, Martha a commencé à traiter sa fille comme les religieuses avaient agi avec elle quand elle était enfant. Elle a continué à rejeter les offres d'aide répétées de Raven, et trouvait à redire à tout ce qu'elle faisait. Elle critiquait sa façon de s'habiller et de se coiffer, le temps qu'elle consacrait à ses devoirs, la musique qu'elle écoutait et les livres qu'elle lisait.

— Quand je vivais à Toronto, lui disait Martha, j'ai vu deux sortes d'Autochtones : les paresseux et les vaillants. Les paresseux trainaient dans la rue. Les vaillants étudiaient fort, étaient fiers de leur héritage et réussissaient dans la vie. Ils sont devenus travailleurs sociaux, avocats, médecins et enseignants. Ils pouvaient accoter n'importe quel Blanc. Si tu ne te secoues pas, tu vas finir dans la rue comme ton père.

Pour échapper aux remontrances de sa mère, Raven a commencé à rentrer tard le soir et à parler de ses problèmes avec ses amis. Cela contrariait Martha encore plus. Elle attendait donc sa fille assise dans un fauteuil, et la réprimandait quand elle rentrait. Raven ignorait sa mère et allait directement au lit, ce qui clouait le bec à Martha.

Un soir, en attendant sa fille, Martha a commencé à boire. Plus elle buvait, plus elle était fâchée, repassant dans sa mémoire les punitions que lui avaient infligées les religieuses pour des infractions beaucoup moins graves que le fait de rentrer tard et, probablement, de se fourrer dans toutes sortes de situations fâcheuses. Ça lui a rappelé la fois où elle avait été battue et enfermée dans la cave à charbon pour avoir essayé de venir en aide à P'tit Joe. Ce souvenir l'a rendue morose, et elle s'est mise à s'apitoyer sur son sort.

À l'arrivée de Raven, Martha était dans un état d'ébriété colérique avancée.

— Je te gage que tu as fumé du pot et couché avec des gars, lui a t elle dit, l'attrapant au passage, la poussant sur le divan et la frappant à l'aide d'une ceinture. La bible dit : *Qui aime bien châtie bien.* Prends ça, c'est pour ton bien!

— Dorénavant, a t elle poursuivi, tu vas venir à l'église tous les dimanches et je vais te surveiller de près.

Au lieu d'intimider sa fille, Martha l'a rendue rebelle et provocatrice. Lorsqu'elle a essayé de la frapper un autre soir où elle est rentrée tard, Raven, qui était grande et forte, lui a arraché la ceinture des mains.

— Aimerais tu ça que je te frappe avec une ceinture? Essaie encore une fois et c'est ça qui va t'arriver. Tu me lèves le cœur. Tu fais semblant d'être religieuse, tu brailles à l'église le dimanche en disant être sauvée, puis rendue ici, tu te soules la gueule et tu me bats. Spider avait ses défauts, mais c'était pas un hypocrite comme toi. Je déteste les hypocrites! Fiche-moi la paix!

Martha a cessé d'essayer de discipliner sa fille, et Raven a continué à trainer avec des jeunes qui allaient chercher l'amitié et l'amour là où ils pouvaient les trouver. Ils se rencontraient le soir derrière les murs impersonnels sans fenêtres de la coop pour exprimer leur haine de soi et leur dégout de la vie, ainsi que leur révolte contre leurs parents. Pour ce faire, ils fumaient, buvaient et jetaient par terre leurs paquets de cigarettes vides et leurs bouteilles, se coupaient avec des lames de rasoir, faisaient fondre des médicaments sans ordonnance et se les injectaient dans les veines, prenaient des cachets d'Oxycodone et de Percocet qu'ils volaient à leurs parents qui les avaient eux mêmes introduits illégalement dans la communauté pour alimenter leur propre dépendance, s'enfouissaient la tête dans des sacs à poubelle noirs pour snifer des vapeurs d'essence et du fixatif à cheveux, et s'envoyaient du chasse moustique directement dans les narines pour se geler rapidement.

Quand ils sortaient de l'ombre, ils écrivaient RETOURNEZ CHEZ VOUS BANDE D'HYPOCRITES sur les murs de leur école surpeuplée, polluée et lamentable, exprimant leur mépris aux enseignants blancs qui arrivaient chaque automne en promettant d'être leurs amis, mais qui les trahissaient souvent en ne revenant pas après les vacances de Noël. Ils faisaient la même chose à l'aéroport, inscrivant BIENVENUE EN ENFER sur les flancs de l'aérogare pour faire connaitre leur dédain aux prétendus experts de l'extérieur qui venaient régulièrement rafistoler sans succès les réseaux d'alimentation en eau, d'assainissement et d'électricité.

Mais leur fureur n'était pas seulement dirigée contre leurs parents et les étrangers qui les avaient laissé tomber. Ils s'en prenaient aussi les uns aux autres, comme les enfants du roman *Sa Majesté des mouches* de William Golding. Les plus grands malmenaient et exploitaient les plus petits. D'abord reléguée au rang des jeunes et faibles, Raven a reçu l'ordre de voler de l'argent et de l'alcool à sa mère. Quand elle a refusé, les grands ont essayé la force, mais elle a refusé de se laisser intimider et s'est défendue en utilisant un deux par quatre en guise de gourdin.

— Maudite folle! lui ont ils dit. Aussi bizarre que ton imbécile de frère et ta mère.

Ils l'ont tout de même laissée tranquille et acceptée dans leur groupe dominant, quoiqu'à contrecœur.

Certains jeunes optaient pour la fuite et se suicidaient. L'épidémie de suicides qui avait commencé plus de 20 ans auparavant chez les jeunes Autochtones du Nord de l'Ontario, bien avant que Martha parte pour Toronto, s'était poursuivie. Par contre, contrairement à ce qui se passait dans les communautés voisines de Pikangikum, Wapekeka et Webeque où certaines années jusqu'à six jeunes s'enlevaient la vie, il arrivait rarement que plus d'un suicide ait lieu dans la même année au sein de la Première Nation de Cat Lake.

Par conséquent, lorsque Rebecca, 13 ans, s'est enlevé la vie cet automne là, l'immense vague de chagrin qui s'est abattue sur la communauté a été atténuée par le fait qu'on s'attendait à ce qu'il n'y ait pas d'autre mort volontaire pendant un bon bout de temps. Mais deux autres adolescents, Jonathan et Sara, se sont bientôt tués l'un après l'autre. Personne ne savait si le fait qu'ils se soient tous enlevé la vie peu après leur treizième anniversaire n'était qu'une coïncidence.

Malgré ses problèmes, Martha n'était pas centrée sur elle même au point de ne pas être consciente du fait qu'une épidémie de suicides de jeunes ravageait la communauté. Chaque dimanche, elle priait pour les âmes des défunts avec les autres membres de son église. Au bureau de la bande, les employés et les parasites qui trainaient sempiternellement à la réception ne parlaient que de ça. Elle a même assisté aux funérailles, pleurant et criant avec les autres personnes présentes au moment où les cercueils étaient emportés au cimetière.

Toutefois, emmurée comme elle l'était dans sa dépression, et quasiment tout le temps ivre ou incommodée par la gueule de bois, elle vivait la peine des autres d'une façon distanciée, mécaniquement, dans un état d'engourdissement, simplement pour la forme. Ce qui arrivait était horrible, mais ça ne la touchait pas personnellement. Elle n'aurait jamais pensé que sa propre fille puisse être impliquée. Par conséquent, lorsque Raven, peu après son treizième anniversaire, est entrée dans sa chambre un samedi matin et l'a réveillée en la secouant pour lui annoncer qu'elle avait conclu un pacte de suicide avec les trois adolescents qui s'étaient donné la mort, Martha n'a pas compris ce que sa fille lui disait.

— Hein? Quoi? Tu es dans quoi? Qu'est ce que tu racontes?

— Laisse faire, a répondu Raven. C'est pas important.

Joshua était en train de déjeuner avec sa femme quand Raven a frappé à sa porte et est entrée.

— De la belle visite! a t il dit. Prends du bannock et fais comme chez toi. Voudrais tu une tasse de chocolat chaud ou de thé?

Lorsque Raven s'est assise sur le divan sans rien dire, la femme de Joshua a scruté son visage et, remarquant sa désolation, a mis son châle.

— Je vous laisse, j'ai quelques courses à faire, a t elle dit en sortant.

— Qu'est ce que je peux faire pour toi? a demandé Joshua en venant s'assoir à côté de Raven.

— Joshua, tu étais là pour moi quand Nokomis est morte. Peux tu encore m'aider? Je n'ai personne à qui me confier, et ça va très mal. Ma mère boit et se préoccupe seulement de Spider. Elle me reproche de l'avoir fait fuir dans le bois. Elle n'a jamais voulu de moi et ne sait pas quoi faire de moi. Quand j'ai essayé de lui parler ce matin à propos de quelque chose de très important, elle était tellement paquetée qu'elle ne comprenait pas ce que je disais.

— Prends ton temps, Raven. Quand tu seras prête, dis moi ce qui se passe.

Raven a fixé le plancher, essayant de trouver la force de partager son secret. Quand elle s'est mise à pleurer, Joshua l'a prise dans ses bras.

— C'est OK, Raven. Pleure tant que tu veux et quand tu te sentiras prête, tu me diras ce que je peux faire pour t'aider.

— C'est très difficile. C'est à propos des suicides, et des jeunes qui se sont tués, a t elle dit.

— Oui, a vivement répliqué Joshua. Qu'est ce que tu sais à propos des suicides? En quoi es tu concernée? J'espère que tu n'as pas envie de faire la même chose?

— C'est pire que ça Joshua. Bien pire. Il y a eu un pacte de suicide et j'en faisais partie. On était quatre. On avait décidé de se tuer dès qu'on aurait 13 ans. La vie à la maison était si terrible qu'on ne voulait plus continuer de vivre.

Raven s'est remise à pleurer. Lorsqu'elle a été un peu plus calme, Joshua lui a parlé.

— Je suis tellement désolé, Raven. Ça a dû être vraiment horrible. Raconte moi tout, je t'en prie.

— Les autres sont passés à l'acte. Il ne reste que moi, et je ne suis plus certaine de vouloir exécuter mon projet. Mais renoncer, ce serait trahir la promesse que j'ai faite à Rebecca, Jonathan et Sara. Je suis toute mêlée et je ne sais pas quoi faire. C'est pour ça que je suis venue te voir.

Joshua tenait Raven dans ses bras pendant qu'elle parlait. Il l'a soudain serrée encore plus fort, et quand il l'a lâchée, ses yeux étaient remplis de larmes.

— Raven, cette affaire est très grave, et je suis content que tu sois venue me voir. Il faut qu'on discute de tout ça. Même si tu n'as que 13 ans, tu dois m'aider à t'aider.

Raven a acquiescé d'un signe de tête et Joshua a poursuivi.

— D'abord, je veux que tu me promettes de ne pas poser de geste radical. Si tu ressens l'envie de te faire mal, viens me voir. Je suis sérieux. À n'importe quelle heure du jour ou de la nuit.

— Je vais essayer, a dit Raven. Mais je ne sais pas combien de temps je vais pouvoir tenir.

— Voyons ce qu'on peut faire. D'une certaine façon, c'est une bonne chose que tu sois venue me voir. Ça fait trop longtemps que la communauté est ébranlée par des suicides de jeunes comme toi. Mais la vague actuelle est déchirante. Jamais auparavant tant de jeunes se sont enlevé la vie en si peu de temps. Nous avons essayé de l'enrayer, mais on ne savait pas qui était membre du pacte. Est ce que d'autres jeunes sont impliqués?

— Personne ne s'est joint à notre groupe, mais il y en a probablement d'autres qui songent à se tuer.

— Tu sais probablement que je ne peux pas, à moi seul, régler tes problèmes, a dit Joshua après une minute de réflexion. Personne ne le peut. Je ne suis même pas sûr de pouvoir t'aider à propos de ta mère. J'ai essayé de l'encourager à arrêter de boire, mais ça n'a rien donné. Ce que nous devons faire, c'est amener tout le monde à travailler ensemble. La communauté est malade, et une des causes du problème, c'est que les parents et les grands parents des jeunes d'aujourd'hui ont été emmenés par le gouvernement et élevés dans des pensionnats. Ta mère est au courant de tout ça, car elle était du nombre.

— Tu as été chanceuse, a t il poursuivi, d'échapper à ça, d'avoir eu la possibilité de vivre avec ta formidable Nokomis. Tu as aussi une mère qui a réappris sa langue et sa culture à son retour du pensionnat. Ce qu'il faut retenir, c'est que la plupart de ceux qui sont allés au pensionnat n'ont jamais appris à être de bons parents, et ta mère fait partie de ce groupe. Ils ne disent jamais à leurs enfants qu'ils les aiment, ce qui fait que tes amis et toi, vous vous sentez non désirés. Mais, c'est simplement mon opinion. Ce qu'il faut faire, c'est réunir les gens pour échanger de l'information et examiner les options possibles.

— Ça ne donnera rien, a dit Raven. Le fait de tenir une autre réunion où tout le monde parlera à n'en plus finir et où on ne tirera pas de conclusions n'aidera pas.

Joshua est allé à la fenêtre et a regardé dehors pendant un long moment avant de revenir au divan.

— Il y a une autre possibilité. Que penses tu de l'idée d'organiser un cercle de guérison et d'inviter le prêtre qui a agressé les mères des jeunes qui se sont tués à venir nous rencontrer? Il s'agit du père Lionel Antoine. C'est le même prêtre qui a exploité ta mère. Les chances que ça aboutisse sont minces, car l'Église a de la difficulté à admettre les méfaits du clergé et refuserait probablement qu'il vienne. Il est peut être même mort. Mais s'il vit encore et accepte de venir, ta mère et les autres pourraient s'expliquer avec lui. Il s'excuserait peut être. Les femmes à qui il a fait du tort lui pardonneraient peut être. Si c'est le cas, elles pourraient commencer à se guérir elles mêmes. Elles pourraient éventuellement devenir capables de vous montrer de l'affection à vous, leurs enfants. Je ne peux penser à aucune autre action qui aurait plus de chances de faire cesser les suicides. Qu'en penses tu?

— Je suis partante. J'espère seulement que ma mère sera d'accord.

— Laisse moi m'occuper d'elle. Je pense que notre plan a des chances de réussir. J'ai entendu dire que l'archevêque de Québec a bon cœur. Je vais lui écrire pour lui demander de nous aider. Entretemps, pas un mot à personne au cas où ça ne fonctionnerait pas.

14
L'Église

PEU DE TEMPS APRÈS, Joshua a envoyé la lettre suivante à l'archevêque, monseigneur Laframboise :

Monseigneur,

Je voudrais me présenter. Je suis le chef de la Première Nation de Cat Lake, qui est située à quelque 800 kilomètres au nord ouest de Thunder Bay, dans le Nord de l'Ontario, sur le cours supérieur de la rivière Albany. Nous sommes des Autochtones fiers, et nous vivons dans cette région depuis toujours.

Nous ne nous sommes jamais rencontrés, mais on m'a dit que vous étiez le chef de l'Église catholique à Québec. Je vous écris à propos de quelque chose qu'il m'est pénible de décrire. Le gouvernement d'Ottawa, de concert avec les églises, a décidé il y a de nombreuses années de retirer les enfants autochtones à leurs parents et de les envoyer dans des pensionnats pour les transformer en Blancs.

Les membres de ma communauté n'avaient pas le choix, et des générations d'enfants de chez nous sont allées dans un pensionnat dirigé par votre église dans la baie James. Beaucoup d'entre eux en sont revenus abattus mentalement après avoir été traités durement par le personnel et avoir perdu l'essentiel de leur langue et leur culture.

Auriez vous la bonté d'aider notre communauté à se soigner? Nous avons besoin de rencontrer en personne un prêtre, le père

Lionel Antoine, pour surmonter notre douleur. Il a agressé sexuellement bon nombre de nos filles à cette époque. S'il est décédé ou ne veut pas venir, pourriez vous envoyer une personne sage et compatissante pour participer à un cercle de guérison avec nous? Mon but n'est pas la vengeance, mais la paix, la réconciliation et la guérison.

Veuillez agréer, Monseigneur, mes salutations distinguées.
Joshua Nanagushkin
Chef, Première Nation de Cat Lake

Le matin où monseigneur Laframboise a reçu la lettre de Joshua, Thierry de Salaberry, évêque dans la trentaine soigné de sa personne qui l'aidait à administrer son archidiocèse, ne pouvait se douter que sa journée irait si mal. Comme chaque jour après la messe, il prenait son déjeuner seul dans la salle à manger de sa résidence. Conscient de la solennité de ses fonctions, il insistait pour manger dans des plats de porcelaine avec des couverts en argent à une table d'acajou polie ornée de fleurs fraichement coupées.

Son aide ménagère lui a servi du jus d'orange frais, du bacon croustillant, des œufs légèrement pochés, des rôties de blé entier et de la marmelade. Elle lui a ensuite versé une grosse tasse de café, y a jouté du sucre et de la crème, a brassé le tout doucement et lui a remis ses journaux. Ce moment de la journée était son préféré. Il adorait boire son café lentement en feuilletant les quotidiens, surtout Le Devoir, journal préféré des intellectuels québécois, à tête reposée.

L'évêque venait d'une vieille famille illustre de Québec qui comptait de nombreux notaires et évêques dans sa lignée. Il était fier de pouvoir retracer ses origines jusqu'à des propriétaires fonciers issus de la noblesse de Normandie. Au 17e siècle, ces derniers avaient envoyé leurs fils de l'autre côté de l'Atlantique pour devenir seigneurs en Nouvelle France. Adolescent, il avait fréquenté le meilleur collège classique de la province. Après, sans avoir reçu d'appel spirituel particulier, il avait décidé d'embrasser la vie religieuse et était entré au séminaire de Québec.

Ni ses proches, ni lui, ni aucun des hauts placés de l'ordre clérical local, souvent invités à diner dans la demeure élégante et somptueusement décorée de sa famille, n'avaient jamais douté qu'il accomplirait de grandes choses. Il avait été le plus brillant des élèves du collège classique, maitrisait superbement le grec et le latin, et excellait en anglais, en littérature française et en rhétorique. Ses résultats avaient été tout aussi remarquables au séminaire où sa compréhension du droit canon et de la philosophie, particulièrement celle de Saint Thomas d'Aquin, avait réjoui ses professeurs.

Après son ordination, il avait été hors de question qu'il soit envoyé travailler sur le terrain comme missionnaire ou, d'ailleurs, affecté à une paroisse rurale comme la plupart des prêtres néophytes. Il était plutôt devenu assistant personnel de l'archevêque de Montréal. Il avait exécuté ses fonctions avec tant de discrétion et de jugement qu'en peu de temps, il était passé évêque et avait été affecté à l'archidiocèse de la ville de Québec. Là, il était responsable de dizaines de prêtres, dont la plupart étaient plus vieux que lui.

Il considérait cette rapide ascension comme allant de soi et s'attendait à accéder en peu de temps aux échelons supérieurs de l'Église. Il avait d'ailleurs déjà tracé un plan pour la réalisation de cet objectif. Il entrerait au service diplomatique du Vatican puis, grâce à son talent inné et à sa personnalité avenante, il deviendrait très certainement archevêque. Ensuite, il serait nommé ministre des affaires étrangères du Saint-Père lui même. Après cela, qui savait ce qui pourrait arriver? Si la destinée de l'évêque devait s'accomplir, il fallait d'abord qu'il soit convoqué à Rome, et pour que cela se produise, il lui fallait obtenir la bénédiction et l'appui de son supérieur, monseigneur Laframboise. Il ne croyait pas que ce serait difficile. L'archevêque semblait l'aimer et comptait sur son aide pour la gestion de l'archidiocèse.

L'évêque reconnaissait qu'il était ambitieux, mais ne voyait pas ce trait de caractère comme un défaut en soi. Après tout, il souhaitait son avancement non pas pour lui même, mais pour le bien de l'Église. Il avait déjà demandé à l'archevêque d'écrire une lettre de recommandation à la Curie romaine et monseigneur Laframboise, sans grand enthousiasme faut il l'avouer, avait promis d'accorder à sa demande l'attention qu'elle méritait.

Entretemps, monseigneur de Salaberry avait entrepris de charmer et impressionner son supérieur par la profondeur et la sophistication de sa connaissance des affaires internationales. En parcourant les journaux, il était toujours à l'affut d'opinions qu'il pourrait présenter comme les siennes au cours de leurs diners d'affaires mensuels. Ce matin toutefois, il avait eu la mauvaise surprise de lire en première page d'un quotidien que la police faisait de rapides progrès dans son enquête sur les mauvais traitements infligés aux enfants autochtones par des membres du clergé dans les pensionnats indiens.

Pendant plus de cent ans, le gouvernement canadien a cherché à régler le « problème des Indiens » en essayant d'intégrer les Autochtones dans la société en général par des politiques d'assimilation forcée. Génération après génération, des enfants autochtones ont été enlevés à leur famille, parfois dès l'âge de six ans, pour être envoyés dans des pensionnats dirigés par les églises. Beaucoup d'entre eux ont été exploités sexuellement ou soumis à d'autres sévices infligés par des prêtres, des religieuses, des pasteurs et d'autres personnes censées prendre soin d'eux.

Le gouvernement vient d'annoncer qu'il verserait des dédommagements à tous ceux qui ont fréquenté les pensionnats et qu'il créerait une commission de vérité et de réconciliation. Celle ci se déplacera dans l'ensemble du pays pour constituer un dossier historique et permettre aux survivants autochtones de raconter leurs expériences. La commission ne sera pas une cour de justice et n'aura pas l'autorité nécessaire pour obliger les personnes ayant agressé des enfants à comparaitre.

Les autorités agissent également aussi vite que possible pour trouver et poursuivre en justice les individus responsables de certains actes de maltraitance particuliers. Beaucoup d'entre eux sont maintenant très vieux, et il est important qu'ils soient traduits en justice avant leur mort. Tous les anciens élèves, il va sans dire, conservent le droit de poursuivre les églises qui ont pourvu les pensionnats en personnel.

L'évêque a déposé sa tasse de café non terminée et a reculé sa chaise. Sa matinée était gâchée. Monseigneur Laframboise lui avait demandé quelque temps auparavant de se pencher sur ces accusations et de lui en faire un bilan au cours d'un de leurs dîners. L'évêque avait étudié la question, mais ne l'avait pas encore abordée avec son supérieur. Les deux hommes devaient se rencontrer le jour même et l'archevêque, l'évêque le savait, aurait lu le même article que lui. Il voudrait donc discuter de ce sujet ennuyeux plutôt que de la question tellement plus intéressante de ses plans d'avenir.

Juste avant midi, l'évêque a sonné à la porte de la résidence de l'archevêque. Ce dernier s'attendait à ce que ses visiteurs soient ponctuels et n'aurait pas aimé qu'il soit en retard. Une religieuse silencieuse et respectueuse a ouvert la porte, et il est entré. L'intérieur de la demeure lui était familier : l'omniprésent parfum d'huile de citron mêlé à une légère odeur de moisi, le tictac discret de l'horloge ancienne, les précieux tableaux de la Vierge Marie et du Christ martyrisé accrochés aux murs et la chapelle privée à côté de l'escalier dont l'usage était réservé à l'archevêque et aux prélats romains de passage.

Après avoir pris son manteau et l'avoir suspendu dans la penderie, la religieuse a escorté l'évêque d'abord dans l'escalier puis jusqu'à la salle à manger de l'archevêque. Son hôte, qui portait une simple soutane noire et le col romain, était mince et de taille moyenne. Ses yeux brun foncé étaient chaleureux, mais perçants. Il aurait été content de rester curé toute sa vie, mais ses supérieurs avaient apprécié son influence dominante, mais paisible, son jugement et ses aptitudes en matière de gestion, ce qui fait qu'il avait progressivement gravi les échelons de la hiérarchie au fil des ans.

L'archevêque a fait signe à l'évêque de s'assoir à la petite table pour deux qui avait été aménagée pour l'occasion. Au menu, ce jour là, il y avait du macaroni au fromage et, comme boisson, du soda au gingembre. L'évêque a fait semblant d'aimer la nourriture, mais il était un peu vexé. Il ne pouvait comprendre pourquoi son hôte ne servait pas des mets plus fins et variés à ces diners, des mets qui convenaient mieux aux membres supérieurs du clergé, surtout lui, qui pourrait un jour être appelé à devenir un prince de l'Église. Mais à quoi pouvait il s'attendre de quelqu'un qui servait des boissons gazeuses plutôt qu'un vin décent à sa table?

En prenant le café, moment du repas où les deux hommes parlaient affaires, l'évêque a pris les devants en abordant sans détour la question des pensionnats indiens.

— Votre Excellence, j'ai, comme vous me l'aviez demandé, examiné les allégations de sévices par des membres du clergé à l'endroit de jeunes Autochtones dans les pensionnats indiens que nous administrions autrefois. Il semble que bon nombre de prêtres et de religieuses se soient montrés trop zélés dans l'exercice de leurs fonctions. Certains, semble-t-il, ont même été tentés par le péché.

— Ces pauvres enfants! s'est exclamé l'archevêque. Comme ils ont dû souffrir, seuls dans ces écoles isolées.

— Le pire, a poursuivi l'évêque, c'est que l'Église a peu fait pour régler les problèmes, à part muter les contrevenants dans d'autres pensionnats et les laisser recommencer à neuf. Nous sommes maintenant confrontés à un problème grave. Vous avez surement lu dans les journaux de ce matin que les anciens élèves ont le droit de poursuivre l'Église pour obtenir des dommages et intérêts. Ils vont sans doute le faire.

L'archevêque a gardé le silence pendant quelques minutes avant de parler.

— Que pensez vous que l'Église devrait faire? Devrait elle s'excuser? Verser des dédommagements aux victimes?

L'évêque s'est réjoui. Lorsque venait le temps de peser le pour et le contre relativement à des questions morales concernant l'Église, il était dans son élément. Se penchant en avant, il s'est adressé à son supérieur comme s'il s'agissait d'un jeune prêtre fraichement sorti du séminaire.

— Votre Excellence, comme l'ont dit les Pères de l'Église, dans des cas de ce genre, nous devons considérer les options qui débouchent sur le plus grand bien. L'Église fait face à un dilemme. En présentant des excuses à ceux qui ont été lésés, elle choisirait le chemin le plus moral. Mais, ce faisant, elle admettrait être responsable de méfaits. Elle pourrait alors être poursuivie pour des centaines de millions de dollars avec comme conséquences que des églises pourraient devoir être vendues, des paroisses pourraient faire faillite, les fidèles n'auraient plus d'endroit où faire leurs dévotions et leurs âmes seraient condamnées à la perdition. Par ailleurs, si l'Église choisissait de ne pas reconnaitre sa faute, de ne pas présenter d'excuses et d'aller se défendre en cour, elle serait en mesure de limiter sa responsabilité et de continuer à servir les fidèles.

— Autrement dit, a répondu l'archevêque, vous dites que nous devons choisir entre faire ce qui est bien pour les Autochtones et faire ce qui est bien pour l'Église. Je crois que c'est une fausse alternative. Selon moi, le fait de se montrer honnête envers les survivants des pensionnats indiens va renforcer l'Église.

— Bien sûr, évidemment, vous avez parfaitement raison, a vite répondu l'évêque. Mes remarques ne visent qu'un aspect du problème.

— Je crois aussi qu'il y a des questions plus importantes en jeu, a poursuivi l'archevêque. Comment pouvons nous aider les Autochtones à se guérir eux mêmes? Comment un pays qui s'est bâti en commettant une injustice envers les Autochtones peut il se guérir?

— Nous pourrions faire un pas dans la bonne direction en donnant suite correctement à cette demande d'aide, a t il dit en sortant la lettre de Joshua et en la remettant à l'évêque. Je l'ai reçue ce matin. Ça vient d'un chef du Nord de l'Ontario qui me dit que des générations d'enfants de sa communauté ayant été pensionnaires dans un de nos établissements ont été exploitées par un prêtre prédateur et en subissent les conséquences aujourd'hui. Il demande si un certain père Lionel Antoine, prêtre résident du pensionnat à cette époque, pourrait se rendre dans sa communauté pour participer à une cérémonie de guérison. Pourriez vous le trouver, s'il vit toujours, et lui demander d'y aller? Pourriez vous aussi l'accompagner?

Après le diner, l'évêque, qui était maintenant tout à fait contrarié, est retourné à sa résidence. Il ne partageait pas du tout la position de l'archevêque. Son supérieur ne comprenait tout simplement pas ce qui était en jeu dans cette affaire. L'Église canadienne était déjà en crise : de moins en moins de paroissiens assistaient aux services du dimanche, les revenus diminuaient, et de plus en plus de gens, pas seulement des Autochtones, faisaient des allégations d'agressions sexuelles par des prêtres.

On accusait maintenant l'Église d'avoir littéralement fait souffrir des milliers d'enfants autochtones dans ses pensionnats. La liste des torts comprenait notamment des mauvais traitements, des sévices sexuels et l'érosion de l'identité culturelle de ces enfants. Tout cela était du plus mauvais gout, mais il devait soupeser ses options. Il pressentait que les accusations étaient toutes fondées. À titre d'évêque, il était responsable de la discipline interne du clergé dans la région de Québec, et il devait, bien trop fréquemment, avoir affaire à des prêtres qui avaient exploité des petits garçons et des petites filles. Pire encore, même si ça le dégoutait, il étouffait habituellement ces affaires pour protéger l'Église.

Craignant mécontenter l'archevêque, il n'avait pas osé lui dire que l'idée de faire participer des ecclésiastiques à un cercle de guérison était mauvaise. Leur participation serait vue, par les avocats des plaignants autochtones, comme une admission de la responsabilité de l'Église. Il avait envie de saboter le projet. Les haut placés seraient aussi choqués que lui par la proposition d'envoyer un prêtre presque certainement coupable d'avoir agressé des enfants prendre part à un quelconque exercice farfelu de réconciliation et de guérison.

S'il en discutait prudemment avec l'un de ses amis au sommet de la hiérarchie de l'Église, l'initiative aurait des chances d'être écartée discrètement. Monseigneur Laframboise ne devinerait jamais qui l'avait laissé tomber, et sa carrière n'en souffrirait pas. Après quelques minutes de réflexion cependant, l'évêque s'est ravisé. *Comment puis-je avoir de telles pensées? Aucun homme d'honneur ne trahirait ainsi son supérieur.* Mais il devait maintenant se rendre au milieu de nulle part, dans un endroit qui ne figurait même pas sur les cartes. Y serait il en sécurité? Et que mangerait il? Il a frémi en pensant à ce qu'on lui offrirait là bas. Et où serait il logé? Devrait il dormir dans une tente pleine d'insectes?

Le père Antoine s'était réjoui quand le gouvernement avait fermé sans avertissement le pensionnat de la baie James dans les années 1970. Il n'était, après tout, qu'au milieu de la cinquantaine, donc trop jeune pour prendre sa retraite. Il serait peut être maintenant en mesure de réaliser son vieux rêve de devenir curé dans sa province natale. Il ignorait, cependant, si on avait eu vent de ses activités avec les petites filles à l'administration centrale. Il s'était inquiété pour rien.

— Père Antoine, lui avait dit le supérieur de son ordre quand il s'était présenté pour recevoir sa nouvelle affectation. Vous avez fait un excellent travail avec les petits sauvages du Nord de l'Ontario, mais nous avons besoin de vous ici. Depuis de nombreuses années, les jeunes tournent le dos à l'Église et boudent la vocation, ce qui fait que nous n'avons plus assez de prêtres pour nous occuper des fidèles. Accepteriez vous de rester en service actif encore quelques années?

— Vous savez bien que je ne refuserais jamais, a répondu le prêtre. Mais n'y a t il pas dans mon passé une affaire susceptible de m'empêcher de remplir ce rôle?

— Oh, vous voulez parler de ce petit incident. J'ai consulté votre dossier et je peux vous assurer que vos décennies de services irréprochables dans le Nord ont effacé la moindre tache dans vos antécédents. Vous n'avez aucune inquiétude à avoir.

Le père Antoine a cependant vite découvert que le Québec de son enfance n'existait plus. Son village natal et les terres agricoles environnantes avaient été altérés par l'expansion urbaine de Montréal et étaient maintenant envahis par des centres commerciaux, des supermarchés, des motels, des restaurants offrant la commande à l'auto et des cinémas gigantesques. Quant aux puissants Canadiens, même si la nouvelle génération de joueurs dont les chefs de file étaient Guy Lafleur, Larry Robinson et Jacques Lemaire pouvait parfois faire preuve de virtuosité, ils n'étaient plus ce qu'ils avaient été.

Toutefois, ce n'est qu'après avoir commencé à remplir ses fonctions qu'il a constaté combien la chère Église de sa jeunesse avait changé. La messe en latin qu'il avait tant aimée enfant avait disparu. L'Église avait cessé d'être le centre de la vie communautaire, et le prêtre n'était plus la personne la plus importante de la société. En raison de la pénurie d'ecclésiastiques, le père Antoine a découvert qu'il était obligé de desservir trois paroisses. Les samedis soir et les dimanches, il se trouvait engagé dans une course folle, allant d'un endroit à l'autre pour célébrer la messe devant une poignée de paroissiens, des personnes âgées pour la plupart. Le reste de la semaine, il était occupé à célébrer des funérailles et des mariages pour des familles qu'il ne revoyait pour la plupart jamais à l'église et qui le traitaient comme un simple fonctionnaire, pas beaucoup plus important que les commis qui s'occupaient de leur demande de permis de conduire ou de carte d'assurance maladie du Québec.

Néanmoins, le père Antoine a travaillé dur et il s'est adapté au monde de l'après Vatican II. En peu de temps, il a été tellement bien vu par ses paroissiens que le taux de fréquentation dans les églises dont il s'occupait a légèrement augmenté. Cependant, il a été rattrapé par ses pulsions sexuelles, et une petite fille a raconté à ses parents qu'il avait touché ses parties intimes. La réputation du prêtre était telle dans la collectivité que personne ne l'a crue. Ses supérieurs ont vu la situation d'un autre œil, et l'ont muté discrètement dans un coin de la province où on ne le connaissait pas.

Ce scénario s'est répété au fil des ans. Le père Antoine faisait d'abord bonne impression, puis il récidivait, et l'Église l'envoyait ailleurs, parfois juste à temps pour échapper à la justice. Finalement, lorsqu'il est devenu septuagénaire et que ses désirs sexuels se sont émoussés, il a cessé d'agresser les petites filles et est devenu un prêtre modèle à tous les égards. Quand il a franchi le cap des 80 ans, il a cessé d'exercer ses fonctions de prêtre et a déménagé dans une résidence pour personnes âgées, à l'abri, croyait il, de quiconque voudrait déterrer des faits scandaleux de son passé.

Lorsque monseigneur de Salaberry est venu le voir et lui a remis une lettre, le père Antoine n'avait aucun moyen de se douter qu'il apportait de mauvaises nouvelles. Prenant l'enveloppe dans sa main, il a constaté que l'expéditeur était le chef de la Première Nation de Cat Lake et le destinataire monseigneur Laframboise.

Il a été surpris. Pourquoi le chef de la réserve isolée du Nord de l'Ontario qui avait envoyé tant d'élèves au pensionnat où il avait servi pendant si longtemps écrivait il à l'archevêque de Québec? Et en quoi cette histoire le concernait il, lui, humble prêtre retraité?

Le chef avait peut être envoyé une lettre de remerciements à l'archevêque pour lui exprimer sa gratitude pour ses années de travail désintéressé auprès des enfants de sa communauté. Il avait peut être demandé à l'archevêque d'intercéder auprès du Saint

Père lui même pour qu'on lui envoie une lettre d'éloge et une médaille pontificale en reconnaissance de ses mérites.

C'était surement cela. Et le Saint Père ne manquerait pas de donner suite à sa demande. Qu'est ce qu'il devrait faire, se demandait il maintenant, de la médaille quand il la recevrait? Ce serait égoïste de sa part de la garder dans son boitier dans sa chambre. Ce serait préférable de l'exposer sur le mur de la chapelle pour que tout le monde puisse la voir et l'admirer.

Et si la lettre portait sur quelque chose de plus important? Si, par exemple, l'un de ses anciens élèves avait été miraculeusement guéri d'une horrible maladie après avoir fait appel à lui dans une prière? Il serait peut être considéré comme candidat à la canonisation après sa mort.

L'évêque lui a demandé d'ouvrir et de lire la lettre.

— Je crains que vous n'en aimiez pas le contenu.

— Je n'en crois pas mes yeux, a dit le père Antoine, après avoir pris connaissance de la missive. Je ne m'attendais tellement pas à ça! C'est totalement faux.

Il a levé les yeux vers l'évêque qui l'observait sévèrement, puis a poursuivi.

— Comment le chef Nanagushkin peut il dire de telles énormités! Je me souviens de lui lorsqu'il était au pensionnat. Un si bon garçon. Il a accompli des choses extraordinaires dans sa vie. C'était un modèle de comportement. Il a dû changer.

— Je vous prie de me croire : j'ai aimé ces enfants autochtones. Je les aime encore et j'ai sauvé tant d'âmes!

— Je ne suis pas là pour vous juger, a répondu l'évêque. Mais vous et moi avons reçu de l'archevêque l'ordre de participer à un cercle de guérison dans la Première Nation de Cat Lake, et nous n'avons pas de temps à perdre.

15
Le cercle de guérison

PLUSIEURS SEMAINES PLUS TARD, tout de suite après souper, un bénévole de la station de radio a diffusé un message invitant le public à assister à une réunion importante le soir même. Elle devait se tenir à compter de 19 h à l'école.

— Les parents de Rebecca, Jonathan et Sara participeront à un cercle de guérison, a t il annoncé. Deux invités de l'extérieur seront aussi présents. Le chef croit qu'ils peuvent nous aider à enrayer l'épidémie de suicides qui sévit dans notre communauté.

Peu après, les membres de la Première Nation de Cat Lake ont commencé à remplir le gymnase. Spider est entré accompagné de sa mère et de sa sœur, mais est parti s'assoir de son côté. Martha et Raven sont allées prendre place dans le cercle. Martha n'avait pas bu de la journée. Elle combattait toujours sa dépression, mais elle avait voulu garder les idées claires pour l'occasion.

Joshua, comme il l'avait fait à d'autres moments cruciaux de la vie de Martha, s'était dépensé sans compter pour l'aider. Il avait descendu la rivière à bord de son bateau à moteur pour trouver Spider. Il avait rencontré le couple âgé qui s'était lié d'amitié avec lui plus tôt cet été là. Les vieux lui avaient dit que Spider était resté avec eux pendant plusieurs semaines, apprenant à conduire un canot, pêcher et préparer de simples repas. Puis, après leur avoir emprunté des agrès de pêche, des allumettes, une casserole, une poêle et un petit approvisionnement de lard, de farine et de poudre à pâte pour faire du bannock, il était parti en canot à la recherche de la vieille cabane de trappage de ses grands parents. Le couple avait dit lui avoir donné des indications précises. Il avait donc certainement trouvé l'endroit.

Tout en se montrant amical, Spider avait l'air méfiant lorsque Joshua a immobilisé son embarcation sur la plage devant la cabane. Il s'était installé et n'était pas pressé de partir, a t il dit. Mais lorsqu'il a appris que sa sœur était suicidaire et que sa mère avait de la difficulté à s'en sortir, il a vite accepté de rentrer dans la communauté avec Joshua pour assister au cercle de guérison.

Sa mère est sortie de sa chambre, où elle était en train de boire, quand elle a entendu Spider et Joshua saluer Raven en entrant dans la maison. Martha n'a rien dit, mais elle l'a enlacé en pleurant comme une fontaine. Spider l'a serrée à son tour, mais s'est inquiété quand il s'est rendu compte que son haleine sentait l'alcool et qu'elle refusait de relâcher son étreinte. Joshua et Raven sont venus à son secours. Ils ont retiré doucement les bras de Martha du cou de son fils et l'ont assise sur une chaise.

— Bienvenue frérot, lui a alors dit Raven. On a vraiment besoin de ton aide en ce moment.

Joshua a attendu un peu que Martha dessoule puis l'a ébranlée en lui disant qu'il fallait aider Raven pour l'empêcher de se suicider. Il avait fait ce qu'il pouvait, mais, en définitive, la seule personne qui pouvait la sauver était sa mère.

— Franchement, a t il dit, avec ta dépression, ton problème d'alcool et tes crises de larmes, tu n'es pas en état de l'aider. C'est pourquoi il est important que tu assistes au cercle avec ta famille. Vous pourriez apprendre des choses que vous n'auriez jamais pu imaginer à votre sujet. À tout le moins, ce sera une bonne thérapie. Je vous réserve quelques surprises susceptibles d'améliorer la situation.

Les parents de Rebecca, Jonathan et Sara sont venus s'assoir à côté de Raven et de Martha. Le chagrin se lisait toujours sur leur visage. Deux ecclésiastiques sont entrés à leur suite. Le plus jeune, qui portait une bande de tissus violette à la taille par dessus sa soutane, avait l'air grave. L'autre, un prêtre âgé, était grand et gros. Rasé de près, il avait le visage creusé par des rides et des yeux bleu pâle pleins de gentillesse. La bande autour de sa taille était noire, et un gros crucifix pendait à son cou à l'extrémité d'une longue chaine argentée. Il a nerveusement balayé la salle des yeux pendant une minute avant de s'assoir.

Martha n'arrivait pas à quitter le vieux prêtre des yeux. Elle le connaissait, elle en était certaine. Le prêtre a baissé les yeux et s'est mis à caresser un rosaire et à prier silencieusement. Ses dévotions faites, il a relevé la tête. Son regard a croisé celui de Martha; il a lentement souri.

À son horreur, elle a reconnu le père Antoine. Le choc lui a retourné l'estomac, et elle s'est mise à trembler. Un mélange toxique de rage, de haine et de peur l'a frappée de plein fouet, lui coupant littéralement le souffle. Cet homme qui lui avait fait tant de mal pendant son enfance était la dernière personne qu'elle s'attendait à revoir. Pourtant, il était là, dans sa communauté, la regardant comme s'ils étaient de vieux amis partageant secrètement le souvenir de bons moments passés ensemble il y a très longtemps.

Les élèves de la classe de huitième année de Raven ont fait leur entrée. Portant des lunettes de soleil pour cacher leur peine, ils se sont regroupés comme des moines à la prière sur des chaises placées immédiatement à l'extérieur du cercle, les yeux baissés et le capuchon de leur chandail molletonné rabattu sur le front.

L'atmosphère de la salle était solennelle, car les gens étaient encore sous le choc de la mort des jeunes. Il était évident que Rebecca, Jonathan et Sara avaient conclu un pacte de suicide. Mais qui d'autre, se demandaient les pères et les mères présents dans la salle, s'était engagé à mourir? Et si l'un de leurs propres enfants était impliqué? Pourquoi faisaient ils cela? Étaient ils de si mauvais parents? Que pouvaient ils faire pour mater cette épidémie de morts volontaires?

Joshua a lancé le dialogue en levant d'une main un bâton d'orateur pour indiquer qu'il allait prendre la parole. Selon la tradition, il est resté assis pendant son intervention. Tandis qu'il parlait de la visite que lui avait rendue Raven et de la lettre qu'il avait envoyée à l'archevêque, tout le monde l'a écouté en silence. Mais quand il a dit que le père Antoine ainsi qu'un évêque nommé de Salaberry avaient été envoyés par l'archevêque pour participer au cercle de guérison et qu'ils étaient présents ce soir là, des cris d'indignation ont fusé de tous côtés. Des hommes, des femmes et des enfants se sont levés pour pouvoir mieux voir.

— Nous ne voulons pas de saleté comme le père Antoine dans notre communauté!

— De Salaberry peut rester, mais Antoine devrait être en prison!

— Emmenons le dehors pour nous venger de ce qu'il nous a fait endurer!

Joshua a levé le bâton plus haut.

— Respectez le bâton d'orateur. Rappelez vous que les ancêtres ont décrété que seule la personne qui le tient peut mener le débat.

— Respectez nos visiteurs. Rappelez vous que les ancêtres ont décrété que tout visiteur, peu importent ses défauts, est toujours le bienvenu dans nos demeures et dans notre communauté.

— Respectez l'archevêque. Il a dépêché cet homme pour nous aider à nous guérir.

— Respectez le Créateur. Il savait ce qu'il faisait quand il nous a envoyé ce prêtre.

Une fois que les gens ont eu regagné leur place, Joshua a passé le bâton d'orateur à monseigneur de Salaberry en sa qualité d'ecclésiastique de haut niveau.

L'évêque a fait de son mieux pour paraitre ravi, mais il avait beaucoup de peine à dissimuler son irritation. Le trajet depuis la ville de Québec avait duré une éternité. Il n'y avait, évidemment, pas de vols directs vers la communauté isolée, et il avait fallu prendre une correspondance à Montréal et à Toronto pour atteindre Sioux Lookout, point de départ pour la réserve. À elle seule, cette portion du trajet avait, selon ses calculs, pris plus de temps que le vol reliant Québec à Rome.

Par suite d'un quiproquo, son bureau avait fait des réservations à un hôtel de Sioux Lookout qui n'était pas du tout à la hauteur de ses attentes. Il y avait une légère odeur d'urine et de forts relents de cigarette dans sa chambre dite non fumeurs. De plus, le matelas était plein de bosses, et des clients qui faisaient la fête au bout du couloir l'avaient gardé réveillé presque toute la nuit. La nourriture du restaurant de l'hôtel, dont les spécialités étaient le foie aux ognons et le bœuf haché accompagné de poutine, lui avait déplu. L'œuf poché qu'il avait pris au déjeuner était trop cuit, et son jus d'orange, qu'on lui avait servi tiède, provenait d'une boite.

À l'aéroport, il avait été encore plus découragé quand il avait vu l'avion qui devait l'emmener dans la Première Nation de Cat Lake. Il s'agissait d'un petit monomoteur à huit places rempli à craquer de passagers autochtones et de caisses de boissons gazeuses, de sacs de croustilles, de boites de détergent et de victuailles. Même s'il s'enorgueillissait d'être sans préjugés, il s'est demandé si le pilote, qui était autochtone, savait vraiment voler. Il se demandait aussi comment des gens aussi pauvres que les Autochtones pouvaient se permettre de voyager par avion. Ne devraient ils pas plutôt se déplacer en canot?

La situation était allée de mal en pis. L'avion, parti avec une heure de retard, avait été secoué par des courants ascendants et avait fait trois escales dans d'autres Premières Nations avant d'arriver à destination. À leur descente d'avion, l'évêque et le prêtre avaient trouvé l'aéroport désert. L'auto et le chauffeur que le chef avait promis de leur envoyer n'étaient pas au rendez vous. Lorsqu'ils ont pénétré dans l'aérogare minuscule comprenant deux pièces pour utiliser les toilettes, ils ont découvert qu'il n'y avait ni siège de toilette, ni papier hygiénique, ni eau dans le réservoir. Il n'y avait pas plus d'eau dans les robinets du lavabo plein de taches. Un grand écriteau rédigé en anglais et en anishinaabemowin syllabique avertissait le public de ne pas boire l'eau, précaution superflue il va sans dire.

Après s'être soulagés derrière un buisson, l'évêque et son compagnon de voyage ont pris leurs valises et se sont dirigés vers un groupe de maisons qu'ils pouvaient apercevoir au loin. Ils marchaient rapidement sur le chemin de gravier. Des nuages de mouches noires, de phlébotomes, de moucherons, de mouches à chevreuil, de taons et de moustiques étaient sortis des fossés et des marécages avoisinants pour venir leur sucer le sang, leur déchirer des morceaux de chair et pénétrer dans leur nez, leurs oreilles et leurs yeux. Des corbeaux, des corneilles et des geais bleus perchés sur des poteaux de téléphone riaient en les voyant passer, couverts de sueur et de poussière et essayant en vain d'écraser leurs minuscules assaillants.

Au bout d'un moment, une femme au volant d'une camionnette dont la cabine était remplie d'enfants curieux s'est arrêtée à leur hauteur et leur a adressé des paroles incompréhensibles. Ils ont fini par saisir qu'elle offrait de les emmener. Ils ont jeté leurs bagages dans l'espace ouvert à l'arrière et sont montés à bord, utilisant un pneu de rechange poussiéreux comme siège. La femme leur a ensuite fait faire un aller cahoteux à vive allure jusqu'au bureau du conseil de bande.

Naturellement, en apercevant le chef, l'évêque lui a dit sa façon de penser.

— Ne comprenez vous donc pas, s'est il plaint, que l'archevêque vous accorde une faveur en envoyant non pas un, mais deux ecclésiastiques pour participer à votre cercle de guérison? Vous rendez vous compte que c'est la première fois que l'Église accepte de faire une telle chose? N'êtes-vous pas reconnaissant que je sois évêque? Ne savez vous pas que ça nous a pris deux longs jours de voyage inconfortable pour atteindre votre communauté?

— Et comment, a t il poursuivi, dois je interpréter le fait que vous n'ayez envoyé personne pour nous prendre à l'aéroport? Si vous essayez de nous faire comprendre que nous ne sommes pas les bienvenus, nous allons faire demi tour et rentrer chez nous!

Il était devenu encore plus furieux quand l'imbécile de chef avait éclaté de rire.

— Non, avait il eu le culot de dire. Ne vous énervez pas, vous êtes les bienvenus. Nous avons besoin de votre présence ce soir. En ce qui concerne la voiture, je suppose que ma secrétaire a oublié.

Lorsque l'évêque a demandé où ils étaient censés dormir, le chef lui a dit « À l'hôtel, évidemment ». Mais l'hôtel n'était pas exactement un hôtel. C'était un petit immeuble de trois chambres avec toilette et cuisine communes. Pour couronner le tout, la secrétaire du chef avait oublié de faire des réservations, et les trois chambres étaient occupées par des techniciens venus de l'extérieur pour essayer de réparer la capricieuse usine de traitement de l'eau. Heureusement, deux d'entre eux étaient des catholiques pratiquants, et il avait été capable de les persuader, en évoquant discrètement son titre d'évêque, de leur laisser leurs chambres.

L'attitude insubordonnée du père Antoine lui avait aussi donné du mal. À leur départ de Québec, le prêtre lui avait témoigné la déférence qu'il lui devait. Mais plus le temps passait, plus le père Antoine donnait l'impression de ne pas l'écouter quand il lui parlait des défis auxquels il faisait face dans l'exécution de ses tâches quotidiennes. Le prêtre avait même eu l'audace de bâiller lorsqu'il lui avait raconté plusieurs anecdotes pleines d'esprit à propos de ses liens privilégiés avec l'archevêque! Le fait qu'il ait dû insister pour que le prêtre porte sa soutane au cercle de guérison avait été la goutte d'eau qui avait fait déborder le vase. Les gens, avait il dit, se moqueraient de ce qu'ils porteraient, et les soutanes seraient chaudes et inconfortables.

Il avait dû lui parler sévèrement, lui indiquant clairement que les évêques occupaient un rang plus élevé que les simples prêtres et que le père Antoine devait obéir à ses ordres. Il avait essayé d'amortir le coup en expliquant que les Autochtones se montreraient plus respectueux envers des ecclésiastiques qui avaient l'air de véritables religieux, pas de laïcs. Le père Antoine avait mis sa soutane à contrecœur et avait cessé de lui parler.

L'expérience en entier avait été bien pire que ce à quoi il s'attendait. Il voulait maintenant en finir au plus vite avec cette épreuve qu'était le cercle de guérison et partir par le premier vol le lendemain.

— Habitants de Cat Lake, a commencé l'évêque, votre chef a écrit à Son Excellence Monseigneur Laframboise, archevêque, pour lui dire que votre communauté traversait une période difficile et lui demander s'il était possible que le père Antoine vienne participer à votre cercle de guérison. Son Excellence a évidemment accepté et m'a demandé de l'accompagner pour offrir mon aide au besoin. Le père Antoine et moi avons consenti avec plaisir.

— Avant de céder la parole au père Antoine qui, j'en suis sûr, est la personne que vous voulez vraiment entendre, je voulais vous dire que je sais que beaucoup d'entre vous ont fréquenté un de nos pensionnats qui recevait des enfants de la région il y a de nombreuses années. Tous n'y ont pas, je le sais, été heureux. Les choses étaient bien différentes à cette époque et l'Église a fait de son mieux dans les circonstances. J'espère que vous vous souviendrez de cela si des fauteurs de troubles de l'extérieur viennent vous voir pour vous demander d'intenter des poursuites contre l'Église pour la façon dont vos enfants ont été traités dans nos pensionnats.

L'évêque a passé le bâton d'orateur au père Antoine sans rien ajouter. Il avait fait son devoir en indiquant clairement la position officielle de l'Église. Le prêtre devait maintenant se défendre lui même.

— Mes chers amis, a t il dit pour commencer en tenant le bâton d'orateur de la main gauche comme s'il s'agissait de la croix papale et qu'il était le Saint Père en train de bénir une foule de fidèles. Mes chers amis, a t il répété en s'agitant sur sa chaise, en balayant la salle des yeux et en souriant béatement comme si les gens rassemblés étaient aussi heureux de le voir qu'il l'était de se retrouver devant eux. J'ai tellement de bons souvenirs des années que j'ai passées avec tant d'entre vous au pensionnat. Vous n'étiez que des enfants de six ans à votre arrivée, ne connaissant que la manière de vivre en forêt, et quand vous partiez à l'âge de 16 ans, vous étiez civilisés, baptisés, éduqués et prêts à fonder une famille. Je suis si fier de vous!

Des cris d'indignation ont couvert la voix du prêtre.

— Menteur! Tu devrais être en prison!

— Pédophile!

— Espèce de monstre!

— Tu as gâché nos vies!

Le père Antoine est resté assis calmement tandis que les vociférations de la foule pleuvaient.

—Comment pouvez vous dire de telles choses, a t il dit, essayant de se faire entendre. Comment osez vous dire de telles choses, a t il ajouté, cette fois ci en criant.

Le silence s'est fait dans la salle et le père Antoine a souri faiblement, essayant encore une fois d'établir un contact personnel avec les personnes présentes.

— Je me suis fait tant d'amis de cette réserve au pensionnat. Vous devez me pardonner si je ne me souviens plus de tous vos noms. Je suis un vieil homme maintenant, et ma mémoire n'est plus ce qu'elle était. Mais je te connais toi, a t il dit en se tournant vers Martha. Tu es ma petite Marthe et tu ne me trahirais jamais. Dis leur qu'ils ont tort. Dis leur qu'ils ont oublié comment j'étais bon avec toi et les autres filles!

Martha a regardé au loin. Le doute s'installait en elle. Peut être, s'est elle dit, suis je responsable de ce qui m'est arrivé. Peut être ai je, d'une certaine façon, tenté le père Antoine. Peut être ai je mérité mon sort.

— N'y a t il pas une seule personne ici qui puisse m'aider? semblait dire son expression devant le silence de Martha. N'y a t il pas quelqu'un qui se rappelle comment j'étais gentil avec tous ceux qui venaient me voir dans mon bureau?

— Ne comprenez vous donc pas? a dit Joshua, en reprenant le bâton d'orateur. Personne ne vous aidera à moins que vous reconnaissiez vos torts, que vous vous excusiez auprès des personnes que vous avez agressées il y a tant d'années.

— Mais je leur ai donné mon amour, a dit le père Antoine, même si personne ne veut l'admettre aujourd'hui. Je serais le premier à demander pardon si j'étais fautif. Est ce que ça aiderait si je disais que je regrette que tant d'enfants se soient sentis seuls au pensionnat, que la nourriture qu'on leur servait était mauvaise et que les religieuses, en voulant éduquer vos enfants, se montraient parfois sévères?

— Je pense que je saisis ce que vous essayez de dire, a dit Joshua. Mais votre sorte d'amour incluait l'exploitation des petites filles. Ne pouvez vous donc pas le reconnaitre?

— Non! Absolument pas! J'aime les Indiens! Ma propre grand mère était une Huronne de Wendake, près de la ville de Québec. J'ai donc du sang indien dans mes veines. Je peux tracer l'histoire de ma famille jusqu'aux commerçants de fourrures qui sont venus dans cette région il y a plus de 300 ans. Bon nombre d'entre eux ont marié des Indiennes. Beaucoup d'enfants qui ont fréquenté le pensionnat portaient d'ailleurs le patronyme Antoine. Je les ai toujours considérés comme des parents éloignés.

— Mes amis, a dit Joshua en s'adressant à l'assemblée. Nous avons entendu les propos de nos visiteurs. C'est maintenant au tour des familles des défunts de prendre la parole.

La mère de Rebecca, la première des trois enfants à mourir, a pris le bâton d'orateur sans rien dire. Des larmes coulaient sur ses joues. Elle a tortillé ses mains et déplacé son poids d'un côté à l'autre de la chaise, toujours sans rompre son silence. Finalement, d'une petite voix zézayante, elle a commencé à parler, gardant la main devant sa bouche.

— J'ai tellement mal. Elle était si jeune. Notre seule enfant. Qui aurait pu prévoir ça? Je n'ai pas parlé de ma douleur avant, c'était trop difficile.

La mère s'est mise à pleurer sans retenue, abjecte et animale dans son malheur, et a posé la tête sur l'épaule de son mari. Il s'est lui aussi mis à pleurer et l'a serrée fort.

— C'est moi qui l'ai trouvée, a t elle dit en se redressant et en cessant d'essayer de cacher la brèche dans sa bouche. J'avais bu, et on se disputait mon mari et moi, je ne me souviens même plus à propos de quoi. Il m'a donné un coup sur la bouche, a fait tomber presque toutes mes dents d'en avant et m'a fendu la lèvre. Puis il m'a frappée encore. Cette fois, il m'a donné un œil au beurre noir. Je suis sortie chercher un morceau de bois et je me suis vengée. Je pense qu'on était tous les deux pas mal souls.

— Rebecca s'est mise à nous crier d'arrêter. Elle pleurait comme une folle et a dit qu'elle ne pouvait plus vivre comme ça. Elle a dit qu'elle avait décidé de se tuer. C'était un appel à l'aide, mais je ne l'ai pas crue. Elle avait déjà dit ça avant, mais n'avait rien fait. Elle avait toujours été difficile et je pensais qu'elle jouait la comédie. J'ai ri d'elle et je lui ai dit qu'elle avait la vie facile comparativement à ce que c'était autrefois quand on vivait de la chasse, de la cueillette et de la pêche, et qu'on luttait pour survivre. Je lui ai dit que le gouvernement nous donnait tout, que le gouvernement lui donnerait tout, qu'elle n'avait pas à se plaindre. Je lui ai tourné le dos.

— Elle était pendue à un fil passé dans un crochet à vêtements dans la garde robe. Je me dis que c'est de ma faute et je m'en veux. J'aurais dû l'écouter et lui dire que je l'aimais.

Elle s'est tue. Le silence n'était brisé que par les sanglots étouffés de quelqu'un dans la salle. Au bout d'un long moment, la femme s'est remise à parler.

— Quand je regarde en arrière, je me rends compte que j'ai toujours été trop impatiente. Ce qu'elle faisait n'était jamais assez bien. Je n'étais pas là pour lui préparer à souper. Je ne l'ai jamais encouragée à réussir à l'école. Je lui criais toujours par la tête, exactement comme les religieuses m'avaient traitée au pensionnat.

Son mari s'est pris la tête entre les mains et a été secoué de lourds sanglots convulsifs.

— Ce n'est pas tout, a dit la femme en s'étirant pour essuyer les larmes de son mari avec sa main. Quand elle était petite, elle m'a dit que son grand père touchait ses parties intimes et lui faisait des choses. J'ai capoté parce que c'est ce que me faisait le père Antoine, mais en pire. À ma grande honte, je lui ai reproché de tenter son grand père. Je l'ai giflée, comme m'avaient giflé les religieuses quand je leur avais demandé de dire au prêtre de me laisser tranquille. Elle a dû se sentir mal, comme moi quand ça m'était arrivé. Je sais que ça s'est poursuivi pendant des années, et je n'ai rien fait pour que ça arrête. J'ai tellement honte.

Le père de Jonathan a ensuite pris la parole. Il a commencé à parler à voix basse. Il n' y avait pas un son dans la salle, et tout le monde devait faire des efforts pour l'entendre.

— Je suis tout à l'envers, a t il dit. C'était notre bébé. Nos autres enfants étaient beaucoup plus vieux que lui et l'ont gâté. La dernière fois que je l'ai vu, il souriait. Il m'a serré dans ses bras et m'a dit qu'il m'aimait. J'aurais dû lui dire que je l'aimais. Il n'aurait peut-être pas fait ça. Il était si heureux et espiègle quand il était petit. Lorsque ses frères et ses sœurs sont partis vivre ailleurs, il est devenu très tranquille et triste. Dans la lettre qu'on a trouvée après sa mort, il disait qu'il n'avait pas d'espoir et que la vie ne valait pas la peine d'être vécue.

Tenant fermement le bâton d'orateur, le père de Jonathan a baissé les yeux, incapable de trouver ses mots. Dix minutes se sont écoulées avant qu'il poursuive son témoignage, cette fois en criant avec colère.

— Comment donner l'espoir à nos jeunes quand ils ont perdu leur langue et leur culture et ne savent pas qui ils sont? Quand ils nous voient, nous les adultes, trainer toute la journée sans rien faire, sans travail? Quand il n'y a pas de livres dans la bibliothèque de l'école? À quoi sont ils préparés quand on sait qu'ils n'apprennent ni à lire ni à écrire à l'école? Leurs modèles de rôle sont le trafiquant d'alcool et les jeunes prostituées autochtones, les vendeurs de drogue et les membres de gang de Regina et de Winnipeg qu'ils voient dans les émissions de télévision. À la télé, ils voient des gens conduire des autos puissantes, vivre dans de grandes maisons et manger dans de beaux restaurants, et ils savent qu'ils ne connaitront jamais ça.

— Il faut les aider. On doit leur trouver une place où ils peuvent aller pour faire des activités intéressantes et saines, comme écouter du hip hop et jouer au pingpong ou au billard. On a besoin d'installations de loisirs.

— Comme parents, nous devons accorder plus d'attention à la vie de famille. Je parie que si on mangeait ensemble au moins une fois par jour, ça nous rapprocherait. Pourquoi ne pas emmener les enfants chasser et pêcher la fin de semaine? Pourquoi ne pas passer l'été avec eux dans la nature? Comme ça, on apprendrait tous comment on vivait autrefois, avant tous ces suicides. Par-dessus tout, on doit arrêter d'attribuer le mal que nous faisons à nos enfants au mal que les Blancs nous ont fait. Le dernier pensionnat de la province a fermé il y a presque 30 ans. C'est le temps de tourner la page et de commencer à vivre!

Quand la mère de Sara a pris le bâton d'orateur, les mots sont sortis de sa bouche comme l'air d'un ballon trop gonflé qu'on percerait avec un couteau.

— Je sais pourquoi elle a fait ça. Elle est allée passer l'hiver à Thunder Bay chez ma sœur. Là bas, elle est allée à l'école et a bien réussi. Elle a participé à des pow wow et à des activités au Centre d'amitié. Elle a tellement aimé les gros tambours et la culture autochtone qu'elle est s'est mise à faire de la danse à clochettes. À l'église de ma sœur, on respectait la spiritualité autochtone. On disait qu'il y avait un Créateur pour tous. Quand elle est revenue, les autres jeunes lui ont dit qu'elle avait la tête enflée à cause de ses bonnes notes et elle s'est mise à avoir honte d'eux. Les voisins lui ont dit de ne pas pratiquer sa danse des clochettes devant chez eux, et je ne l'ai pas défendue. Ils ont dit que c'était de la superstition, une danse satanique. Quand elle faisait jouer de la musique de pow wow à la maison, les autres jeunes disaient que leurs parents ne voulaient pas qu'ils écoutent ça. D'après eux, c'était païen. Elle était triste parce qu'ils lui ont enlevé sa fierté d'être autochtone. C'est pour ça qu'elle a décidé de mourir. Elle m'a dit qu'elle allait se tuer. Je suis allée à l'infirmerie pour obtenir de l'aide. Je connais les employés parce que j'ai le diabète, c'est grave, et ils sont toujours serviables. Mais ils m'ont dit qu'il n'y avait pas de ressources pour les personnes suicidaires. Ils ont téléphoné au docteur de l'hôpital de Thunder Bay. Il leur a demandé s'ils pensaient qu'elle était sérieuse et ils ont répondu qu'ils ne savaient pas. Ils ont dit que les jeunes menacent toujours de se suicider, mais qu'il n'y en a pas beaucoup qui le font. Il a prescrit des pilules et a dit qu'il la verrait la prochaine fois qu'il viendrait. Je l'ai vue prendre une corde ce jour là, mais je n'ai rien fait. Je ne suis pas très bonne pour prendre des décisions, surtout depuis que j'ai le diabète. Je regardais par la fenêtre de la cuisine et je l'ai vue grimper dans un arbre. Elle a attaché un bout de la corde à une branche et a passé l'autre autour de son cou. Elle m'a regardée, et je l'ai regardée. J'aurais dû sortir en courant et lui dire de descendre, mais je suis restée pétrifiée. Je ne pouvais même pas crier. Elle est restée dans l'arbre à me regarder pendant une minute, et j'ai essayé de téléphoner à l'infirmerie pour leur demander quoi faire. Elle a sauté avant qu'ils répondent. Je ne me le pardonnerai jamais. Vous savez, je ne lui ai jamais dit que je l'aimais. Elle avait seulement 13 ans.

Le souffle coupé, les yeux sans expression, elle a été incapable de prononcer un autre mot.

16
Le désir de vivre l'emporte

JE VEUX VOUS RACONTER COMMENT TOUT ÇA A COMMENCÉ, a dit Raven. Un soir, on était plusieurs derrière la coop comme d'habitude. Certains snifaient, et tout le monde se sentait déprimé. On n'avait jamais rien à faire et on s'ennuyait. Nos parents, pour la plupart, restaient assis à longueur de journée à ne rien faire à part regarder de stupides émissions de télé comme Jerry Springer et Judge Judy, et se moquaient qu'on soit à la maison ou pas. Ils se moquaient qu'on se soule ou pas. Ils se moquaient qu'on aille à l'école ou pas. Ils se moquaient qu'on apprenne notre langue ou pas. Les jours où l'aide sociale arrivait, ils achetaient de la boisson et buvaient jusqu'à ce qu'ils n'aient plus d'argent. Ça ne les dérangeait pas qu'il ne reste plus d'argent pour nous acheter de la nourriture et qu'on aille à l'école l'estomac vide.

— *Quelqu'un a dit : Quelle vie! Ça ne vaut pas la peine de vivre. Peut être que les Blancs ont raison quand ils disent que les Indiens sont juste une bande de sauvages. On va peut être devenir exactement comme nos parents. On devrait en finir là et se tuer. Ça serait une bonne façon de se venger de tout le mal que nos parents nous ont fait. Ils viendraient à nos funérailles et regretteraient de nous avoir traités comme ils l'ont fait.*

— Quand Rebecca, Jonathan et Sara se sont tués, leurs parents ont été bouleversés. Ils ont accordé plus d'attention à leurs enfants à leur mort que lorsqu'ils étaient en vie. On a organisé de grosses funérailles avec de belles fleurs en plastique, des photos du mort que tout le monde admirait, de longs discours. Des chœurs d'Ainés ont aussi chanté de vieux chants de gospel en anishinaabemowin. À l'école, il y a eu des services commémoratifs ici même dans le gymnase, des enfants ont écrit des poèmes sur eux, et leurs photos ont été accrochées au mur comme s'ils étaient des héros.

— Qu'est ce qui fait de toi une experte de la question? a dit le père de Jonathan, interrompant Raven. Tu as été chanceuse, toi, de vivre avec Nokomis toutes ces années.

— Ouais, et pourquoi ne nous as tu pas dit que tu étais au courant? a demandé le père de Rebecca, qui n'avait pas encore parlé jusque là.

— Laissez la tranquille, a dit Martha. Comment pouvez vous savoir ce qu'elle ressentait? Si vous voulez blâmer quelqu'un, blâmez moi!

— Non, ils ont raison, a dit Raven. J'aurais dû parler, mais je ne pouvais pas.

— Fichez lui la paix, a dit la mère de Rebecca. Ça prend beaucoup de courage pour faire face à tout le monde comme ça et ce qu'elle a à dire est important.

Les autres parents ont fait signe qu'ils étaient d'accord et Raven a continué.

— Rebecca, Jonathan, Sara et moi, on s'est engagés à se tuer dès qu'on aurait 13 ans. On se disait que c'était l'âge idéal pour mourir parce qu'à 13 ans, on n'est plus des enfants, mais on n'est pas encore des adultes et des parents. On savait qu'autrefois, la treizième année était le moment le plus important dans la vie des jeunes. Ils allaient alors dans le bois se construire un abri pour méditer et ils y restaient pendant des jours sans manger ni boire jusqu'à ce qu'ils reçoivent leur nom spirituel et que le Grand Manitou leur fasse connaitre leur avenir dans une vision. Après ça, ils retournaient chez eux, se mariaient et fondaient leur propre famille. Ils savaient ce qu'ils voulaient faire de leur vie et c'était un moment de célébration pour tous. Mais ça, c'était à l'époque où les jeunes Autochtones avaient un futur. Maintenant, on ne devient pas adulte à l'adolescence, on se laisse aller à la dérive sans espoir. Si on n'avait rien à perdre, pourquoi ne pas mourir?

— J'ai peut être eu plus de chance que les autres quand j'étais enfant, a t elle ajouté en se tournant vers le père de Jonathan. Mais j'ai embarqué parce que j'avais beaucoup de problèmes avec ma mère. Elle n'est revenue de Toronto que parce qu'elle était obligée de le faire. En apparence, elle s'occupait de moi, mais je savais qu'elle n'était pas sincère parce qu'elle ne m'a jamais manifesté d'amour et qu'elle a commencé à me battre.

— Il y a autre chose, quelque chose que je n'ai osé dire à personne, même pas à Joshua. Après chaque suicide, le défunt a commencé à rendre visite à ceux qui étaient encore en vie. Maintenant qu'il ne reste que moi, Rebecca, Jonathan et Sara viennent me voir tous les soirs. Ils se mettent debout à côté de mon lit et me regardent tristement. Ils ne disent rien, mais je sais ce qu'ils veulent. Ils veulent me faire comprendre qu'ils ne trouveront pas la paix tant que je ne les rejoindrai pas. Je leur ai donné ma parole. Ne pas passer à l'acte, ce serait les laisser tomber, et on les a laissé tomber trop souvent dans leur vie.

La mère de Sara a poussé un cri et s'est mise à gémir. Les autres parents ont emboité le pas, se balançant d'avant en arrière sur leur chaise, les yeux fermés, pleurant de désespoir. La souffrance de leurs enfants se poursuivait dans l'au-delà et ils ne pouvaient rien pour eux.

Raven, anxieuse de s'expliquer et de mettre fin à leur angoisse, s'est levée et s'est mise à crier.

— Arrêtez! Laissez moi finir! Je n'ai jamais vraiment voulu mourir, a t elle dit en retenant ses larmes. Je voulais seulement que ma mère me dise qu'elle m'aime. Je pense que les autres avaient juste besoin d'une raison de vivre et de l'amour de leur famille.

Les parents, ramenés à la réalité, se sont redressés sur leur chaise et ont commencé à s'étreindre les uns les autres. Quelqu'un leur a apporté une boite de mouchoirs. Ils se sont essuyé les yeux et se sont remis à pleurer de plus belle, les larmes ayant un effet cathartique. Les autres membres de la communauté se sont mis à faire de même. Les larmes coulaient à flots derrière les lunettes de soleil des compagnons de classe de Raven.

Le père Antoine s'est pris la tête entre les mains. L'évêque s'est mis à fixer le sol, incapable de croiser le regard de qui que ce soit.

Martha a serré Raven dans ses bras et lui a murmuré qu'elle l'aimait et qu'elle l'avait toujours aimée. Puis, saisissant le bâton d'orateur d'une main, elle a pris la parole.

— J'espère vraiment que de bonnes choses vont découler de toute la souffrance exprimée ce soir. Si c'est le cas, ce ne sera pas grâce aux remords du père Antoine et de l'évêque. Mais je me dis, qu'est ce que ça peut faire si ces deux là et les gens comme eux ne s'excusent pas? Notre souffrance est si grande que nous ne devrions pas perdre plus de temps avec eux. Ce serait comme mendier.

— Mais en faisant ça, on les laisserait s'en tirer facilement, a dit une voix venant du fond de la salle.

— Je ne suis pas d'accord, a répondu Martha. C'est facile de dire qu'on regrette sans que ce soit vrai. De toute façon, c'est nous qui portons le fardeau des torts sur nos épaules, pas eux. La seule façon de s'en débarrasser est de pardonner à ceux qui nous ont fait du mal, qu'ils l'admettent ou pas. Ça ne veut pas dire que nous devons pardonner et oublier, mais nous devons pardonner pour pouvoir nous guérir nous mêmes et reprendre une vie normale. Martha a alors attrapé le père Antoine, qui a eu l'air tout surpris, et l'a tiré pour qu'il se lève. Elle l'a pris dans ses bras et lui a dit: « je vous pardonne ». Elle s'est ensuite tournée vers l'évêque et l'a également enlacé.

Les parents des enfants qui s'étaient suicidés ont, l'un après l'autre, quitté leur chaise et suivi son exemple. En donnant l'accolade au prêtre, chacune des mères, parlant d'une voix suffisamment basse pour que seuls le père Antoine et l'évêque puissent entendre, lui a répété la même chose.

— Vous en souvenez vous? Vous m'avez violée quand j'étais petite fille, mais je vous pardonne.

Les participants au cercle de guérison sont retournés à leur place et la salle est devenue silencieuse.

— J'ai une dernière chose à vous dire, a dit Raven, en reprenant le bâton. La nuit dernière, j'ai visité le monde des esprits dans un rêve et j'ai rencontré Nanabush. Je lui ai dit que j'étais venue lui demander conseil pour savoir si je devais tenir ma promesse et rejoindre mes amis dans la mort ou vivre.

— Nanabush m'a regardée pendant très longtemps avant de répondre.

— C'est une décision que toi seule peux prendre, m'a t il dit. Mais n'oublie pas que le Créateur t'a mise sur la terre pour une raison et que tu irais contre sa volonté si tu te donnais la mort. Je sais que tu crois que ta vie n'a pas de sens, mais ne t'est il jamais arrivé de penser que le simple fait de vivre donne un sens à la vie? L'expérience de la vie n'est elle pas le véritable sens de la vie?

— Nanabush m'a ensuite pris la main et m'a dit de regarder dans les eaux profondes du lac Cat. La surface est devenue parfaitement lisse, et je me suis vue en train d'obéir aux spectres de Rebecca, de Jonathan et de Sara, en train de me pendre à l'épinette noire qui pousse devant chez nous. J'ai vu ma mère crier, puis sortir de la maison en courant et tomber par terre en m'apercevant balançant au bout de la corde. J'ai vu Joshua venir me décrocher et serrer ma mère. J'ai vu l'école fermée et tous les enfants courir en pleurant, comme on l'avait fait quand les autres jeunes se sont tués. J'ai vu les gens apporter de la nourriture à ma mère pour la réconforter. J'ai vu le prédicateur parler à ma mère et essayer de la consoler.

— J'ai vu la police arriver et m'emmener à l'infirmerie où ils m'ont mise dans une housse mortuaire comme ils le font toujours dans ces cas là. Je les ai vus m'expédier à Thunder Bay par avion, comme une marchandise, pour une autopsie. Je me suis vue étendue nue sur le comptoir en acier inoxydable d'un laboratoire pendant qu'un médecin en sarrau blanc examinait les marques autour de mon cou et m'éventrait pour prélever des échantillons d'organes afin de détecter la présence de drogues ou je ne sais quoi d'autre, comme on le fait dans *CSI Miami*. J'ai vu des employés d'un salon funéraire me ramener à l'aéroport de Thunder Bay dans un corbillard noir. J'ai vu ma mère en train de se faire réconforter par Joshua et par le prédicateur à l'aéroport de Cat Lake au moment où on sortait mon corps de l'avion et on l'emmenait au gymnase de l'école pour le service funèbre.

— J'étais ensuite dans un cercueil ouvert, habillée de mes plus beaux vêtements. Ma tête et mon corps reposaient sur de doux coussins de velours rouge. Des membres de la communauté en pleurs passaient m'embrasser et me dire au revoir, comme ils l'avaient fait aux funérailles des autres. Il y avait une garde d'honneur composée d'écoliers, et ma mère se tenait debout à la tête du cercueil en se tordant les mains. Spider a passé son bras autour de ses épaules. Quelqu'un a lu un poème que j'avais écrit à l'époque où j'étais heureuse, et les familles des autres enfants s'étant enlevé la vie avaient tellement de chagrin qu'elles ont quitté la salle. Le prédicateur a prononcé une homélie invitant tout le monde à se réjouir parce que j'étais rendue au paradis. Un chœur d'Ainés a entrainé la foule dans des chants bouleversants et quelqu'un a commencé à jouer *Amazing Grace* à la guitare électrique, comme on le fait toujours aux funérailles.

— J'ai lu les visages de mes camarades d'école regroupés autour de moi, et j'ai su que certains suivraient bientôt mon exemple.

— Le couvercle du cercueil s'est fermé, et tout est devenu noir. J'ai senti qu'on soulevait le cercueil puis qu'on l'emportait, et j'ai eu très peur.

— J'ai crié que j'avais changé d'idée, que c'était une erreur et que je ne voulais pas mourir, mais personne ne m'a entendue.

Quelques minutes plus tard, j'ai entendu le son que font les cercueils quand on les pousse à l'arrière du camion qui nous sert de corbillard. J'ai senti les vibrations du moteur quand le conducteur a tourné la clé de contact et chaque bosse quand il a actionné le levier de vitesse et pris le chemin du cimetière. Là bas, je le savais, une tombe ouverte m'attendait. Peu après, j'ai entendu le prédicateur dire, « Souviens toi que tu es poussière et que tu retourneras en poussière » tandis que des mottes de terre pleuvaient sur le bois au-dessus de ma tête.

— Non, non! ai je crié. Je n'étais pas sérieuse! Je m'en fiche si l'Église a maltraité ma mère et les autres au pensionnat. Je m'en fiche si ma mère boit et me bat. Je m'en fiche si les gens ne sont pas capables de reprendre leur vie en main. Je m'en fiche s'ils utilisent leurs prestations d'aide sociale pour s'acheter de la drogue et de la boisson.

— Je veux relever le pari et vivre! Treize ans, c'est trop jeune pour mourir. Je veux humer l'air après la pluie. Je veux voir les vagues frapper les rochers sur la rive. Je veux entendre le cri du huard. Je veux tomber amoureuse et me marier. Je veux toucher la peau douce de mon bébé. Je veux chanter et danser. Je veux vivre des expériences, bonnes et mauvaises. Je veux voyager, habiter à Toronto, voir le monde et revenir chez nous aider ma communauté. Je veux vieillir. Je ne veux pas devenir un fantôme!

— Mais personne ne prêtait attention à ce que je disais, car j'étais morte et enterrée.

— L'image s'est effacée, et j'ai été saisie d'effroi et de désespoir. Puis, Nanabush m'a parlé.

— C'est maintenant à toi de juger si la joie de vivre, même dans la douleur, l'emporte sur la finalité de la mort.

— J'ai choisi la vie et je me suis réveillée plus heureuse que je ne l'avais jamais été depuis le retour de ma mère.

Les membres de la communauté sont restés assis en silence. Ils comprenaient maintenant que la terre sur laquelle ils vivaient était sacrée et que, en pardonnant à leurs ennemis et en renouant avec leur ancienne culture, ils pouvaient trouver la force de guérir de leurs blessures. Ce soir là, au coucher, ils ont dit à leurs enfants qu'ils les aimaient.

Épilogue

QUAND MARTHA EST ALLÉE SE COUCHER ce soir là, le père Antoine lui est apparu dès qu'elle a fermé les yeux, comme c'était arrivé si souvent au fil des ans. Cette fois ci par contre, il ne s'agissait plus du prêtre corpulent à la mauvaise haleine qui avait hanté ses nuits en lui faisant revivre des agressions. Elle l'a vu tel qu'il était devenu : un vieux pédophile pitoyable qui refusait d'admettre le mal qu'il lui avait fait et avait infligé aux mères des jeunes qui s'étaient suicidés, encore moins de s'en excuser.

Plus tôt dans la soirée, Martha lui avait dit qu'elle lui pardonnait. Maintenant, plusieurs heures après, l'extase causée par la dynamique du cercle de guérison diminuait. Ce n'était pas grave, car elle ne regrettait pas d'avoir fait preuve de clémence et, plus important encore, elle n'avait plus peur de lui. Le pardon qu'elle avait accordé au père Antoine avait chassé le monstre de haine qui l'habitait, la laissant libre de traiter son alcoolisme et sa dépression et d'établir une nouvelle relation avec ses enfants.

Elle était tellement fière de ses enfants. Raven était, selon Martha, la plus forte de la famille, mais il lui fallait encore des soins attentifs pour qu'elle puisse atteindre son plein potentiel. Martha espérait seulement pouvoir trouver en elle les aptitudes maternelles nécessaires pour relever le défi.

En ce qui concerne Spider, elle avait été ravie quand Joshua l'avait ramené. Mieux encore, il lui avait dit qu'il n'avait pas bu une goutte d'alcool depuis le soir où il avait quitté la communauté et qu'il se sentait en paix avec lui même pour la première fois de sa vie. Cependant, se connaissant, il savait qu'il recommencerait bientôt à boire s'il retournait en ville ou restait dans la communauté. Il avait l'intention de prendre un mode de vie traditionnel le plus tôt possible, loin de l'alcool, dans la cabane de trappage de ses grands parents, et il espérait que sa mère et sa sœur viennent lui rendre visite souvent. Il souhaitait leur compagnie et aurait besoin de leur aide pour maitriser l'art de vivre dans les bois et acquérir les connaissances traditionnelles.

Le père Antoine s'est couché très troublé, car, malgré ses dénégations, le fait de s'être trouvé en présence des mères de Rebecca, Jonathan et Sara l'avait profondément dérangé. Qui aurait pu se douter que les gestes qu'il avait posés il y a si longtemps puissent entrainer l'éclatement de leurs familles et contribuer au suicide de leurs enfants? En tant que prêtre, il savait qu'il n'existait pas de plus grand crime que le meurtre, et le fait de s'enlever la vie constituait une forme de meurtre, le meurtre de soi. Combien de personnes avait il détruites au fil des ans?

L'énormité de ses péchés faisait trembler le père Antoine. Ce n'est pas comme s'il n'avait pas su qu'il commettait des méfaits. Il s'était toutefois convaincu il y a fort longtemps qu'il était différent des autres hommes et avait été contraint à agir de la sorte par une quelconque force sourde résidant à l'intérieur de lui. D'autres prêtres faisaient des choses semblables sans être réprimandés par l'Église. Pour lui, cela voulait dire que la hiérarchie, à défaut d'approuver ses gestes, comprenait néanmoins la situation difficile qu'il vivait.

Maintenant, pour la première fois, il avait honte de lui même et se rendait compte qu'il s'était servi de sa foi comme d'un outil, d'un instrument, d'un moyen pour rationaliser un comportement inacceptable. En effet, pendant des années, une fois dissipée la passion de la rencontre de chacune de ses petites victimes au pensionnat, il descendait à la chapelle tard le soir accablé de honte et de remords. Là, il s'agenouillait et, les mains jointes, regardait la statue du Christ et le priait ardemment de lui pardonner en jurant de ne plus jamais toucher à une petite fille. Au cours de la nuit, un sentiment de paix profonde le gagnait, et il savait qu'il avait reçu l'absolution.

Quand elles arrivaient à l'aube pour la première messe du jour, il le savait bien, les religieuses le voyaient prier avec ferveur à genoux. Comme elles étaient chanceuses, devaient elles se dire, d'avoir un prêtre d'une piété et d'une bonté aussi exceptionnelles comme conseiller spirituel. Mais, souvent l'après midi même, après une longue sieste qui le laissait frais et dispos, il sentait l'envie revenir, et il faisait venir une autre petite fille à son bureau.

Des années plus tard, après son retour au Québec et après avoir recommencé à exploiter des petites filles, il se consolait en priant et en confessant son péché après chaque incident. Chaque fois, il était absout, du moins c'est ce qu'il avait cru, mais il se rendait maintenant compte que, au mieux, il s'était menti à lui même et, au pire, il avait été la victime d'une plaisanterie divine. Car il n'avait jamais vraiment ressenti de pitié pour les fillettes et s'était trompé lui même quand il s'était fait croire qu'elles l'aimaient, confondant leur obéissance avec de l'affection véritable. Il devait maintenant trouver le moyen de réparer ses torts envers ses victimes avant sa mort. Mais, dans son cœur, il savait qu'il n'avait de pitié que pour lui même.

Monseigneur de Salaberry était pensif en se mettant au lit. Il s'était passé ce soir là quelque chose qui allait, il en était sûr, changer sa vie. En entendant les témoignages des mères affligées dont les enfants s'étaient suicidés, il avait été submergé par une immense tristesse et un sentiment de compassion comme il n'en avait jamais éprouvé auparavant. Son objectif de monter dans la hiérarchie de l'Église ne comptait plus. Il avait senti la présence divine et ceci, il le savait au plus profond de lui, était imputable à la clémence dont avaient fait preuve les familles des enfants envers les représentants de la société blanche qui avait fait tant de mal aux Amérindiens au cours des siècles.

Peut être, s'est il dit avant de s'endormir, que l'archevêque savait ce qui lui arriverait quand il lui avait demandé d'accompagner le père Antoine dans la Première Nation de Cat Lake.

Enfin, cette nuit là, les spectres ne sont pas venus demander à Raven de les rejoindre dans l'au delà.

Postface

DANS LE NORD de la province de l'Ontario existe un territoire si vaste que si l'on y mettait la France, il resterait encore assez de place pour la Belgique. C'est une région d'une beauté crue et austère, verte et luxuriante en été, blanche et froide en hiver. Le ciel y est d'un bleu intense le jour. Le soir, il devient noir avant de s'illuminer d'innombrables étoiles. C'est là que prennent leur source plusieurs grandes rivières du Canada, soit la Severn, la Winisk, l'Attawapiskat, l'Albany et la Moose, qui naissent dans les hautes terres du bouclier laurentien et coulent vers le nord jusqu'à la mer, traversant les basses terres immenses et marécageuses de la baie d'Hudson.

Ce territoire est également la seule partie de la province principalement habitée, à ce jour, par des Autochtones : des Anishinaabeg (Ojibwés) et leurs proches cousins les Anishininimouwin (Oji Cris) dans la forêt boréale; et les Omushkegowak (Moskégons), leurs bons amis, le long de la baie d'Hudson et dans les terres basses de la baie James. La nation nishnawbe-aski, où se situe le roman, est un regroupement de 49 Premières Nations dont les terres traditionnelles constituent plus de 60 % de la superficie de l'Ontario, s'étendant de la ligne de partage des eaux jusqu'à la côte des baies James et d'Hudson, et de la frontière du Manitoba jusqu'à celle du Québec.

Un drame de mort et d'affliction se joue depuis des générations dans cette région. De la fin du 19e siècle à la dernière moitié du 20e siècle, les habitants de la forêt boréale isolée de l'Ontario, comme leurs homologues d'autres régions du Canada, ont assisté, impuissants, à l'enlèvement de leurs enfants, souvent de force, par le gouvernement fédéral et à leur envoi dans des pensionnats indiens dans le but de les transformer en Canadiens blancs…à la peau brune. Bien trop souvent, les enfants ont été agressés par des fournisseurs de soins prédateurs et sont rentrés chez eux brisés mentalement et dénués de compétences parentales. Pendant la tristement célèbre « rafle des années 1960 », la société d'aide à l'enfance de l'Ontario et d'autres organismes semblables ailleurs au pays sont entrés dans les réserves, ont pris des milliers d'enfants et les ont remis à des familles adoptives blanches de partout au Canada et aux États Unis. Dans les années 1980, le mode de vie traditionnel des gens a été érodé davantage du fait de l'exposition à la culture et à l'hostilité envers les Autochtones du monde extérieur, exposition due à l'apparition des routes d'hiver.

Leurs parents, grands parents et arrière-grands-parents ayant été traumatisés par leur expérience des pensionnats indiens, les jeunes n'avaient personne vers qui se tourner dans leurs familles fortement ébranlées pour obtenir amour et soutien. Un nombre stupéfiant d'entre eux a commencé à se tuer. De 1986 à 2010, près de 500 personnes y compris 60 enfants de moins de 14 ans et 180 jeunes âgés de 15 à 20 ans se sont enlevé la vie dans la nation nishnawbe-aski, dont la population totale comptait moins de 30 000 hommes, femmes et enfants. Ceci malgré les efforts inlassables des chefs et des conseils de bande pour freiner l'épidémie de suicides qui se poursuit à ce jour, loin des yeux et du cœur du monde extérieur.

Dans certaines communautés, les survivants disent que les fantômes des suicidés viennent les visiter en rêve la nuit, cherchant à convaincre les jeunes qui ont conclu des pactes de suicide de tenir leur engagement et de se tuer. Trop souvent, leur appel est entendu et d'autres décès s'ensuivent.

Pour beaucoup de gens, autochtones ou non, les rêves, surtout ceux à propos de personnes décédées, ne sont pas des phénomènes imaginaires, mais plutôt de puissantes représentations de la réalité. Au pays des Anishinaabeg, des Anishihihimouwin et des Omushkegowak, les jeunes qui ont adhéré à des pactes de suicide ont parlé à leurs parents et amis de visites effectuées par les esprits des morts juste avant de s'enlever eux mêmes la vie.

Le présent roman est une œuvre de fiction, et toute ressemblance avec des personnes vivantes ou ayant existé ne saurait être que le fruit du hasard. La Première Nation de Cat Lake est en fait une communauté autochtone fière de quelque 500 personnes située sur la rive du lac Cat à environ 240 kilomètres en amont de la rivière Albany et 160 kilomètres par route d'hiver à l'ouest de Pickle Lake. L'aéroport, le bureau de la bande, l'école, le cimetière, les rapides et la rive décrits dans le livre sont des créations composites inspirées des infrastructures et caractéristiques de plus d'une douzaine de communautés anishinaabe accessibles par avion du Nord de l'Ontario.

Le pensionnat autochtone du roman est également une construction inspirée de bon nombre d'établissements canadiens, notamment le pensionnat St. Anne à l'embouchure de la rivière Albany dans la baie James, qui a été opérationnel de 1904 à 1973, année de sa fermeture. Le 29 mai 2002, des incendiaires que l'on croit être d'anciens élèves, ont détruit le bâtiment abandonné depuis longtemps.

Remerciements

MEEGWETCH À MA FEMME, Marie Jeanne, et à nos enfants, Anne Pascale, Laurent et Alain. Meegwetch à ma mère, Maureen Benson Bartleman, et à Hilda Snake pour avoir traduit les phrases clés dans le dialecte anishinaabe des Chippewas de la Première Nation de Rama, ma communauté natale. Je remercie également ma mère de m'avoir raconté les histoires des wendigos, des ours métamorphes et des sorcières qu'elle avait entendu raconter par les Ainés, les soirs d'hiver, autour de la vieille truie qui se trouvait dans la cuisine de son grand père Benson lorsqu'elle était petite, dans les années 1920, dans la réserve de Rama.

Meegwetch à Shirley Hay de la Première Nation de Wahta pour ses commentaires sur le contexte culturel autochtone ainsi qu'au grand chef Stan Beardy de la nation nishnawbe-aski, qui m'a présenté à son groupe. Meegwetch aux survivants des pensionnats indiens qui m'ont courageusement fourni les détails des agressions sexuelles et physiques dont ils ont été victimes pendant qu'ils étaient pensionnaires dans les années 1950 et 1960. Meegwetch à Goyce Kakegamic de la Première Nation de Sandy Lake, survivant d'un pensionnat, ancien grand chef de la nation nishnawbe-aski, et leadeur du combat contre les suicides de la jeunesse autochtone. Meegwetch à Lillian McGregor, Nokomis (grand mère) et Aînée anishinaabe du clan Crane de la Première Nation de Whitefish River, pour m'avoir aidé à rédiger la prière au Grand Manitou. Meegwetch à Raven Redbird pour m'avoir donné un aperçu des problèmes auxquels font face les femmes autochtones quand elles arrivent à Toronto, et aux employés de la patrouille de rue anishinaabe et de la Salvation Army Breakfast Mission pour m'avoir permis de les accompagner au fil des ans et voir en personne l'aide qu'ils fournissent aux sans abris, autochtones ou pas. Merci à Nanda Casucci Byrne qui est venue avec moi dans des communautés accessibles par avion du Nord de l'Ontario et qui m'a fait de nombreuses suggestions utiles tout au long du processus de rédaction.

Merci à John Macfie qui a passé beaucoup de temps dans les années 1940 et 1950 sur le territoire de la nation nishnawbe-aski, et qui a accepté de partager ses connaissances avec moi. Le livre qu'il a écrit en collaboration avec Basil Johnston (*Hudson Bay Lowlands*, Dundurn Press, Toronto, 1991) ainsi que le rapport de recherche d'Edward Rogers (*The Round Lake Ojibwa*, Royal Ontario Museum, Toronto, 1962) m'ont également fourni des renseignements utiles à propos des célébrations communautaires dans les années 1950, notamment des précisions sur la construction des tambours à eau dont je parle dans le roman. Le professeur Donald Smith a également gentiment accepté de lire le manuscrit et m'a fait des commentaires pertinents pour lesquels je lui suis reconnaissant.

JAMES BARTLEMAN appartient à la Première Nation des Chippewas de Rama. D'origine modeste, il a été le premier ambassadeur autochtone du Canada. Après une brillante carrière de plus de 35 ans au sein du service diplomatique canadien, il est devenu, en 2002, le premier lieutenant gouverneur autochtone de l'Ontario. Il est l'auteur de quatre autres ouvrages, notamment *Out of Muskoka* et *Raisin Wine*, mémoires autobiographiques primés.

« Une histoire que nous devons tous entendre. » THE GLOBE AND MAIL

« Inspirant… Si vous ne devez lire qu'une œuvre donnant un aperçu de ce que ça signifie d'être autochtone dans notre pays, c'est ce roman que vous devez choisir. » ANNE LAUREL CARTER, auteure de *The Shepherd's Granddaughter* et *Last Chance Bay*

« Un roman extrêmement bouleversant qui révèle les conséquences dévastatrices à court et à long terme du système des pensionnats indiens. James Bartleman illustre habilement un épisode pénible, mais indéniable de l'histoire du Canada et des Autochtones. Il mérite d'être reconnu pour s'être livré à un exercice essentiel : faire la lumière sur la noirceur.

DREW HAYDEN TAYLOR, auteur de *Motorcycles & Sweetgrass*

« Un roman profondément douloureux et admirablement instructif portant sur les effets du système des pensionnats indiens sur les enfants et bon nombre de cultures. Savoir ce qui s'est passé constitue le premier pas dans la résolution des problèmes actuels et la prévention de situations semblables dans l'avenir. » *Edmonton Journal*

« Il présente une beauté obsédante qui trouve indulgence et espoir là où l'on s'attendait le moins de les trouver. » *Monday Magazine*

« Bartleman (…) incarne à lui seul une commission de vérité et réconciliation même s'il ne prétend pas jouer ce rôle (…) Compte tenu de ces tragédies, le penchant de l'auteur pour la bienveillance est remarquable. Agresseurs ou victimes, ses personnages conservent ou redécouvrent leur noblesse. » *Winnipeg Free Press*

« Un roman extrêmement bouleversant qui révèle les conséquences dévastatrices à court et à long terme du système des pensionnats indiens. »

« En la lisant, j'anticipais avec inquiétude l'issue de l'histoire; il était difficile d'imaginer que le récit d'une telle dévastation puisse se conclure sur une note d'espoir sans pour autant traiter la souffrance à la légère. Je me contenterai de dire que Bartleman trouve cet espoir. Selon moi, la plus grande force du roman réside dans son dénouement qui propose à chacun une voie à suivre. » *The Globe and Mail*

« Une lecture édifiante. » *National Post*

« Porte un regard franc sur l'autodestruction qui a souvent été le lot des survivants des pensionnats indiens et de leurs enfants. (…) Prenant. » *Quill & Quire*

« L'histoire inspirante d'une situation dévastatrice. » *Open Book Toronto*

« Un premier roman allant directement au cœur et à l'esprit. Pour tous les Canadiens. » *FictionDB*

« Une affirmation vigoureuse de la résilience de l'esprit humain. » WINNIPEG FREE PRESS

Made in the USA
Monee, IL
07 March 2020

22728119R00159